KB036771

셜록 홈즈 대표 단편선 4

Sherlock Holmes

셜록 홈즈 대표 단편선 4

초판 1쇄 인쇄일 l 2014년 3월 20일   초판 1쇄 발행일 l 2014년 3월 27일

지 은 이 l 아서 코난도일
편 역 자 l 조미영
펴 낸 이 l 강창용
책임기획 l 신선숙
디 자 인 l 해피트리
책임영업 l 최강규
책임관리 l 김나원

펴 낸 곳 l 느낌이있는책
출판등록 l 1998년 5월 16일 제 10-1588
주   소 l 경기도 파주시 파주출판문화산업단지 문발로 115 세종 107호
전   화 l (代)031-943-5931
팩   스 l 031-943-5962
홈페이지 l http://feelbooks.co.kr
이 메 일 l mail@feelbooks.co.kr

ISBN   978-89-97336-60-9   04840
       978-89-97336-59-3 (세트)

이 도서의 국립중앙도서관 출판시도서목록(CIP)은 서지정보유통지
원시스템 홈페이지(http://seoji.nl.go.kr)와 국가자료공동목록시스템
(http://www.nl.go.kr/kolisnet)에서 이용하실 수 있습니다.
(CIP제어번호: CIP2014008946)

셜록 홈즈
대표 단편선 4

Sherlock Holmes

아서 코난 도일 지음 | 조미영 편역

느낌있는책

일 년 내내 안개가 끼지 않은 날이 없는 도시. 런던 베이커 가 221B 하숙집. 사냥모자, 돋보기, 파이프 담배를 물고 한 남 자가 골똘히 생각에 잠겨 앉아 있다.

자신의 친구이자 조수인 왓슨의 슬리퍼만 보고도 그가 감 기에 걸렸음을 증명할 수 있는 천재 탐정 홈즈다. 그는 베일에 싸인 어떤 범죄라도 관찰과 추리로 해결할 수 있으며 세계의 비밀조차도 이성과 논리로 모두 벗겨 낼 수 있다고 말한다.

홈즈는 말한다.

"나에게 문제를 던져 주게. 가장 난해한 암호, 가장 복잡한 분석과제를 던져 주게. 나는 무미건조한 일상을 혐오하네."

한때 추리소설은 작품성이 없다는 이유로 또는 순수문학 만이 진정한 문학이라고 생각하는 사회풍조에 밀려 저급한 읽을거리로 취급당했다. 그러나 이제 추리문학도 대중소설 의 한 분야로서 당당히 그 지위를 차지하게 되었고, 순수문 학에도 추리소설적 기법을 사용하는 작품들을 어렵지 않게 만날 수 있게 되었다.

오늘날 수많은 장르 문학 작가들이 작품성을 인정받는 작품들을 내놓고 있지만, 1887년 등장한 이후 100년이 지난 지금까지 셜록 홈즈는 명탐정으로서 최고의 명성을 떨치고 있다. 추리소설 마니아가 아니더라도 홈즈는 어른 아이 구분할 것 없이 함께 즐기는 명작으로 세계인의 변함없는 사랑을 받고 있다.

이러한 흐름에 발맞추어 네 개의 장편을 제외한 56편의 단편 중 명작을 선별하여 새로운 감각, 색다른 접근으로 홈즈의 활약을 즐길 수 있도록 했다.

자, 이제 불후의 명탐정 홈즈가 보여 주는 긴장 넘치는 활약을 통해 홈즈만의 명쾌한 추리 비법과 고품격의 트릭을 즐겨 보자.

contents

금테의 코안경 · 401
The Golden Pice-Nez

셜록 홈즈(Sherlock Holmes)

1854년 영국 잉글랜드 요크셔 출신으로 옥스퍼드 케임브리지 대학을 수학했다. 키가 185센티미터에 약간 마른 체형이어서 실제보다 더 키가 커 보이며, 번뜩이는 눈과 콧날이 선 매부리코 때문에 전체적으로 날카롭고 강한 인상을 준다. 또한 각진 턱은 의지가 강한 성품임을 엿보이게 한다.

평소 화학 실험을 즐겼기 때문에 두 손은 늘 잉크나 화학 약품으로 얼룩져 있지만, 손놀림이 날렵해서 다루기 쉽지 않은 물건도 아주 익숙하게 다룰 줄 안다.

친구인 왓슨조차도 알아보지 못할 정도로 뛰어난 변장 솜씨와 연기력을 가지고 있다. 과학적인 지식도 해박해 '과학계는 명민한 이론가를 잃고 연극계는 훌륭한 배우를 놓치고 말았다'고 하기도 한다. 파이프 담배(엽궐련)를 즐기고 위스키와 포도주를 좋아하며 가끔은 코카인을 즐기기도 한다.

런던 베이커가 221B에서 평생을 독신으로 살았고, 23년간 탐정생활을 하면서 아무리 많은 돈을 조건으로 사건을 의뢰해도 내용이 시시하면 냉정히 거절했다.

존 H. 왓슨(John H. Watson)

의학박사이며 예비역 군의관인 왓슨은 23년 동안 지속된 홈즈의 탐정 생활 중 17년을 함께 하며 홈즈의 활약상을 기록했다. 각진 턱에 콧수염을 기른 건장한 체격의 사나이로 홈즈의 가장 가까운 친구이자 조수 역할을 했으며, 알카디아 담배를 좋아하고 연금의 절반을 쏟아 부을 정도로 경마를 즐겼다. 의학 지식뿐 아니라 문학 지식도 상당한 수준의 지식인이었다.

1889년 '네 개의 서명' 사건에서 만난 메리 모스턴과 결혼해 베이커가와 가까운 패딩턴가에 병원을 개업하고 신혼살림을 시작했다.

1891년 라이헨바흐 폭포에서 홈즈가 죽은 후 켄싱턴으로 옮겨 병원을 개업했다. 1894년 왓슨은 홈즈가 살아 돌아오자 병원을 팔고 베이커가의 하숙집으로 되돌아간다. 1929년 사망하기까지 홈즈의 변치 않는 친구, 신뢰할 수 있는 협력자로서 늘 홈즈의 곁에 있었다.

홈즈의 말에 따르면 왓슨은 변화의 물결에서도 바위처럼 변하지 않는 사람이다.

글로리아 스콧 호

The Gloria Scort

트레버 노인

도니 소프라는 영국의 노퍽 주 북부에 위치한 작은 마을의 치안판사로 일흔 살 나이의 영국 신사이며 홈즈의 대학시절 친구인 빅터의 아버지이다. 신변에 어떤 위험을 느끼는 듯 항상 불안한 마음을 가지고 자신을 방어하기 위한 무기를 지니고 다닌다.

어느 날 갑자기 찾아온 이상한 손님에게 필요 이상의 호의를 베풀며 비위를 맞추다가 그 손님이 떠난 뒤에 날아온 편지를 보고 커다란 충격을 받고 병석에 눕게 된다. 그리고 죽기 전에 아들에게 남긴 편지에는 자신의 과거에 대한 엄청난 비밀이 담겨 있다.

허드슨

트레버 노인의 집에 갑자기 찾아온 정체를 알 수 없는 괴상한 손님으로 죄수선 글로리아 스콧 호의 선원이었다. 바다 한가운데에서 일어난 죄수들의 반란으로 인하여 글로리아 스콧 호는 폭발해서 사라져버리고 유일하게 허드슨 만이 살아남게 된다. 30년 뒤에 나타난 이 악마 같은 사나이는 자기의 목숨을 건져주었던 트레버 노인과 비도스를 찾아가 감추어진 그들의 엄청난 과거를 폭로하겠다고 협박한다.

빅터 트레버

홈즈의 대학 시절 친구로 활발하고 적극적인 성격의 젊은이다. 치안판사 트레버 노인의 아들로 부유한 가정에서 평화롭고 행복하게 자랐다. 갑자기 찾아온 이상한 손님에 대한 아버지의 행동을 이해하지 못하고 손님에 대한 반감을 품게 된다. 그 뒤 아버지가 남긴 편지로 인해 알게 된 아버지의 과거는 매우 끔직하여 괴로움에 떨게 된다.

「글로리아 스콧 호」는 홈즈가 해결한 알려지지 않은 사건들인 '탈튼 살인 사건', '러시아 노부인 살인사건', '알루미늄 지팡이' 등과 함께 〈주홍색 연구〉 이전에 해결한 사건이다. 셜록 홈즈가 대학 시절에 해결한 이 사건은 1893년 〈스트랜드 매거진〉에 발표되었고 『셜록 홈즈의 회상』에 수록되어 있는 이야기다.

　이 사건은 홈즈가 자신의 직업을 탐정으로 선택하는 중요한 계기가 되었고 홈즈에게는 최초의 사건이었다. 이 사건에서는 치안판사 트레버가 받은 암호 편지가 사건의 단서를 제공하였는데, 여기에서 암호문과 관련한 홈즈의 뛰어난 추리력을 볼 수 있다. 160 종의 암호 분석에 대한 논문을 쓴 적이 있는 홈즈는 이 사건에서 치안판사 트레버가 받은 암호 편지의 내용을 정확하게 해독함으로써 사건의 중요한 실마리를 얻게 된다. 첫 단어부터 한두 단어씩 건너뛰어 읽는 방식은 분치식이라 불리는 극히 초보적인 방법이었지만 홈즈였기에 해독이 가능한 수수께끼였다.

1. 첫 사건

어느 겨울밤이었다. 그날도 나는 홈즈의 모험 이야기를 듣기 위해 그를 찾아갔다. 내가 들어섰을 때 홈즈는 난롯가에 앉아 서류 뭉치들을 뒤적이고 있었다.

"중요한 사건이라도 생겼나? 무얼 그리 열심히 찾아?"

그러자 홈즈는 의미심장한 미소를 지으며 말했다.

"이 서류는 자네가 한번 훑어볼 가치가 있을 듯하네. 이건 기이한 글로리아 스콧 호 사건에 관한 기록이라네. 치안 판사였던 트레버가 이 편지를 읽고 두려움에 떨다 죽어버렸지."

홈즈는 서랍에서 낡고 색이 바랜 두루마리 하나를 꺼내 끈을 풀더니 서둘러 쓴 흔적이 역력한 잿빛 종이 한 장을 내밀었다.

"편지치고는 내용이 너무 짧군. 이 짧은 편지에 뭐 대단한 의미라도 숨겨져 있단 말인가?"

"일단 직접 읽어보고 나서 말하게."

> 런던으로 갈 사냥감은 점점 늘어나고 있다. 수렵장 감시원 허드슨이 파리잡이 끈끈이를 모았고 귀하의 암평의 생명 보존에 관한 명령을 받았다.

편지의 내용은 마치 수수께끼 같았다. 내가 의아스러운 얼굴로 고개를 들자 홈즈가 내 표정을 보고 낄낄거렸다.

"황당하다는 얼굴이군."

그가 말했다.

"이 편지를 읽고 왜 공포에 떨었다는 거지? 나로서는 두렵다기보다는 내용이 좀 기괴하다는 생각밖에 안 드는데 말이야."

나는 정말 이해할 수 없어서 그를 빤히 바라보며 물었다.

"자네는 그럴 수 있지. 하지만 멀쩡하던 트레버는 마치 누군가 총구를 들이대기라도 한 것처럼 쓰러져 일어서지 못한 게 사실이네."

"도무지 알 수 없군. 그런데 이 사건이 훑어볼 만한 가치가 있다고 한 말은 무슨 뜻인가? 암시하고 있는 것이 뭐냐 말일세."

그러자 내 물음에 빙긋이 웃기만 하던 홈즈가 대답했다.

"바로 내가 맡은 첫 번째 사건이기 때문일세."

지금까지 나는 홈즈가 어떤 계기로 범죄 수사에 몸담게 되었는지 알아내려고 노력했지만 그때마다 그는 입을 굳게 다물고 딴전을 피웠었다. 그런데 지금은 그가 먼저 자신에 대한 이야기를 꺼낸 것이다. 그는 안락의자에 앉아 무릎 위에 서류를 펼쳐놓고 담배에 불을 붙인 뒤 한동안 서류를 만지작거리다가 마침내 입을 열었다.

"내가 자네에게 빅터 트레버란 친구에 대해 이야기 한 적이 있었나?"

그가 앞뒤 없이 물었다.

"아니, 처음 듣는 이름일세."

"빅터는 내 대학 시절의 유일한 친구라네. 대학을 다니던 2년 동안 사귄 단 한 명의 친구였네. 자네도 알다시피 나는 별로 사교적인 인간이 아니라서 늘 방에 틀어박혀 나만의 방식으로 문제를 추리하고 해결 하는 것을 좋아했지. 그러다 보니 자연히 친구들과는 어울릴 일이 없었지. 또한 펜싱과 복싱 외에는 스포츠에도 거의 관심이 없었고 게다가 다른 친구들과는 관심 분야도 전혀 달랐기 때문에 그들과 접촉할 기회가 거의 없었네."

홈즈가 차근차근 이야기를 풀어갔다.

"그럼 빅터와는 어떻게 사귀게 되었나?"

"그 친구의 개 때문이었네. 어느 날 아침 교회에 가는 길이었는데 빅터의 불테리어 종 개가 갑자기 내 복사뼈를 물어뜯었어. 그 바람에 난 열흘이나 입원을 해야 했고 빅터는 거의 날마다 문병을 왔네. 처음에는 인사차 몇 마디 나누곤 했는데 점점 그 친구가 머무는 시간이 길어졌고 학기가 끝나기 전에 우린 매우 친해졌네."

"그 친구는 어떤 사람이었나?"

"빅터는 정열적이고 활동적인 성격의 소유자지. 생각하기 전에 행동을 하는 나와는 정반대의 타입이었지만 우린 공통점도 있다는 것을 알게 되었네. 그도 나도 달리 친구가 없었고 그것은 우리를 묶는 끈이 되었네. 방학을 맞아 그가 노퍽 주 도니소프에 있는 자기 아버지 집으로 나를 초대했지. 신세를 지는 일이지만 나는 방학 중 한 달을 그곳에서 머물기로 했네."

"빅터의 아버지는 어떤 사람이었나?"

그러자 홈즈는 그때를 회상하듯 눈을 가늘게 떴다.

"빅터의 아버지 트레버 노인은 부와 명예를 겸비한 그 지방의 치안판사였네. 도니소프는 노퍽 주 북쪽에 있는 작은 마을일세. 저택은 고풍스러운 벽돌집이었는데 아름다운 라임 나무로 둘러싸여 있었네. 오리 사냥과 낚시를 즐길 수 있는 늪지도 있었고 서재에는 전에 살던 사람이 놓고 갔다는 좋은 책들도 있었지. 거기다 요리 솜씨가 썩 괜찮은 요리사도 있었기 때문에 까다로운 사람이 아니라면 누구라도 그곳에서 한 달을 즐겁게 보내는 일은 어렵지 않았을 걸세.

빅터의 아버지는 상처를 한 70대 노인으로 빅터가 유일한 가족이었지. 딸이 하나 있었는데 버밍엄에 가 있는 동안 디프테리아에 걸려 죽었다는군. 나는 트레버 노인에게 흥미를 느꼈네. 그분은 교양이 있어 보이진 않았지만 젊었을 때

많은 곳을 여행했기 때문인지 세상 물정에 밝았고 자신이 경험했던 것들은 모두 기억하고 있었다네. 땅딸막한 체격에 희끗희끗 센 머리는 늘 헝클어져 있었고 얼굴은 햇볕에 그을려 갈색이었지만 파란 눈은 상대의 마음을 꿰뚫을 듯 날카로워보였네. 하지만 그 고장에서는 인자한 분이라는 평판을 얻고 있었고 법정에서 내리는 판결도 너그럽다고 소문이 나 있었지.”

나는 그의 이야기에 점점 흥미를 느끼고 있었고 홈즈는 계속 말을 이어갔다.

“내가 그곳에 간 지 며칠 지난 어느 날 밤이었네. 저녁식사를 마친 우리 세 사람은 식탁에 앉아 와인을 마시고 있었는데 그때 빅터가 내게 관찰과 추리에 대한 재능이 있다는 말을 꺼냈네. 그 무렵 나는 관찰과 추리에 대해 나름대로 정리하고 있었는데 그때는 그것이 내 인생에 중대한 영향을 끼칠 것이라고는 생각조차 못했다네.”

홈즈는 다시 그때를 생각하는 듯한 표정을 지었다.

“사소한 사건 하나가 인생을 변화시킬 수도 있지.”

홈즈의 이야기를 기다리며 내가 대답했다.

2. 사건의 시작

"트레버 노인은 아들이 나의 재능을 과장해서 말한다고 생각했는지 미소를 지으며 묻더군.

'그렇다면 홈즈 군, 나를 통해 자네의 그런 재능을 시험해 보는 것은 어떻겠나? 자네, 나에게서 무언가를 추리할 수 있겠는가?'

그래서 나는 못 이기는 척 대답했지.

'정확한지는 모르겠지만 지난 1년 동안 누군가의 습격이라도 받을 것 같아 두려워하고 계신 듯합니다.'

그러자 트레버 노인이 입가에서 웃음을 거두고 놀란 눈으로 나를 바라보더군.

'맞아, 자네 말대로야.'

그리고는 아들을 바라보며 말했네.

'빅터, 너도 알고 있지? 우리가 밀렵꾼을 혼내주었을 때 놈들이 앙갚음을 하겠다고 협박한 것 말이다. 그 뒤 정말로 에드워드 호비 경이 봉변을 당해 나도 늘 조심하고 있단다. 그런데 자네가 그걸 어떻게 알았지?'

'아버님은 아주 좋은 지팡이를 갖고 계십니다.'

내가 대답했네.

'꼭대기에 새겨진 글자를 보고 구입하신 지 1년이 안 되었다는 것을 알았습니다. 그리고 아버님은 지팡이 손잡이에 일부러 구멍을 뚫고 납을 넣어 언제든 무기로 사용할 수 있게 하셨습니다. 신변에 위협을 느끼지 않았다면 그렇게까지 조심하지는 않을 거라고 생각했습니다.'

'그 밖에 또 알아낸 것이 있나?'

"젊었을 때 권투를 많이 하셨죠?"

'그것도 맞았군. 어떻게 알았나? 내 코가 비뚤어지기라도 했나?'

'아뇨, 귀를 보고 알았습니다. 복서들은 대개 귀가 짓이겨진 것처럼 납작하거든요.'

'또 다른 것은?'

'손에 못이 박인 걸로 보아 광산에서 오래 일하셨겠군요.'

'내 재산은 모두 광산에서 모았네.'

'뉴질랜드에 가신 일이 있으시죠?'

'그렇네.'

'일본에도 가셨고요.'

'있어. 참으로 놀랍군.'

'그리고 J. A.라는 사람과 꽤 친밀한 사이였는데 나중에는 그 사람에 관한 것들을 잊으려고 애쓰셨습니다.'

트레버 노인은 천천히 일어나 푸른 눈에 공포의 빛을 띠고 한동안 나를 바라보았네. 그러더니 갑자기 테이블 위에 널려 있는 호두 껍데기 위로 푹 고꾸라지며 정신을 잃었네.

왓슨, 빅터와 내가 얼마나 놀랐는지 자네도 상상할 수 있겠지? 하지만 우리가 셔츠의 단추를 풀고 얼굴에 물을 뿌리자 곧 의식을 회복했네. 트레버 노인은 신음하듯 숨을 크게 몰아쉬더니 자리에 앉았어.

'내가 정신을 잃었나 보군.'

노인은 억지웃음을 지으며 말했어.

'놀랄 것 없네. 겉으로는 건강해 보이지만 내가 심장이 좀 약하다네. 그래서 사소한 일에도 이렇게 넘어가곤 하지. 그나저나 홈즈군, 자네가 어떻게 그런걸 알아냈는지 알 수 없지만 진짜 탐정이나 소설 속에 등장하는 탐정보다 자네가 나은 것 같네. 자네는 앞으로 그 추리력을 살릴 수 있는 길로 나가는 것이 좋겠네. 세상을 알 만큼 아는 늙은이의 충고로 받아들이길 바라네.'

왓슨, 그때까지만 해도 나는 관찰이나 추리를 단순한 취미로만 생각했네. 그런데 트레버 노인의 말을 듣고 나니 직업으로 삼아도 좋겠다는 생각이 들었네. 물론 그때는 노인이 갑자기 쓰러지는 바람에 다른 생각을 할 틈이 없었지만."

"트레버 노인의 예언이 맞은 셈이군. 지금 자네는 유명한 탐정이 되었으니 말이야."

내가 웃으며 한마디 하자 홈즈가 미소를 지으며 이야기를 계속했다.

"난 조심스럽게 트레버 노인에게 물었네.

'제가 혹시 언짢은 말씀을 드린 건 아닌지요?'

'그래, 자네가 내 아픈 곳을 찔렀네. 그런데 자네는 그걸 어떻게 알았고 또 얼마나 알고 있지?'

노인은 농담하듯 말했지만 그의 눈에는 두려운 빛이 남아 있었네.

'그쯤은 간단히 알 수 있습니다. 어제 저희들과 낚시하러 가서 물고기를 끌어올리려고 소매를 걷었을 때 팔꿈치 가까이에 J. A.라는 글자가 새겨져 있는 것을 보았습니다. 그런데 글씨는 읽을 수 있었지만 그 언저리 피부가 얼룩덜룩한 것으로 보아 그것을 지우려고 애썼다는 것을 알 수 있었습니다. 그래서 원래는 문신을 할 만큼 가까운 사이였지만 나중에는 그를 잊고자 했던 게 분명하다고 생각하게 됐습

니다.'

'자네 눈은 정말 날카롭구먼.'

트레버 노인은 한숨을 쉬며 말을 이었네.

'자네 말이 다 맞네. 이제 그 이야기는 그쯤 해두세. 유령 중에서도 옛 연인의 유령이 가장 나쁘거든. 난 그만 가서 담배라도 피우며 쉬어야겠네.'

트레버 노인의 불안한 모습이 나의 관심을 불러일으켰지. 그는 내 마음을 눈치챈 듯 자리를 털고 먼저 일어났네."

"자네로서는 아쉬운 순간이었겠군. 좀 더 이야기를 들을 수 있었을 텐데 말이야."

홈즈의 이야기를 듣는 나도 점점 사건의 정황들이 궁금한데 사소한 것도 놓치지 않는 그가 그 상황에서 관심을 보이지 않았다면 그것이 더 이상했을 듯해 내가 한마디 거들었다.

"이상한 일은 그 후에 일어났네."

"이상한 일? 트레버 노인이 달라지기라도 했단 말인가?"

"그렇네. 그날 이후 트레버 노인

은 여전히 나를 따뜻하게 대접하면서도 왠지 나를 경계하는 눈빛이었네. 아들인 빅터도 그런 말을 하더군.

'지금까지 저렇게 기가 질린 아버지의 얼굴을 본 적이 없어. 자네의 추리에 많이 놀라셨고 자네가 얼마나 알고 있는지 겁나시는 모양이야.'

트레버 노인은 태연한 척했으나 그의 행동 하나하나에서 나로 인해 두려워하고 있다는 것이 드러났네. 나로 인해 그가 불안해한다는 것을 깨달은 나는 그 집에 더 있어서는 안 되겠다는 생각을 하고 그곳을 떠나기로 결심했네. 그런데 내가 떠나기로 한 전날 사건 하나가 일어났고 그것이 나중에 중요한 결과를 초래했지.

그날 우리 셋은 정원 잔디밭의 의자에 앉아 햇볕을 쬐며 호수의 풍경을 감상하고 있었는데 가정부가 와서 누군가가 트레버 노인을 만나고 싶어한다. 고 전했네.

'누구라고 하던가?'

트레버 노인이 물었어.

'대답을 하지 않습니다.'

'그래, 용건이 뭐라 하던가?'

'주인님과 아는 사이라며 잠깐 이야기를 나누고 싶다고 했습니다.'

'누굴까? 어쨌든 일단 모셔와.'

그리고 잠시 후 몸집이 작은 사내가 발을 질질 끌면서 굽실대며 나타났네. 소매에 기름얼룩이 묻은 꾀죄죄한 재킷, 붉은색과 검은색으로 된 비둑무늬 셔츠에 누덕누덕 기운 자국이 있는 구겨진 바지를 입고 무거워 보이는 구두를 신고 있었지. 한눈에 뱃사람이라는 것을 알 수 있을 만큼 얼굴이 검게 그을린 사내는 누런 이를 드러내며 쉴 새 없이 교활한 웃음을 띠고 있었는데, 뱃사람 특유의 버릇으로 반쯤 주먹을 쥐고 있었네.

사내가 저쪽에서 잔디밭을 가로질러 다가오자 순간 트레

버 노인이 신음소리를 내며 자리에서 벌떡 일어나 집 안으로 급히 들어갔네. 노인은 곧 돌아왔지만 내 옆을 지날 때 브랜디 냄새가 풍기더군. 마음을 진정시키기 위해 마시고 온 것이 틀림없었지.

'자네가 여긴 어떻게 왔나?'

트레버 노인이 사내에게 묻자 그는 눈을 가늘게 뜨고 변함없이 얼굴에 교활한 미소를 머금은 채 노인을 바라보았네.

'나를 기억하쇼?'

사내가 물었네.

'기억하고말고, 자네 허드슨 아닌가.'

트레버 노인이 놀란 듯 대답했네.

'헤어진 지 30년이 지났는데 용케 기억하는구먼요. 그 사이 당신은 이렇게 자리 잡고 살고 있는데 난 아직도 소금에 절인 고기나 먹는 신세지요.'

허드슨이라 불린 사내가 끈적끈적한 어조로 말했네.

'난 아직 옛날 일을 잊지 않았다네.'

트레버 노인은 이렇게 외치면서 사내에게 다가가 낮은 목소리로 뭐라고 속삭이더니 다시 큰 소리로 말했네.

'주방으로 가게. 먹고 마실 것이 있네. 그리고 자네 일자리는 내가 꼭 마련해 줄 테니 걱정 말게.'

'그거 고맙군요.'

사내가 머리를 긁적이며 말했네.

'8노트짜리 화물선을 타다 2년 만에 육지에 내렸는데 이제는 좀 쉬려고요. 당신이나 비도스 씨를 찾아가면 반겨줄 거라고 생각했죠.'

'뭐? 자네는 비도스가 어디 사는지 알고 있나?'

트레버 노인이 소리쳤네.

'이래봬도 옛 친구들이 사는 곳쯤은 다 알고 있죠.'

사내는 기분 나쁘게 히죽거리며 가정부를 따라 주방 쪽으로 걸어갔네.

트레버 노인은 우리에게 광산으로 갈 때 그 사내와 같은 배를 탔었다고 나직이 말하고는 사내를 따라 집 안으로 들어갔네.

한 시간쯤 뒤에 우리가 집 안에 들어가보니 사내가 술에 잔뜩 취해 식당 소파에 누워 있더군. 나는 이 소란을 보면서 뭔가 섬뜩한 느낌을 받았기 때문에 다음날 도니소프를 떠나는 것이 그다지 아쉽지 않았네. 내가 있으면 오히려 노인 입장만 곤란할 것 같았지."

3. 악마 같은 사나이

홈즈는 이 모든 일이 도니소프에서 보낸 방학 첫 달에 일어났다고 했다.

"그들의 소식을 다시 들은 것은 언제였나?"

내가 궁금함을 참지 못하고 물었다.

"나는 런던의 하숙집으로 돌아와 유기화학 실험에 몰두하며 하루하루를 보내고 있었네. 그런데 방학이 거의 끝나갈 무렵인 가을 어느 날 빅터에게서 전보가 왔네."

홈즈, 자네의 조언과 도움이 필요하네. 미안하지만 도니소프로 급히 좀 와주게.

ㅡ빅터

"나는 모든 것을 중단하고 다시 도니소프로 갔네. 빅터는 마차를 끌고 나와 역에서 나를 기다리고 있었네. 한눈에 지난 두 달 동안 그가 몹시 힘들었다는 것을 알 수 있었지. 얼굴은 비쩍 마르고 수척한 데다 늘 쾌활하고 구김살 없던 태도는 찾아볼 수가 없었네.

'아버지가 위독해.'

이것이 빅터의 첫마디였네.

'뭐라고? 어찌 된 일인가?'

나는 깜짝 놀라 소리쳤지.

'뇌졸중이야. 정신적인 충격을 받아서일세. 지금쯤 돌아가셨을지도 몰라……'

나는 이 뜻하지 않은 소식에 어안이 벙벙해졌네.

'이유가 뭔가?'

내가 물었네.

'일단 마차에 타게. 가면서 이야기하지. 자네가 런던으로 돌아가기 전날 아버지를 찾아왔던 사내를 기억하나?'

'기억하고 있네. 아마 허드슨이라고 했지?'

'그자가 누구였는지 아나?'

'모르겠네.'

'홈즈, 그자는 악마였네.'

빅터의 외침을 들은 나는 깜짝 놀라 그의 얼굴을 바라보앉네.

'그자는 악마가 틀림없네. 그날 이후 우리 집에서는 평화가 완전히 사라졌네. 아버지는 그날 밤부터 완전히 기운을 잃으시더니 이제는 모든 기력을 잃고 쓰러지셨다네. 모두가 그 저주받을 허드슨이라는 놈 때문이야.'

'아버님이 그 사람에게 어떤 약점을 잡힌 거지?'

'그 점을 알고 싶어서 자네를 부른 거네. 자상하고 따뜻한 아버지가 어쩌다 그런 악당에게 걸려들었을까? 홈즈, 자네가 와줘서 정말 기쁘네. 나는 자네의 판단력과 추리력을 믿네. 내가 어떻게 하면 좋을지 나를 좀 도와주게.'

마차는 울퉁불퉁한 시골길을 먼지를 일으키며 달렸네. 길 옆에 끝없이 펼쳐진 늪이 저녁노을을 받아 붉게 빛났고 라임 나무 숲 너머로 저택의 높은 굴뚝이 보이기 시작했네.

'아버지는 처음에 그자에게 정원을 돌보라고 했어.'

'아마 사흘도 못 견뎠을걸.'

내가 대답했지.

'자네 말처럼 그자는 정원사 일이 맘에 들지 않는다

고 투덜거렸어. 그래서 아버지는 놈을 집사로 승진시켜 주었네. 그러자 놈은 거들먹거리며 제멋대로 집안을 휘젓고 다니기 시작했지. 하녀들은 놈의 술버릇과 상스러운 말투를 질색했지. 그뿐만이 아니라 놈은 아버지가 가장 아끼는 엽총을 들고 나가 사냥을 다녔네. 그러면서도 놈은 늘 무례한 표정을 지었어. 놈이 내 또래였다면 아마 때려눕혔을 거야.'

'그런데도 아버님은 가만히 계셨단 말인가?'

나로서도 이해할 수 없는 상황이라 그렇게 묻지 않을 수 없었지.

'아버지는 모른 척하셨네. 하녀들의 급료를 올려주면서까지 불만을 무마시키려 했지. 이보게 홈즈, 지금 생각하니 분을 꾹꾹 눌러 참은 게 잘한 일인지 알 수가 없네. 내가 좀 더 강하게 나가는 것이 좋지 않았을까?'

'글쎄, 상대의 정체를 모르면서 어떤 행동을 하는 것은 위험한 일일 수도 있지.'

'하여간 사태는 점점 나빠졌고 놈은 더욱 기세가 등등해졌네. 그러던 어느 날 내 눈 앞에서 그놈이 아버지에게 무례한 짓을 하기에 나는 놈의 어깨를 움켜쥐고 밖으로 쫓아버렸네. 놈은 반항하진 않았지만 흙빛으로 변한 얼굴과 독사 같은 눈빛이 소름 끼칠 정도였네. 그놈이 아버지에게 무슨 말을 지껄였는지는 모르지만 아버지가 다음 날 나를 불러

놈에게 사과할 수 없겠냐고 물으시더군. 난 싫다고 잘라 말했지. 그리곤 어째서 그런 날강도 같은 놈이 집안을 휘젓게 하느냐고 따지고 들었지. 그러자 아버지가 지친 얼굴로 나를 보며 말했네.

"빅터, 네가 그런 말을 하는 것도 무리는 아니다. 하지만 너는 내 입장이 어떤지 몰라서 그런다. 언젠가는 꼭 말해주마. 그때 가서 이 아버지를 욕하지 말아다오."

아버지는 힘이 드는지 그날 종일 서재에서 꼼짝도 하지 않으셨어. 창문으로 들여다보니 무언가를 쓰고 계시더군. 그런데 바로 그날 밤에 그사가 집을 나가겠다고 말했네.'

'그가 먼저 집을 떠나겠다고 했단 말인가?'

'그렇네. 아버지와 내가 저녁식사를 마치고 앉아 있는데 놈이 식당으로 들어와 술 취한 목소리로 말하더군.

"이제 노퍽을 떠날 것이오. 햄프셔에 살고 있는 비도스 씨 집으로 갈 거요. 그도 당신만큼은 나를 반겨줄 테니까."

"허드슨, 뭐 언짢은 일이라도 있는 건가?"

아버지가 겁먹은 얼굴로 비굴하게 말하는 것을 듣자 나는 피가 거꾸로 치솟는 것 같았네.

"난 아직 사과를 받지 못했소."

놈이 나를 힐끔 보며 말하더군.

"빅터, 이분에게 당장 사과해라!"

하지만 난 아버지의 말에 흥분해서 소리쳤지.

"절대 그럴 수 없습니다. 지금까지 우리는 지나칠 만큼 인내심을 갖고 저자를 대했다고 생각합니다."

"그래? 좋아. 어디 두고 보자고."

놈은 나를 노려보며 으르렁거리듯 그렇게 말하고는 식당을 나갔네. 그리고는 30분 뒤에 집을 떠났지. 그가 떠난 뒤 아버지는 보기 딱할 정도로 두려움에 떨었네. 아버지는 잠을 이루지 못하는 듯 밤마다 방 안을 서성거리는 소리가 들렸네. 그러다 아버지가 조금씩 기운을 되찾으실 무렵 아버지를 다시 무너뜨리는 놀라운 사건이 벌어졌네.'

'놀라운 사건이란 게 뭔가?'

나는 자못 긴장하면서 물었네.

'어제 오후에 포딩브리지의 소인이 찍힌 편지 한 통이 도착했네. 그걸 읽은 아버지는 두 손으로 머리를 감싸쥐면서 미친 사람처럼 방 안을 왔다 갔다 하시더군. 내가 가까스로 아버지를 소파에 눕혀 진정시키려 했는데, 그땐 이미 눈과 입이 한쪽으로 돌아간 뒤였네. 풍을 맞았다고 생각한 나는 급히 의사를 불렀지만 아버지는 의식을 찾지 못하셨네. 어쩌면 지금쯤 돌아가셨을지도….'

빅터는 눈물을 글썽이며 말했네.

'무서운 일이군. 도대체 그 편지에 뭐라고 쓰여 있었기에 그런 끔찍한 일이 벌어졌지?'

빅터의 말만으로는 도무지 상황이 정리가 안 돼 내가 물었네.

'이상하겠지만 편지 내용은 하찮은 말들이었네. 그저 이해할 수 없는 말들이었고 내가 궁금한 것도 그거네. 아, 홈즈, 기어이 걱정했던 일이 일어났어!'

마차가 저택 모퉁이를 돌았을 때 창문마다 커튼이 내려

져 있었네. 슬픔으로 일그러진 빅터가 마차에서 내려 현관으로 달려가자 검은 양복을 입은 신사가 걸어나왔네.

'아버지가 돌아가셨습니까, 선생님?'

빅터가 그에게 물었네.

'자네가 역으로 나간 지 얼마 안 되어 그만……'

'의식은 회복하셨나요?'

'숨을 거두시기 직전에 잠깐 정신을 차리셨지.'

'혹시 제게 남기신 말은 없습니까?'

'일본제 옷장 서랍에 서류가 있다는 말씀만 하셨네.'

빅터는 의사와 함께 트레버 노인의 시신이 있는 방으로 올라갔고 나는 이루 말할 수 없이 침울한 기분으로 서재에 앉아 그간의 사건 전말을 몇번이고 정리해 보았네.

트레버 노인의 과거에 무엇이 있을까? 권투와 여행을 하고 금광에 손을 댔다는 그가 어째서 허드슨 같은 자에게 꼼짝 못했던 것일까? 또 지워진 문신에 대한 내 이야기를 듣고 기절한 이유는 무엇이며 어째서 포딩브리지 에서 온 편지를 보고 놀라서 죽기까지 한 것일까? 순간 포딩브리지는 햄프셔 주에 있다는 생각이 들었네. 그리고 허드슨이라는 자가 비도스라는 사람을 찾아가겠다고 한 말이 떠올랐지. 비도스가 햄프셔에 살고 있었으니까.

그렇다면 그 편지는 허드슨이 트레버 노인의 과거를 폭로하겠다고 협박한 것이거나 비도스라는 사람이 트레버 노인에게 비밀이 탄로날 수 있다고 경고한 내용 중 하나일 거라고 생각했네. 여기까지는 맞는 것 같았어.

그런데 빅터는 왜 그 편지 내용이 하찮은 말들이라고 했을까? 그건 빅터가 내용을 잘못 이해한 것이며 만약 그렇다면 그냥 보기에는 별것 아닌 것처럼 꾸민 암호문이 아닐까 하는 생각이 들었네. 나는 그 편지를 보아야 했고 거기에 숨은 의미가 있다면 찾아낼 자신이 있었네.

한 시간쯤 어둠 속에서 그런 생각을 하고 있는데 눈물범벅이 된 가정부가 램프를 갖다주었고 이어서 빅터가 창백하지만 침착한 얼굴로 지금 내 무릎 위에 놓여 있는 서류를 들고 들어왔네.

'혼자 있게 해서 미안하네. 이게 내가 말한 그 편질세.'

빅터는 나와 마주 앉더니 램프를 당겨 놓고 서둘러 쓴 게 분명한 짧은 편지 한 장을 내밀었네.

런던으로 갈 사냥감은 점점 늘어나고 있다. 수렵장 감시원 허드슨이 파리잡이 끈끈이를 모았고, 귀하의 암꿩의 생명 보존에 관한 명령을 받았다.

처음 이 편지를 읽었을 때는 나도 왓슨 자네처럼 무슨 소린지 알 수 없었네. 그래서 몇 번을 되풀이해 꼼꼼하게 편지를 다시 읽어보았지. 역시 내가 예상한 대로였어. 이 묘한 단어의 나열 속에 특별한 의미가 숨겨져 있는 게 틀림없었지.

'파리잡이 끈끈이'나 '암꿩' 같은 말에 두 사람만의 숨은 뜻이 있다면 그건 도저히 해독할 수 없겠지만 나는 그렇게 생각하고 싶지 않았네. '허드슨'이라는 말이 들어 있는 것으로 보아 내용은 내 짐작과 같을 것 같았고 편지를 보낸 사람 역시 허드슨이 아니라 비도스라는 생각이 들었지. 난 편지를 거꾸로 읽어보았지. 하지만 뜻이 통하지 않았어. 그래서 이번엔 한 단어씩 띄어서 읽어봤지. 역시 통하지 않더군. 그런데 갑자기 수수께끼를 풀 수 있는 열쇠가 손에 들어왔네. 첫 단어부터 두 단어씩 건너뛰어 읽자 트레버 노인을 두려움에 떨게 할 내용이 나타났어. 나는 빅터에게 이 간단한 경고문을 읽어주었네.

허드슨이 모든 것을 폭로했다. 목숨을 걸고 도망쳐라.

내 말을 들은 빅터는 얼굴을 감싸고 울먹이며 떨리는 목소리로 말했네.

'그래, 내 생각도 그랬어! 이건 죽음보다 나빠. 불명예를 암시하고 있으니까 말이야. 그런데 파리 사냥꾼이니 암꿩은 무슨 뜻일까?'

빅터가 여전히 이해되지 않는다는 듯 물었네.

'특별한 의미는 없지만 보낸 사람을 알 수 없을 때는 중요한 단서가 될 수도 있지. 그는 먼저 중요한 한 단어를 쓴 다음 그 사이에 내용과 상관없는 적당한 두 단어를 쓰는 방식으로 편지를 쓴 걸세. 그런 경우 먼저 머릿속에 떠오르는 말은 자신의 생활과 관계된 것이겠지. 사냥에 관한 말이 많은 것으로 보아 편지를 쓴 사람은 사냥에 관심이 많은 사람이라는 것을 알 수 있네. 빅터, 비도스라는 사람에 대해서 아는 거 없나?'

'그러고 보니 아버지는 매년 가을 그분의 사냥터에 초대

를 받았던 것 같아.'

'그렇다면 이 편지를 비도스가 보냈다는 것은 의심의 여지가 없군. 문제는 허드슨이 일고 있는 비밀이 무엇이기에 두 신사가 그의 협박을 받았는가 하는 것이군.'

'홈즈, 아마도 그것은 말할 수 없이 수치스러운 비밀일 거야.'

빅터는 이렇게 외치더니 말을 이었네.

'하지만 자네에게는 아무것도 숨기고 싶지 않네. 이것은 허드슨이 비밀을 폭로할지도 모른다고 생각하고 쓴 아버지의 고백서일세. 의사 말대로 옷장 서랍속에 이것이 들어 있더군. 자네가 읽어주게. 난 그것을 읽을 만한 힘도 용기도 없어.'

난 편지를 받아들고 읽기 시작했고 그 안에는 놀라운 비밀이 숨어 있었네."

4. 지옥선의 최후

"홈즈, 도대체 그 비밀이라는 것이 뭔가. 지금까지의 이야기만으로 아직 짐작이 안 되네."

이야기를 듣던 내가 홈즈에게 말했다.

"왓슨, 이것이 그때 빅터가 건네준 고백서라네. 그날 밤 빅터에게 그랬듯이 내가 자네에게 읽어주겠네. 보다시피 겉장에는 이렇게 쓰여 있네. '1855년 10월 8일 팰머스에서 출항하여 11월 6일 북위 15도 29분, 서경 25도 14분에서 침몰할 때까지의 글로리아 스콧 호 항해 기록.' 이건 아들에게 보내는 편지 형식으로 기록되어 있네."

홈즈는 편지를 읽기 시작했다.

사랑하는 아들에게

수치스러운 비밀을 고백해야 하는 지금, 나는 솔직한 마음으로 이 글을 쓴다. 내가 미치도록 괴로운 것은 법의 심판이 두렵거나 사회적인 지위, 명예를 잃을 까봐도 아니다. 오로지 나만을 사랑하고 존경하는 네가 나 때문에 사람들 앞에서 고개를 들지 못할까 봐서이다. 하지만 평생 나를 옭아맸던 비밀이 폭로될 때는 네가 이 편지를 직접 읽길 바란다. 그러나 만일 모든 일이 무사히 해결된다면(전능하신 주여, 제발 그렇게 되도록 해주소서!) 그런데도 우연히 이 편지가 너의 손에 들어간다면 성스러운 모든 것과 사랑하는 네 어머니를 생각해서, 또한 그간 나눈 우리 부자간의 사랑을 생각해서 이걸 불태워 다시는 이 일을 생각하지 않길 바란다.

그러나 불행하게도 네가 이 편지를 읽는다면 아마 난 과거가 폭로되어 구속되었거나 너도 알고 있듯이 약한 심장 때문에 이 세상을 떠난 다음일지도 모르겠다. 어쨌거나 과거를 숨길 시기는 지났고 지금 나는 맹세코 진실만을 말하고 있다는 것을 믿어다오.

사랑하는 빅터, 내 본명은 트레버가 아니다. 젊은 시절의 내 이름은 제임스 아미타지였다. 이로써 너는 몇 주 전에 홈즈라는 네 친구가 내 팔에 새겨진 문신을 보고 비밀을 알아낸 것 같은 말을 했을 때 내가 얼마나 충격을 받았는지 이해가 될 것이다.

아미타지라는 이름을 쓰던 시절 나는 런던의 한 은행에서 일했고 당시 법을 어겨 실형을 선고받았다. 아들아, 부디 나를 너무 책망하지 말아다오. 당시 나는 도박에 손을 댔고 그 빚 때문에 은행 돈을 몰래 쓰고 말았다. 물론 나는 그 돈을 메워 넣을 생각이었다. 그러나 믿고 있었던 돈은 들어오지 않고 예정보다 일찍 회계감사가 이루어지는 바람에 마침내 공금을 횡령한 게 되고 말았다.

지금이라면 좀 더 관대한 처벌을 받을 수도 있겠지만 30년 전의 법률은 무척 가혹했다. 나는 스물세 살 생일날 오스트레일리아로 떠나는 글로리아 스콧 호 중간 갑판에 다른 서른일곱 명의 죄수들과 함께 쇠사슬에 묶이는 신세가 되었다.

　그때가 1885년으로 당시 크리미아 전쟁이 한창이었고 기존의 죄수 수송선은 대부분 흑해에서 군용 수송선으로 사용됐다. 그래서 정부에서는 낡고 작은 배를 죄수 호송에 쓸 수밖에 없었다. 글로리아 스콧 호는 원래 중국의 차 무역에 쓰였는데 뱃머리가 무겁고 선체가 넓은 구식 범선이라 새로 등장한 쾌속선에 자리를 내주었다. 5백 톤급의 그 배에는 서른여덟 명의 죄수 외에 선원 스물여섯 명, 호송 군인 열여덟 명, 선장, 항해사 세 명, 의사, 목사, 간수 네 명이 타고 있었다. 1백여 명의 인원이 팰머스 항에서 떠난 것이다.

　죄수들이 갇힌 독방과 독방 사이의 칸막이가 단단한 나무로 되어 있는 일반 죄수 수송선과 달리 그 배는 아주 얇은 판자로 막혀 있었다. 그런데 고물 쪽 옆방에 처음 항구로 호송됐을 때부터 유난히 나의 주의를 끌던 사람이 수용돼 있었다. 그는 얼굴에 수염이 없는 청년으로 성격이 쾌활하고 걸을 때는 머리를 쳐들고 가슴을 활짝 편 채 꼿꼿하게 걷는 걸음걸이와 유난히 큰 키가 눈길을 끌었지. 우울하고 어두

운 얼굴들 틈에서 기운이 넘치고 쾌활한 그는 이상할 정도로 나를 사로잡았다. 그의 모습은 눈보라 속에서 모닥불을 찾은 것 같은 느낌이었다. 나는 그가 내 옆방에 수용된 것을 기쁘게 생각했다. 더욱이 한밤중에 그가 칸막이에 구멍을 뚫고 말을 걸어왔을 때는 더욱 기뻤다.

'여보게, 자네 이름은 뭔가? 어쩌다 이런 신세가 됐지?'

나는 내심 기뻐하며 내 이름을 대고 그의 이름을 물었다.

'난 제임스 아미타지라고 하네. 자네는 누구인가?'

'난 잭 프렌더개스트야. 자넨 아마 나를 알게 된 것을 감사하게 될 걸세.'

그의 사건은 나도 들어서 알고 있었다. 내가 체포되기 얼마 전에 온 나라를 들썩이게 만들었던 사건이었기 때문이다. 그는 좋은 가문에서 자랐고 재능도 풍부했으나 악의 구렁텅이에 빠져 런던의 상인들로부터 거액의 돈을 갈취하다 잡혔다고 했다.

알고 있다는 내 말을 들은 그가 으스대듯 말했다.

'내 사건을 잘 아는군.'

'잘 알고 있지.'

'그 사건에서 뭔가 이상한 점을 발견하지 못했나?'

'이상한 점이라니?'

'나는 거의 25만 파운드를 해먹었지.'

'그런 얘기들을 하더군.'

'하지만 나에게선 한 푼도 나오지 않았지.'

'그 얘기도 들었지.'

'그 돈이 어떻게 되었다고 생각하나?'

'나야 알 수 없지.'

'모두가 내 손 안에 있지. 난 자네의 머리카락 수보다 더 많은 돈을 갖고 있네. 그만한 돈이면 무슨 짓이든 할 수 있지. 자넨 그런 사람이 퀴퀴한 냄새가 나고 벌레와 쥐가 들끓는 배에서 썩는다는 게 말이 된다고 생각하나? 어림없지. 그만한 사람이라면 제 몸을 보호할 수 있거니와 남의 일까지 걱정해 주지. 그를 신처럼 받들게. 반드시 자넬 도와줄 테니까 말이야.'

처음에 난 그의 이야기를 그저 허풍으로 들어넘겼다. 그러나 그는 나를 시험하고 맹세하게 한 다음 배를 탈취할 계획이 진행되고 있다는 비밀을 전해주었다. 배에 타기 전에 열두 명의 죄수들이 은밀히 주도한 것으로 주동자는 프렌더개스트이고 원동력이 된 것은 그의 돈이었다.

'내겐 친구가 있네. 그는 보기 드물게 좋은 사람으로 총신과 개머리판처럼 우리 둘은 끊을 수 없는 관계지. 돈은 그가 가지고 있네. 그가 지금 어디에 있는 줄 아나? 하하, 그는 바로 이 배의 목사라네. 그는 검은 옷을 입고 제대로 된 신

분증을 갖고 배에 탔지. 그가 들고 탄 상자에는 이 배의 돛대부터 배 밑바닥까지 몽땅 살 수 있는 돈이 들어 있네. 승무원들은 모두 그의 말을 따르네. 배에 타기 전에 그들을 이미 매수해 놓았거든. 간수 두 명과 2등 항해사인 머서는 물론이고 필요하다면 선장도 매수할 수 있을 걸세.'

'우리는 무엇을 하지?'

내가 물었다.

'간단하지. 우린 군인들 옷을 붉게 물들일 걸세. 자네 생각은 어떤가?'

'하지만 그들은 무장을 하고 있네.'

'당연히 우리도 무장을 할 거야. 모두에게 총이 돌아가게 되어 있거든. 승무원들까지 우리 편으로 만들고도 배를 점령하지 못한다면 모두들 여자아이 기숙사에나 보내야 하지 않겠나. 오늘밤 자네 왼쪽에 있는 사람과 이야기를 해보고 믿을 수 있는 사람인지 확인해 봐.'

나는 그의 지시대로 왼쪽 방의 죄수에게 말을 걸었다. 내 나이 또래의 그의 죄명은 문서 위조였다. 에반스라는 그 젊은이도 나중에 나처럼 이름을 바꾸고 지금은 영국 남부에서 부유하게 살고 있다. 내 얘기를 들은 에반스 역시 살아날 방법은 그것밖에 없다고 판단하고 음모에 가담했다. 그리하여 배가 비스케이 만을 지날 때쯤 음모에 가담하지 않은 죄수는 두 사람뿐이었다. 한 사람은 마음이 약해 믿을 수 없었고 다른 한 사람은 병에 걸려 우리에게 도움이 되지 않았기 때문이다.

우리가 배를 점령하는 데 장애가 될 만한 것은 아무것도 없었다. 승무원의 대부분이 우리 편이었고 가짜 목사는 선교용 팸플릿이 들어 있는 것처럼 보이는 가방을 들고 설교를 하는 듯 자주 독방을 순례했다. 그 덕에 3일째에는 우리 모두 사슬을 끊을 줄과 총 두 자루, 화약, 그리고 총알 스무 발씩을 감출 수 있게 되었다.

간수 두 명은 프렌더개스트의 앞잡이였고 2등 항해사는 그의 오른팔이었지. 우리의 적은 선장과 항해사 두 명, 마틴 중위와 열여덟 명의 군인, 그리고 의사뿐이었다. 완벽한 계획이었지만 우린 경계를 게을리하지 않고 밤에 기습하기로 작전을 세웠다. 그러나 우린 계획을 앞당겨야만 했다.

출항한 지 3주쯤 지난 어느 날 밤, 갑작스럽게 병에 걸린 죄수를 진찰하러 왔던 의사가 침대 밑에 숨겨둔 권총을 발견한 것이다. 만약 눈치 빠른 의사여서 그것을 못 본 체하고 그 자리를 떠나 군인들에게 알렸다면 우리의 음모는 실패로 끝났을 것이다. 그러나 겁에 질린 의사는 비명을 질렀고 사태를 파악한 죄수는 의사를 붙잡아 입에 재갈을 물리고 침대에 그를 묶어놓았다. 의사가 갑판으로 통하는 문을 열어

놓은 채 들어왔기 때문에 우리는 우르르 갑판으로 달려나갔다. 순식간에 두 명의 보초와 하사관도 쓰러졌다. 특등실 앞에도 두 명의 군인이 있었지만 그들 역시 총을 장전하려는 사이 사살되고 말았다.

우리는 곧바로 선장실로 쳐들어갔는데 문을 여는 순간 총소리가 들렸다. 선장은 머리에 피를 흘리며 탁자 위에 붙여놓은 대서양 해도 위에 쓰러져 있고 그 옆에 가짜 목사가 총을 들고 서 있었다. 마지막으로 두 명의 항해사까지 승무원에게 붙잡히자 일이 다 끝난 듯했다.

우리는 선장실 옆에 붙은 특등실에 모여 자유의 몸이 된 것을 기뻐하며 떠들어 댔다. 방에는 벽장이 여럿 있었는데 가짜 목사 월슨이 그중 한 벽장을 부수고 셰리주를 잔뜩 꺼냈다. 그런데 우리가 술을 따라 들이켜려는 순간 갑자기 총성이 들리고 방 안은 연기로 가득했다. 연기가 걷힌 뒤에 보니 그곳은 마치 도살장처럼 변해 있었고 월슨을 비롯한 여덟 명의 죄수가 서로 포개진 채 버둥거리고 있었다. 그 광경은 지금 생각해도 속이 메스꺼울 정도다.

그 광경을 본 우리 모두는 겁을 먹고 있었다. 만약 프렌더개스트가 없었다면 그쯤에서 항복하고 말았을 것이다.

'내가 놈을 상대하지. 가치 없이 죽고 싶지 않으면 너희들도 나를 따르라.'

프렌더개스트는 성난 황소처럼 외치고는 살아남은 사람들을 이끌고 갑판으로 뛰어나갔다. 밖으로 나가자 우리가 있던 방 위쪽에 중위와 십여 명의 군인들이 모여 있었다. 그 방의 특등실 천장 뚜껑이 약간 열려 있었는데 그들이 그 사이로 총알을 퍼부었던 것이다. 우리는 그들이 총알을 장전할 시간을 주지 않고 덮쳤고 그들도 필사적으로 대응했지만 우리 쪽이 우세했기 때문에 싸움은 5분도 안 돼 끝나고 말았다.

프렌더개스트는 마치 미친 사람처럼 날뛰며 살아 있거나 죽었거나를 가리지 않고 들어올려 그들을 바다로 내던졌다. 병사 하나가 중상을 입고도 놀랄 만큼 오랫동안 헤엄을 쳤지만 누군가가 그의 머리에 총을 쏘아 죽였다. 싸움이 끝났을 때 그들 중 살아남은 사람은 간수 둘과 항해사와 의사뿐이었다.

그런데 그들을 처리하는 방법에 대한 의견이 나뉘었다. 우리들 중에는 자유를 되찾은 것만으로 기뻐하며 더 이상의 살인을 꺼리는 사람들이 있었다. 무기를 든 병사와 뒤엉켜 싸우는 것과 누군가 살해되는 것을 묵묵히 바라보는 일은 전혀 다른 문제였다. 그래서 나를 포함한 죄수 다섯 명과 승무원 세 명은 그들이 살해되는 것을 보고 싶지 않다고 말했다. 하지만 프렌더개스트와 그를 따르는 사람들은 마음을 바꿀 기미가 보이지 않았다.

'우리 신변의 안전을 지키기 위해서는 일을 깨끗하게 마무리할 필요가 있다. 혹시라도 나중에 증언대에 서서 입을 놀릴 수 있는 놈들은 절대 살려둘 수 없다.'

프렌더개스트는 단호했고 하마터면 우리는 그 포로들과 운명을 같이할 뻔했다. 그런데 프렌더개스트는 우리가 원한다면 떠나도 좋다고 하더구나. 우리는 기꺼이 그 제안에 응했지. 더 이상 피를 보고 싶지 않았기 때문이다. 우리는 각각 선원 옷과 물 한 통, 소금에 절인 고기 몇 덩어리, 그리고 나침반 하나를 받고는 작은 보트로 옮겨 탔다.

프렌더개스트는 해도를 한 장 던져주고는 북위 15도, 서경 25도에서 난파한 배의 선원이라고 말하라고 한 뒤 밧줄을 끊어 우리를 보냈다.

사랑하는 아들아, 난 이제 가장 놀라운 이야기를 쓰려고 한다. 글로리아 스콧 호는 북동풍을 받아 우리가 탄 보트로부터 서서히 멀어지기 시작했다. 보트는 한동안 파도에 휩쓸리고 있었다. 우리 일행 중 가장 교육을 많이 받은 에반스와 나는 해도를 펼쳐놓고 현재의 위치를 측정하거나 진로를 어디로 잡을 것인가 등을 의논했다. 경험이 없는 우리로서는 쉽지 않은 일이었다. 우리가 있는 곳에서 베르데 곶까지는 북쪽으로 5백 마일, 아프리카 해안은 7백 마일 거리였기 때문이지. 북동풍이 불고 있어 우리는 서아프리카의 시에라리온으로 가기로 결정하고 그쪽으로 배를 몰았다. 그때 글로리아 스콧 호는 어느새 수평선 너머로 가물가물 사라지고 있었지. 그런데 갑자기 검은 연기가 피어오르더니 선채가 거대한 나무처럼 치솟았다. 그리고 몇 초 후 천둥처럼 요란한 폭발 소리가 들리더니 글로리아 스콧 호의 모습이 보이지 않았다. 우리는 급히 보트의 방향을 바꿔 연기가 떠도는 현장을 향해 힘껏 노를 저었다.

현장에 도착하기까지는 꽤 시간이 걸렸기 때문에 우리는 아무도 구하지 못할 거라고 생각했다. 그곳에는 선박의 잔해만 파도를 따라 흔들릴 뿐 사람의 모습은 보이지 않았다. 그런데 우리가 생존자 찾는 것을 포기하고 막 뱃머리를 돌리려는 순간 살려달라는 외침이 들려왔다. 저만치서 한 남자가 배의 갑판 조각에 매달려 있었다. 서둘러 그를 보트 위로 끌어올려 놓고 보니 허드슨이라는 선원이었다. 그는 심한 화상을 입은 데다 몹시 지쳐 있었기 때문에 우리는 다음 날에야 사건에 관한 이야기를 들을 수 있었다.

허드슨의 이야기에 따르면 우리가 보트를 타고 떠난 뒤 프렌더개스트 일당은 살아남은 포로들을 처형했다고 하더구나. 프렌더개스트는 두 명의 간수와 3등 항해사를 죽여 바다에 던진 다음 갑판으로 내려가 자신의 손으로 의사의 목을 베었다고 했다. 이제 남은 것은 1등 항해사 한 명이었는데 그는 용감한 사나이였다. 프렌더개스트가 칼을 들이대며 다가오자 그는 묶여 있던 밧줄을 풀고 배 뒤쪽 창고로 뛰어들었고 십여 명의 죄수들이 총을 들고 쫓아가 보니 그는 화약 통의 뚜껑을 열어놓고 성냥을 손에 든 채 자신에게 손을 대면 불을 질러 모두 날려버리겠다고 위협했다더구나. 그리고 잠시 뒤 폭발이 일어났지. 허드슨은 항해사가 불을 붙인 것이 아니라 죄수 중 누군가가 쏜 총알이 화약통에 맞

은 것 같다고 했다. 이유가 무엇이든 그것이 글로리아 스콧
호와 배를 점령한 폭도들의 최후였다.

사랑하는 아들아, 지금까지 한 이야기가 이 아비가 휘말
린 무서운 사건의 전모다. 다음 날 우리는 오스트레일리아
로 가는 핫스퍼 호에 구조되었다. 그 배의 선장은 우리가 난
파한 여객선의 생존자라는 말을 쉽게 믿어주었다. 해군본부
에서도 죄수선 글로리아 스콧 호가 항해 도중 조난당했다고
인정했고 그 후로도 글로리아 스콧 호에 진실에 대해서는
어떤 말도 들리지 않았다. 핫스퍼 호의 항해는 순조로웠고

우리는 무사히 시드니 항에 도착했다. 에반스와 나는 그곳에서 이름을 바꾸고 금광으로 갔다. 그곳에는 각국의 사람들이 몰려들었기 때문에 신분을 속이기가 쉬웠기 때문이다.

그 밖의 일은 이야기할 필요가 없을 것 같다. 우리는 큰돈을 모았고 세계 여러 나라를 여행한 뒤 부유한 개척자로 영국으로 돌아왔다. 나는 이곳에 땅을 구입하고 20년 이상 평온하게 살았고 불행한 과거가 영원히 묻히기를 바랐다. 그러니 허드슨이 나를 찾아왔을 때 내 심정이 어땠겠느냐. 그는 우리의 행방을 찾았고 과거를 빌미로 우릴 협박해서 기생하려고 했다. 이젠 너도 내가 왜 그의 비위를 맞추려고 애썼는지 이해할 수 있으리라고 생각한다. 그가 폭언을 퍼붓고 또 다른 먹잇감을 찾아간 지금 내가 느끼는 이 공포감을 네가 동정해 주길 바랄 뿐이다.

"편지는 이렇게 끝이 났네. 그리고 그 아래 떨리는 손으로 써서 거의 알아볼 수 없을 정도로 이렇게 쓰여 있네."

비도스가 암호로 허드슨이 모든 것을 폭로했다고 전했다. 신이여, 우리를 불쌍히 여기소서!

"왓슨, 이것이 그날 밤 내가 빅터에게 읽어준 이야기일세. 빅터는 한동안 아버지의 일로 크게 상심하다 차를 재배하겠다며 인도로 떠났는데 자리를 잡았다는 말을 들었네. 그러나 허드슨과 비도스에 대해서는 트레버 노인에게 편지가 날아온 이후로 전혀 들을 수가 없었네. 두 사람 다 종적을 감춘 거지."

"자네는 그들이 어떻게 됐을 거라고 생각하나?"

내가 오랜 침묵을 깨고 홈즈에게 물었다.

"경찰에서 비도스를 찾아오지 않은 것으로 보아 허드슨의 단순한 협박을 비도스가 진짜로 그럴 거라고 착각했을 수도 있네. 경찰에서는 허드슨이 숨어다니는 것을 본 사람이 있다는 말을 참고로 그가 비도스를 살해하고 도주했다고 믿고 있네. 하지만 나는 그 반대라고 생각하네. 허드슨이 비밀을 폭로할 거라는 생각으로 궁지에 몰린 비도스는 트레버 노인에게 편지를 쓴 뒤 허드슨을 죽였을 거야. 그리고는 돈을 몽땅 챙겨 다른 나라로 도주했을 거라고 보네. 왓슨, 이것이 글로리아 스콧 호 사건의 전부라네. 자네의 사건 수집에 도움이 된다면 얼마든지 이용하게나."

독신자 귀족

The Noble Bachelor

세인트사이먼 경

영국의 손꼽히는 최고 가문의 귀족으로 40대의 독신 신사이다. 가문은 훌륭하나 재산은 그리 많지 않다. 발레리나와 염문을 뿌리기도 하였으나 미국 출신의 광산 재벌 앨로이시우스 도런의 외동딸 해티 도런을 진심으로 사랑하게 되어 그녀를 신부로 맞이하게 된다. 그러나 결혼식 날 신부가 갑자기 사라져버리는 사건이 발생하고 경찰에서도 이렇다할 실마리를 찾지 못하자 홈즈에게 사건을 의뢰한다.

레스트레이드 경감

런던 경시청의 경감으로 몸집이 작고 여위었으나 힘이 세고 민첩하다. 머리가 좋고 의욕적이며 장래가 유망한 경감이다. 가끔 어려운 사건을 해결하는 데 홈즈의 도움을 청하기도 한다. 추리하는 데는 좀 어설픈 경향이 있으나 목표에 대해서는 매우 집요한 성격이어서 런던 경시청 내에서는 인정을 받는다. 해티 도런의 행방을 찾기 위해 수사를 진행하던 중 홈즈에게 결정적인 단서를 제공하게 된다.

해티 도런

미국 샌프란시스코 출신의 여성으로 아버지를 따라 런던으로 온 뒤 세인트사이먼과 결혼한다. 그러나 결혼식 직후 아무런 이유도 없이 연회장에서 나간 뒤 사라져버린다.

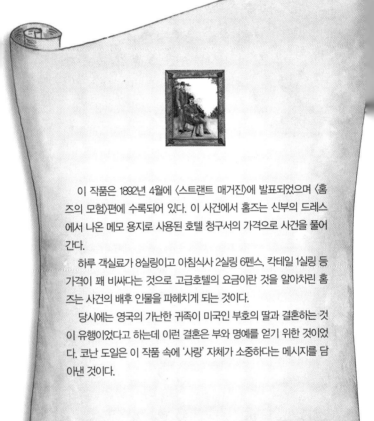

　　이 작품은 1892년 4월에 〈스트랜트 매거진〉에 발표되었으며 〈홈즈의 모험〉편에 수록되어 있다. 이 사건에서 홈즈는 신부의 드레스에서 나온 메모 용지로 사용된 호텔 청구서의 가격으로 사건을 풀어간다.

　　하루 객실료가 8실링이고 아침식사 2실링 6펜스, 칵테일 1실링 등 가격이 꽤 비싸다는 것으로 고급호텔의 요금이란 것을 알아차린 홈즈는 사건의 배후 인물을 파헤치게 되는 것이다.

　　당시에는 영국의 가난한 귀족이 미국인 부호의 딸과 결혼하는 것이 유행이었다고 하는데 이런 결혼은 부와 명예를 얻기 위한 것이었다. 코난 도일은 이 작품 속에 '사랑' 자체가 소중하다는 메시지를 담아낸 것이다.

1. 실종 기사

 4년 전, 어느 귀족의 결혼이 뜻밖의 파경을 맞게 된 사건은 상류사회에서 큰 화제가 되었다. 그 주인공은 세인트사이먼 경이었는데 그가 유명한 가문의 사람이었기도 했지만 상류사회라는 데가 워낙 남의 얘기를 좋아하는 곳이고 보니 꽤 오랫동안 회자되었던 것으로 기억한다. 새로운 스캔들이 터지면서 이 사건은 사람들의 머릿속에서 사라지게 되었지만 이 사건은 아직도 커다란 충격으로 기억되고 있다. 내가 지금 이 사건을 이야기하고자 하는 이유는 이런 유명세 때문만은 아니다. 물론 내 친구 홈즈가 사건 해결에 큰 역할을 했다는 것이 가장 큰 이유임에는 틀림없으나 그 외에도 나를 움직이게 한 이유가 있다. 그것은 진기한 사건의 진상이 제대로 공개되지 않았다는 것이다.

　지금은 따로 살고 있지만 당시 홈즈와 나는 베이커가에 있는 하숙집에서 함께 살고 있었다. 그날은 내가 결혼을 몇 주 앞두고 있을 때였는데 날씨가 흐리고 바람까지 세차게 불었다. 오후에는 비까지 내리기 시작했다. 홈즈는 평소처럼 산책을 하러 나가고 없었다. 하지만 나는 아프가니스탄 전쟁에서 총상을 입은 다리가 날만 조금 궂어도 어김없이 쑤셔왔기 때문에 꼼짝할 수가 없었다.

　나는 안락의자에 앉아 건너편에 의자를 놓고 그 위에 두 다리를 얹은 채 신문의 첫 장부터 꼼꼼하게 읽었다. 그리고 마침내 모든 기사를 섭렵하고 말았다. 나는 신경질적으로 신문을 옆으로 밀쳐놓았다. 더 이상 할 일이 없었다.

　잠시 멍하게 천장을 바라보던 나는 책상 위로 눈을 돌렸다. 거기에는 홈즈 앞으로 와 있는 편지가 있었다. 봉투에는 어떤 귀족 가문의 커다란 문장과 누군가의 이니셜을 딴 모노그램이 찍혀 있었다.

　'음, 홈즈에게 편지를 보낸 귀족이라…….'

　홈즈가 돌아와 이 궁금증을 어서 해결해 주기를 바라는 마음이 간절했다. 하지만 산책 나간 홈즈는 금방 돌아올 것 같지 않았다. 나는 편지의 발신인이 누구인지 상상하는 것으로 시간을 보냈다.

한참 만에 홈즈가 돌아왔다.

"어느 지체 높으신 분께서 자네에게 편지를 보내셨더군. 책상 위에 있네."

"그래?"

궁금해하는 나와는 달리 홈즈는 예사롭게 대답했다. 그는 비에 젖은 모자와 외투를 고리에 걸고 천천히 책상으로 걸어갔다.

"문장을 보니 대단한 귀족인 것 같은데 정말 놀랍군. 오늘 아침에 온 편지는 분명히 생선 장수하고 세관원한테 온 거였는데 말이야."

홈즈는 빙긋이 웃었다.

"나한테 온 편지가 매력적인 이유는 다양한 사람들한테서 온다는 데 있다네."

그는 편지를 집어 들면서 말했다.

"사실 가난한 사람들이나 신분이 낮은 사람들이 보낸 편지일수록 흥미롭지. 이렇게 으리으리한 편지는 대체로 귀찮은 초대장이 대부분이거든. 남에게 거짓말이나 하고 하품이 나는 얘기를 지루하게 늘어놓는 상류사회의 사교장이라는 데는 도무지 내 체질에 맞지 않더군. 아니, 여보게, 이건 뜻밖에도 재미있는 사건이 될 것 같은데!"

봉투를 뜯고 훑어보던 홈즈의 표정이 밝아졌다.

"초대장은 아닌가 보군."

"그래. 틀림없이 사건을 의뢰하는 편지야."

"의뢰인이 귀족은 맞는 건가?"

"영국 최고의 가문이로군."

"오, 축하할 일 아닌가!"

내가 감탄하자 내 친구는 정색을 했다.

"왓슨, 잘난 척하려는 건 아니지만 내게 중요한 건 언제나 사건이네. 의뢰인의 신분이나 경제력 따위는 흥미 없어."

"물론 잘 알고 있어. 하지만 명문가의 사건을 해결하면 자네 명성이 한층 높아질 게 아닌가? 이거야말로 일거양득 아니겠나?"

"명성 따위도 별 상관없네. 음, 그런데 이번 수사는 꽤 재미있을 것 같군."

홈즈는 편지를 꼼꼼하게 읽은 후 나에게 물었다.

"자네 요즘 신문을 꼼꼼하게 읽는 것 같던데……."

"그거라면 보는 대로네."

나는 안락의자 옆으로 잔뜩 쌓여 있는 신문 더미를 가리키며 말했다.

"다리가 이 지경이니 꼼짝할 수가 있어야지."

"그거 잘됐네."

그가 반색을 했다.

"잘됐다니?"

"아, 오해하지 말게. 자네가 내게 정보를 제공해 줄 수 있다는 의미에서 잘됐다는 것이니까. 사실 나는 사건 기사와 사람을 찾는 개인 광고 외에는 읽지 않아서 말이야. 특히 개인 광고란은 얻을 것이 많거든. 그래서 말인데 최근에 세인트사이먼 경의 결혼식에 대한 기사가 있었나?"

"암, 똑똑히 기억하고 있네. 무척 재미있었거든."

"다행이군. 그 사건과 관련된 신문 기사에 대해 전부 알려 줄 수 있겠지?"

"그야 어렵지는 않지만 왜 그 사건에 갑자기 관심을 갖는 건가?"

"이 편지가 그 사이먼 경에게서 온 것이거든. 자네도 한 번 보게."

홈즈가 나에게 편지를 건네주었다. 편지의 내용은 다음과 같았다.

친애하는 셜록 홈즈 씨

백워터 경을 아시겠지요? 그분이 당신을 추천해주셨습니다. 그분 말씀으로는 당신의 분별력을 절대적으로 믿을 만하다고 하시더군요. 그래서 내 결혼식과 관련된 불행한 사태에 관해 의논하고 싶습니다. 현재 런던 경시청의 레스트레이드 경감이 수사를 하고 있는데 그분도 당신에게 의뢰하는 것을 반대하지 않을 뿐만 아니라 오히려 도움이 될 거라고 말하더군요. 오늘 오후 4시에 홈즈 씨의 사무실로 방문할 예정이니 부디 기다려 주시기 바랍니다. 혹시 그 시간에 다른 약속이 있다면 미뤄주셨으면 합니다. 그만큼 이 사건은 중요하니 말입니다.

─세인트사이먼

"편지의 발신지는 그로브너 대저택이야. 깃털 펜으로 쓴 걸 보니까 그 고귀하신 분의 오른손 새끼손가락에 잉크가 잔뜩 묻어 있겠어."

홈즈는 내가 편지를 읽는 동안 이렇게 말했다.

"홈즈, 4시라면 이제 한 시간 남았군. 지금이 세 시야."

홈즈는 내가 건네주는 편지를 받아서 반을 접었다.

"한 시간이면 사건의 예비 지식을 얻기에는 충분해. 자네가 수고 좀 해줘야겠지만 말이야."

홈즈가 나를 보며 빙긋 웃었다.

"왓슨, 신문에서 그 결혼식과 관련된 기사를 날짜순서로 정리해 주면 좋겠네. 그동안 나는 우리 의뢰인이 도대체 어떤 분이신지 조사해 봐야겠어."

그는 벽난로 옆에 있는 책장에서 붉은 표지의 책 한권을 뽑아 들었다. 그리고 의자에 앉아 무릎 위에 펼치고 무언가를 찾기 시작했다.

"여기 있군. 로버트 윌리엄 드 비어 세인트사이먼 경, 과거 외무상을 지낸 발모랄 공작의 차남. 1846년에 태어났으니까 올해 마흔한 살. 결혼이 꽤 늦었군. 전 내각에서 식민 차관을 지냈고……. 잉글랜드 왕실인 플랜태저넷 왕가의 직계이고 외가는 튜더 왕가의 혈족이라. 음, 이것만으로는 사건 해결에 별로 도움이 안 되겠군. 신문에서 기대할 수밖에

없겠어. 왓슨, 자네 쪽은 어때? 뭐 신통한 거라도 있겠나?"

"그 결혼식 사건이라면 자네가 원하는 걸 찾을 수 있을 걸세. 최근에 일어난 것인 데다가 충격적이어서 흥미로웠거든. 자네에게 말해 주고 싶었는데 자네가 다른 사건을 조사하고 있어서 그만뒀지. 일하는 데 쓸데없이 방해를 하는 것 같아서 말이야."

사실 홈즈는 사건을 조사하고 있을 때에는 다른 데 신경을 쓰지 않았다. 심지어 또 다른 사건의 의뢰가 들어와도 맡지 않았다. 그만큼 그는 사건 하나하나에 최선을 다했던 것이다.

"그로브너 광장의 가구 마차 사건 말이로군. 그 사건은 해결되었어. 좀 시시했지만 말이야. 자, 자네가 정리한 기사 좀 보여주게."

"이 기사가 최초의 것이네. 몇 주 전 〈모닝 포스트〉지에 실렸었지."

정통한 소식통에 의하면 발모랄 공작의 차남 로버트 세인트사이먼 경과 미국 캘리포니아 주 샌프란시스코 시에서 온 앨로이시우스 도런 씨의 외동딸 해티 도런 양이 약혼했으며 곧 결혼할 것이라고 한다.

그것은 머지않아 있을 명문 귀족의 결혼식을 알리는 광고 기사에 불과했다.

　　"간단하군."

　　홈즈는 가늘고 긴 다리를 벽난로 쪽으로 뻗으며 말했다.

　　"좀더 자세한 기사가 있었는데……. 아, 여기 있군. 〈모닝 포스트〉지에 기사가 나가고 며칠 안 있어 사교계 신문에 실린 거네."

　　빠른 시일 내에 결혼 시장에까지 보호무역 제도가 필요할 전망이다. 지금의 자유무역 제도로는 대영제국 귀족 가문의 안주인의 자리가 모두 대서양을 건너온 부유한 영애들의 차지가 될 것이 분명하기 때문이다. 지난주에도 한 미국 아가씨에게 그 영광이 돌아갔다. 지난 20년 간 큐피드의 화살을 피해 런던 아가씨들의 마음을 애태우게 했던 세인트사이먼 경이 캘리포니아 갑부의 무남독녀인 해티 도런 양과의 결혼발표를 했던 것이다. 도런 양은 웨스트베리 하우스 축제에서 단번에 이목을 끌었을 정도로 우아한 자태와 아름다운 용모의 소유자로, 유산 외에 60만 파운드가 넘는 지참금을 준비했다는 게 측근의 설명이다. 지난 몇 년 간 세인트사이먼 경의 부친 발모랄 공작이 소장하고 있던 귀중한 그림을 팔아 재정을 마련해 온 것이 공공연한 비밀이고, 세인트사이먼 경 역시 버치무어의 작은 영지를 제외하고는 이렇다 할 재산이 없는 형편임을 볼 때 이 지참금이 의미하는 바는 크다. 즉, 양가의 결합은 단지 평범한 미국인이 영국의 명문 귀족이 된다는 것 외에도 또 다른 의의가 있음이 분명하다.

홈즈가 지루한 듯 하품을 했다.

"다른 건 없나?"

"많이 있네. 음, 다음 날 〈모닝 포스트〉에는 하노버광장의 세인트조지 성당에서 결혼식이 거행될 예정이라는 기사가 있어. 일가친척들하고 가까운 몇 사람만 하객으로 초대될 것이고 식이 끝난 후에는 랭커스터 게이트에 마련해 놓은 신부의 아버지 앨로이시우스 도런 씨의 저택에서 피로연이 열릴 거라고 했네.

그리고 이건 지난 수요일 신문인데 여기에는 신혼여행지가 피터스필드 근처의 백워터 경의 영지라는 간단한 기사가 실렸어. 신부가 사라지기 전까지의 기사는 이게 전부야."

"뭐하기 전이라고?"

홈즈가 상체를 일으키며 소리쳤다. 그의 목소리가 너무 커서 도리어 내가 놀랄 정도였다.

"전혀 몰랐나 보군. 결혼식을 올린 신부가 사라져버렸다네."

"정확하게 언제 사라졌다는 건가?"

"피로연을 하고 있을 때라는군."

"그래? 음, 이 사건, 왠지 구미가 당기는군. 아주 흥미롭겠어. 극적이고 말이야."

"그렇지? 나도 처음에는 믿어지지 않았으니까."

홈즈는 즐거워하고 있었다. 흥미로운 사건을 대할 때마다 보게 되는 그의 표정이었다.

"결혼식 전에 신부가 사라지는 일은 종종 일어나곤 하지. 신혼여행 중에 사라지는 것도 그렇고. 하지만 내 기억으로는 결혼식이 끝나자마자 사라진 예는 처음인 것 같아. 왓슨, 어떻게 된 건지 그때의 상황을 자세히 설명해 보게."

"신문기사는 그 부분에 대해서는 도무지 시원찮아. 사건 경위가 밝혀진 게 아니니까."

"일단 들어보고 나머지는 우리 둘이 추리해서 보충하면 되네."

"그럼, 어제 조간신문에 실린 기사가 그나마 자세하니 그걸 읽어주지. '어느 귀족의 결혼식에서 생긴 괴사건'이라는 제목이 붙어 있어."

로버트 세인트사이먼 경의 가족은 사이먼 경의 결혼식에서 일어난 이상한 사건으로 큰 충격에 휩싸여 있다. 그동안 이 결혼식을 두고 떠돌던 기괴한 소문이 사실로 드러났던 것이다. 사건을 은폐하려던 세인트사이먼 경 측근의 노력에도 불구하고 명문가의 비극에 대한 지대한 관심은 이사건을 세상 밖으로 끄집어냈다.

일부 보도되었듯이 결혼식은 그제 아침, 하노버 광장의 세인트조지 성당에서 거행되었다. 가까운 친지만 초대된 결혼식에는 신부의 부친인 앨로이시우스 도런 씨, 발모랄 공작부인, 백워터 경, 신랑의 동생인 유스터스 경과 클라라 양, 그리고 앨리시어 휘팅턴 양만이 참석했다. 결혼식 후 하객들은 랭커스터 게이트의 앨로이시우스 도런 씨 저택에 마련된 피로연에 참석하기 위해 마차로 이동했다. 이때 갑자기 신원 미상의 한 여성이 나타나 세인트사이먼 경과 결혼할 권리는 자신에게 있다는 주장을 하며 저택안으로 침입하려 했으나 집사와 하인들에 의해서 쫓겨났다. 그러나 신부는 집에 들어가 있었기 때문에 다행히 이런 소동에 휘말리지 않았다.

신부는 이 같은 소란을 모른 채 일행과 함께 연회에 참석했는데 잠시 후 갑자기 몸이 불편하다는 호소를 하고 자신의 방으로 들어갔다. 오랫동안 신부가 나타나지 않자 참석자들이 걱정하기 시작했고 결국 신부의 부친인 도런 씨가 직접 찾아 나섰으나 그가 발견한 것은 비어 있는 방이었다. 신부를 마지막으로 목격한 하인은 신부가 방에 잠깐 들러 망토와 모자를 챙긴 후 곧바로 복도로 뛰어갔다고 했다. 또 다른 하인은 그와 같은 복장의 한 여성이 집 밖으로 나가는 것을 보았으나 설마 신부라고는 생각지 않아서 막지 않았다고 진술했다.

신부가 사라진 것을 확인한 앨로이시우스 도런 씨와 신랑 세인트사이먼 경이 곧장 경찰에 신고했다. 일부에서는 신부가 살해되었을 것이라는 소문까지 돌고 있으나 경찰은 대대적인 수사에도 불구하고 어젯밤 늦게까지 신부의 행방에 대해서는 아무런 단서도 잡지 못하고 있는 상황이다. 한편, 경찰에서는 질투심이나 그 밖의 동기에 의한 납치로 추정, 저택 앞에서 소란을 피운 여자를 체포했다.

"이것 말고는 없나?"

신문기사를 꼼꼼하게 읽은 홈즈가 고개를 들며 말했다.

"아니, 여기 하나가 더 있어. 다른 기사가 사건 정황을 단순하게 설명한 것에 비해 이건 일종의 추측기사 같군."

"어떤 내용인가?"

"도런 씨 저택 앞에서 소동을 일으켜서 체포된 여자에 대

한 기사라네. 이름은 플로라 밀러이고 알레그로 극장의 전직 댄서였다는군. 그런데 이 기사에서는 세인트사이먼 경과 몇 해 전부터 남모르게 절친한 사이였다고 추측하고 있어. 신문에서 알아낼 수 있는 것은 이 정도뿐이야. 그 이상은 아무것도 밝혀진 것이 없어."

"정말 흥미로운 사건이야, 안 그런가? 이 사건은 무슨 일이 있어도 직접 조사하고 싶군."

홈즈는 진실로 이 사건에 흥미를 가진 것 같았다. 즐거운 듯한 그의 표정이 그것을 증명하고 있었다. 그 때 벨소리가 났다.

"이런, 우리의 고귀한 손님께서 찾아오셨군. 얘기를 듣다 보니 4시가 지난 줄도 몰랐어. 그리고 왓슨, 자리를 피할 생각은 말게. 아직까지는 내 기억력에 문제가 없지만 아무래도 증인이 있어주는 편이 나중을 위해서도 좋으니까 말이야."

2. 사라진 신부

"로버트 세인트사이먼 경이 오셨습니다."

방문이 열리면서 사환이 외치는 소리가 들렸다. 그리고 잠시 후 한 신사가 들어왔다. 그는 한눈에도 기품이 있었고 세련되어 보였다. 피부는 대부분의 귀족들이 그렇듯 병약해 보일 정도로 희었지만 병색은 없었다. 날이 선 높은 코와 신경질적으로 보이는 얇은 입술을 가지고 있었다. 그는 어딘지 모르게 거만해 보였지만 예의에 어긋날 정도는 아니었다. 그의 시선과 태도는 더할 나위 없이 침착했다. 태어나면서부터 명령하는 것에 익숙해진 사람만이 가질 수 있는 여유가 느껴졌다. 또 어려움 모르고 자란 사람의 쾌활함도 소유하고 있었다. 그러나 그는 등이 조금

굽은 데다가 무릎을 구부리고 걸었다. 또 인사를 하느라고 모자를 벗자 희끗희끗 새치가 눈에 띄었으며 정수리 부분의 머리숱이 적어서 나이보다 늙어 보였다. 그는 옷에도 많은 신경을 썼는데 높은 칼라의 셔츠와 흰 조끼 위에 검정 프록코트를 입었고 노란 장갑과 검은 에나멜 구두를 신었으며 엷은 색깔의 각반을 매고 있었다. 흰색과 검정, 그리고 노란색으로 멋스럽게 조화시킨 폼이 멋쟁이라고 불릴 만했다.

그는 여유 있는 걸음으로 천천히 들어왔다. 그리고 금테 안경의 줄을 잡고 가볍게 흔들면서 방 안을 둘러 보는 것이었다.

"어서 오십시오. 세인트사이먼 경."

홈즈가 자리에서 일어나 고개를 숙여 인사를 했다.

"난로 앞으로 오시지요. 이쪽은 제 친구이며 협력자인 왓슨 박사입니다. 지금 다리가 불편해서 일어나지 못하는 것을 양해해 주십시오. 이 버드나무 의자에 앉으십시오. 얘기가 길어질 것 같으니까요."

그는 홈즈가 시키는 대로 의자에 앉았다.

"홈즈 씨, 이미 소문을 통해 잘 아시겠지만 참으로 불행한 일이 일어났습니다. 내가 깊은 상처를 받은 것은 차치하더라도 우리 집안으로서는 여간 난처한 게 아닙니다. 당신이 이처럼 예민한 사건들을 많이 해결했다고 들었습니다만 나와 같은 지위의 사람과는 처음이시겠지요?"

"의뢰인의 신분을 말씀하시는 것이라면 그렇지 않습니다. 더 높으신 분의 사건을 맡은 적도 있으니까요."

"정말이오? 홈즈 씨, 우리 집안이 대영제국에서 몇 손가락 안에 꼽히는 가문이라는 건 알고 계시겠지요?"

"잘 알고 있습니다."

"그런데 더 높은 신분이라니?"

"말씀드린 그대로입니다. 가장 최근에 이런 사건을 의뢰해 오신 분은 한 나라의 국왕이셨지요."

"아! 그렇군요. 몰랐습니다. 그런데 어느 나라의 국왕이었는지 물어봐도 되겠소?"

"그분은 스칸디나비아 국왕이셨습니다."

"그럼 그분의 왕비도 사라졌단 말이오?"

홈즈는 차분하게 대답했다.

"죄송합니다만 사건의 내용은 말씀드릴 수 없습니다. 고객의 비밀을 지키는 것도 제 일 중의 하나지요. 지위를 막론하고 말입니다."

"아, 실례했습니다. 당연한 말씀이오. 나로서도 안심이 되는군요. 좋습니다, 홈즈 씨. 이제야 솔직히 털어놓을 마음의 준비가 된 것 같군요. 당신이 이 사건을 해결하는 데 도움이 된다면 무엇이든 이야기하겠소."

세인트사이먼 경의 얼굴에 옅은 미소가 지나갔다.

"감사합니다. 일단 충분하지는 않지만 사건의 대략적인 정황은 신문을 통해 알고 있습니다. 그런데 신문기사의 내용이 모두 사실입니까?"

홈즈는 세인트사이먼 경이 기사를 볼 수 있게 신문을 건네주었다. 하지만 그는 손을 내저으며 받지 않았다.

"나도 신문은 이미 봤습니다. 기사의 내용은 모두 사실입니다."

"좋습니다. 그러나 그것만으로는 부족하군요. 사건을 정확하게 이해하기 위해서는 경의 답변이 필요합니다. 몇 가지 질문을 해도 괜찮겠습니까?"

"물론이오."

"해티 도런 양과는 언제 처음 만나셨습니까?"

"1년 전입니다. 샌프란시스코에서였습니다."

"미국으로 여행을 가셨던 겁니까?"

"그렇소."

"그때 약혼을 하셨습니까?"

"아니오. 약혼은 얼마 전에 런던에서 했습니다."

"그러나 두 분은 가까우셨겠지요?"

"그렇다고 해야 할 겁니다. 해티와 있으면 즐거웠으니까요. 그녀 역시 함께 있는 것을 좋아하는 것 같았습니다."

"도런 양의 부친 되시는 분이 대단한 재산가라고 들었습니다만……?"

"태평양 연안에서 제일가는 부자라고 하더군요."

"어떻게 재산을 모았는지도 알고 계십니까?"

"광산업입니다. 몇 해 전만 해도 빈털터리였다고 하더군요. 그러다 금맥을 발견하고 그곳에 투자를 해서 재산이 불었던 거지요. 한마디로 벼락부자인 셈입니다."

"그렇군요. 그럼, 도런 양, 아, 죄송합니다. 경의 부인은 어떤 성격을 가진 분이십니까?"

난로의 불을 들여다보고 있던 세인트사이먼 경의 손놀림이 빨라졌다. 때문에 들고 있던 금테 안경이 불안하게 흔들렸다.

"홈즈 씨. 그녀는 규격화된 어떤 종류의 전통에도 길들여진 적이 없는 사람입니다. 장인이 재산을 가지게 되었을 때

내 아내는 이미 스무 살이었습니다. 그때까지 아내는 광산의 노무자 합숙소를 제멋대로 드나들고 숲이나 산을 뛰어다니며 살았답니다. 아내의 선생은 학교 교사가 아니라 대자연이었던 겁니다. 그러다 보니 우리 입장에서 보면 말괄량이 아가씨인 셈이지요. 그녀는 야성적이고 자유분방했으며 충동적이었습니다. 언제 분출할지 모르는 활화산 같다고나 할까요. 그뿐이 아닙니다. 그녀는 결심이 빠르고 일단 결심한 것은 대담하게 실행할 줄 알았지요."

세인트사이먼 경이 잠시 헛기침을 했다. 그것은 마치 위엄을 차리려는 것처럼 보였다.

"홈즈 씨, 내 아내는 비록 명문가의 얌전한 규수는 아니지만 근본은 아름다운 여성입니다. 용기 있고 헌신할 줄 알고 무엇보다 거짓이 없는 사람이었지요. 그렇지 않았다면 내 집안의 명예로운 성을 그녀에게 주지 않았을 겁니다. 남들이 생각하는 것처럼 천한 짓은 절대 하지 않았을 것이라 믿고 있습니다."

그는 흔들던 시계를 꼭 움켜쥐었다. 홈즈는 그의 표정마저도 놓치지 않으려는 듯 주의 깊게 그를 바라보았다.

"부인의 사진은 가지고 계십니까?"

"네, 여기 있습니다. 항상 가지고 다니지요."

세인트사이먼 경은 주머니에서 로켓을 꺼내 뚜껑을 연

다음 우리에게 보여주었다. 그 안에는 사진이 아니라 상아에 새긴 조그만 조각이 들어 있었는데 조각의 주인공은 대단히 아름다웠다. 윤기가 흐르는 검은 머리와 커다란 눈, 그리고 단아해 보이는 입술이 장인의 뛰어난 손길에 의해 생생하게 되살아나 있었다. 내 친구는 그 조각상을 꼼꼼히 들여다보았다. 그리고 한참 만에 로켓을 닫고 세인트사이먼 경에게 돌려주었다.

"아름다운 분이시군요."

"그녀의 다른 장점에 비하면 그건 하찮은 겁니다."

"그런데 영국에는 함께 돌아오신 건가요?"

"아닙니다. 저만 돌아왔습니다. 아내가 런던에 온 건 지난 계절이었습니다. 사교계에 진출시키기 위해 장인이 데리고 왔지요."

"그럼 런던에서 다시 만나신 거군요?"

"그렇습니다. 몇 차례 만난 뒤에 바로 약혼을 했고 며칠 전에 결혼을 한 겁니다."

"부인께서 가져오신 지참금이 상당하다고 들었습니다만?"

"말씀하신 대로입니다. 하지만 그 정도의

지참금은 우리 가문에서는 일반적이라고 할 수 있습니다."

"결혼식은 정식으로 끝났으니 그 지참금은 경의 소유가 되겠군요?"

"모르겠습니다. 경황이 없어서 거기까지는 생각 못했소."

세인트사이먼 경은 불쾌한 듯 목소리가 딱딱하게 굳었지만 화를 내거나 하지는 않았다.

"당연히 그러시겠지요. 그럼, 결혼식 전날에도 도런 양을 만나셨나요?"

"네, 만났습니다."

"당시 신부의 기분이 어떠셨는지 기억하십니까?"

"물론입니다. 앞으로의 결혼 생활에 대해 계획을 세우며 어린아이처럼 마냥 즐거워했습니다."

"그거 흥미롭군요. 그러면 결혼식 당일 아침에는 어떠셨습니까?"

"그날도 그녀는 더할 나위 없이 명랑했습니다. 적어도 식이 끝나기 전까지는 말입니다."

"식이 끝나고 신부께 무슨 변화가 있었던 모양이군요?"

"그게, 음……. 식이 끝나자 조금 날카로워지더군요. 나는 그때 처음으로 해티가 신경질적인 데가 있다는 걸 알았습니다. 하지만 긴장이 풀리면 누구에게나 나타나는 예민함이었습니다. 그저 사소한 일이었지요. 이번 사건과 관계가

있다고는 생각되지 않습니다."

"사건 해결에는 아주 작은 것도 중요한 법이랍니다. 자세히 말씀해 주셨으면 합니다."

"음……. 이런 사소한 일까지 말해야 하다니 좀 당황스럽군요. 하지만 수사상 필요하시다니 말씀드리지요. 식이 끝나고 하객들의 축하를 받으며 성당 밖으로 나가는 중이었습니다. 마침 평신도가 앉는 자리 앞을 지나가고 있었는데 바로 그때 해티가 부케를 떨어뜨린 겁니다. 부케는 좌석 안쪽으로 떨어졌는데 그 좌석에 앉아 있던 한 신사가 바로 부케를 집어 해티에게 건네주었기 때문에 별문제가 없었습니다. 행렬이 잠시 지체하는 정도였으니까요. 아무도 그것에 신경 쓰지 않았습니다. 그런데 해티는 그렇지 않았습니다. 마차를 타고 피로연이 준비된 저택으로 가는 동안 내가 부케 얘기를 꺼내자 해티는 퉁명스럽게 대답하는 것이었습니다. 이해되지 않을 정도로 흥분해 있더군요."

"평신도석에 한 신사가 있었다고 하셨는데 모르는 분이셨습니까?"

"그렇소."

"신문 기사에는 친지들만 하객으로 참석했다고 하던데 일반인도 참석이 가능했다는 말인가요?"

"열려 있는 성당 안으로 들어오는 사람을 일부러 쫓아낼 수는 없는 일 아니겠습니까?"

"혹시 부인의 친구나 친지 분은 아니셨을까요?"

"그럴 리 없습니다. 내가 예의상 신사라고 했을 뿐 그는 극히 평범했습니다. 더구나 해티는 영국으로 온 지 얼마 되지 않아서 친구라고는 한 명도 없습니다. 그런데 홈즈 씨, 사건의 핵심에서 아무래도 빗나간 것 같군요."

경이 걱정스러운 얼굴로 물었지만 홈즈는 태연했다.

"글쎄요. 하여간 부인께서는 식장으로 가시기 전과는 딴판으로 기분이 언짢으셔서 돌아오셨다는 거지요? 그럼 저택으로 돌아오자마자 부인께서는 뭘 하셨습니까?"

"하녀와 얘기하더군요."

"그 하녀는 어떤 사람입니까?"

"그녀는 앨리스라고 하는 미국 여자인데 아내와 함께 캘리포니아에서 왔습니다."

"부인과 가까운 사이였나요?"

"도가 지나칠 정도였지요. 미국인들이 개방적이어서 그런지 몰라도 고용인들이 방자하게 구는데도 방관하더군요. 하긴, 미국인과 우리들의 사고방식이 다르니까 이해는 됩니다."

"부인께서 그 앨리스라는 하녀와 얼마 동안 이야기를 나누셨습니까?"

"한 2~3분 정도였을 겁니다."

"두 사람이 하는 이야기는 듣지 못하셨나요?"

"내가 딴생각을 하고 있어서 제대로 못 들었습니다만 얼핏 채굴권이라든가 뭐 그런 말을 하는 것 같았습니다. 하지만 아내가 하는 미국식 속어 표현은 이해하기 힘들어서 무슨 뜻인지는 모르겠습니다."

"미국의 속어에는 상당히 뛰어난 표현력이 많지요. 부인께서는 하녀하고 이야기한 후에는 무엇을 하셨나요?"

"저와 함께 연회실로 갔습니다."

"경의 팔짱을 끼고 가셨습니까?"

"아니, 혼자 갔습니다. 아내는 그런 사소한 일쯤은 자기 스스로 해나갈 정도로 독립심이 강한 여성입니다."

"부인이 연회실을 나가신 건 언제였습니까?"

"우리가 자리에 앉고 10분쯤 지났을 때였습니다. 갑자기 낮은 목소리로 양해를 구하고는 벌떡 일어서더니 방을 나가버리더군요. 그리고는 그대로 사라져버린 겁니다."

"하녀의 진술에 의하면 부인께서는 자신의 방에서 웨딩드레스 위에다가 망토를 걸치고 모자를 쓴 다음 밖으로 나가셨다던데요?"

"앨리스가 봤다고 그러더군요."

"그 외에 다른 목격자는 없었습니까?"

"아내가 플로라 밀러와 함께 하이드 공원으로 걸어가는 걸 봤다는 사람이 있었습니다. 아, 플로라 밀러는 결혼식 날 저택 앞에서 소란을 피운 장본인인데 그 일로 해서 지금 경찰에 의해 구금되어 있습니다."

"그랬군요. 실례가 되겠지만 그 여성에 대해 자세히 말씀해 주시겠습니까? 특히 경과의 관계에 대해서 말입니다."

세인트사이먼 경은 홈즈의 요구에 잠깐 동안 어깨를 으쓱했다. 나는 그의 눈썹이 치켜 올라간 것을 볼 수 있었다. 불편한 기색이 역력했다.

"그녀와 알고 지낸 건 한 5~6년 됩니다. 그녀가 알레그로 극장의 댄서로 일하던 시기에 만났는데 난 그녀에게 친절했을 뿐입니다. 그것이 그녀에게 봉변을 당할 이유라고 생각하지 않습니다만 그녀는 그렇지 않았던가 봅니다. 홈즈 씨도 아시겠지만 여자들은 지나치게 감정적이니까요. 플로라 역시 그랬지요. 매우 아름답고 사랑스러웠지만 열정적이었고 신경질적인 데가 있었습니다. 그래서였는지 지나칠 정도로 나에게 집착하더군요. 그녀는 그런 자신의 감정을 사랑이라고 생각했던 거지요. 결국 그녀는 내 결혼에 대한 소문을 듣자 나와의 관계를 폭로하겠다느니 신부를 가만히 두지 않겠다느니 하는 내용의 협박 편지를 몇 통이나 보내왔습니다."

"그래서 결혼식을 조용하게 치르신 거군요?"

홈즈가 낮은 목소리로 물었다.

"그렇습니다. 일단 플로라가 성당에 나타나 소란을 피우기라도 하면 신부에게 여간 미안한 일이 아닐 테니까요. 물론 저도 난처했겠지요. 결혼식이 끝나고도 그녀가 나타나지 않자 한편으론 안심이 되었습니다. 하지만 그녀는 피로연이 열리는 장인의 저택 앞에 나타나고 말았습니다. 만약을 대비해서 사복 경관을 배치해 두었기에 망정이지 안 그랬다면 그녀는 저택 안까지 들어와 난동을 부렸을 겁니다. 경관에 의해 쫓겨나면서 플로라는 내 아내를 향해 차마 입에 담기도 민망한 욕설과 저주를 퍼붓더군요. 하지만 강한 제지를 당해서인지 플로라는 이내 조용해졌습니다. 떠들어봤자 소용없다는 걸 깨달았던 거지요."

"그때 부인께서는 어디에 계셨습니까?"

"아내는 다행히도 먼

저 저택 안으로 들어가 있었습니다."

"그럼 부인께서는 밀러 양을 못 보셨다는 말이군요."

"그렇습니다."

홈즈가 잠시 고개를 갸웃했다.

"부인과 밀러 양이 공원을 함께 걸어가는 것을 목격했다는 사람이 있다고 하셨는데……."

"그렇습니다. 런던 경시청에서도 바로 그 점을 중요하게 여기고 있습니다. 레스트레이드 경감은 플로라가 아내를 꾀어낸 다음 어떤 끔찍한 짓을 했을 거라고 생각하더군요."

"가능성 있는 추리군요."

"홈즈 씨, 당신도 그렇게 생각하십니까?"

홈즈는 부드럽게 웃었다.

"하나의 가능성일 뿐이지 꼭 그렇다는 것은 아닙니다. 그런데 경께서는 그렇게 생각하시지 않는 모양이시군요."

"플로라가 비록 다혈질이기는 하지만 파리 한 마리도 못 죽이는 착한 여자입니다."

세인트사이먼 경은 단호하게 말했다.

"간혹 질투란 멀쩡한 사람을 이상하게 바꿔놓기도 하지요. 뭐, 좋습니다. 그럼 경께서는 부인이 실종되신 이유가 뭐라고 생각하십니까?"

"이봐요, 홈즈 씨. 나는 당신의 의견을 들으려고 왔지 내

의견을 말하려고 온 게 아닙니다. 어쨌든 나는 사실을 있는 그대로 이야기했습니다. 그러니 이제 당신이 의견을 말할 차례인 겁니다."

그는 짜증난 듯 눈에 힘이 들어갔다. 그러나 내 친구는 여전히 침착했다.

"오해하지 마십시오. 전 그냥 경의 생각을 알고 싶은 겁니다. 아무래도 부인과 제일 가까웠던 사람은 경일 테니 말입니다."

"이렇다 할 이유가 있다면 내가 이렇게 답답하지 않겠지요. 하지만 굳이 얘기하라고 한다면…… 결혼식을 하면서 이 결혼으로 얻게 되는 신분이 생각보다 대단하다는 것을 깨달았을 겁니다. 그래서 감당하기 두려웠거나 지나치게 흥분이 돼서 정신적으로 어떤 이상을 일으킨 게 아닌가 싶습니다."

"그 말씀은 경은 부인이 미쳤다고 생각하시는 겁니까?"

"그것 이외의 다른 것은 생각할 수도 없습니다. 해티에게 있어 이 일이 의미하는 것은 단순히 나한테서 떠났다는 것에 그치지 않습니다. 바로 남들이 선망하는 최고의 신분을 잃어버리는 것이기 때문입니다. 제 정신이라면 어떻게 이 대단한 행운을 저버리는 일 따위를 할 수 있겠습니까?"

"일리가 있는 말씀이시군요."

세인트사이먼 경은 다소 거만해 보일 정도로 가문에 대한 강한 자부심을 피력했다. 그러나 홈즈는 빙그레 웃으며 가볍게 대꾸했다.

"일단 사건 해결에 필요한 자료는 대충 모아진 것 같습니다. 세인트사이먼 경, 한 가지만 더 묻겠습니다만 혹시 연회실에 계실 때 경의 자리에서 창밖이 보이셨습니까?"

"그렇습니다. 저와 제 아내의 자리는 창문과 마주하고 있었지요. 길 건너편과 공원이 잘 보이더군요."

"그러셨을 겁니다. 음, 더 이상 경의 귀한 시간을 빼앗을 필요가 없겠군요. 돌아가 계시면 나중에 연락드리겠습니다."

세인트사이먼 경은 일어서면서 말했다.

"홈즈 씨, 당신이 꼭 이 문제를 해결해 주었으면 좋겠군요."

"이미 해결되었습니다."

홈즈의 대답은 세인트사이먼 경뿐만 아니라 나 역시도 몹시 놀라게 만들었다.

"뭐라고요! 그게 무슨 말입니까?"

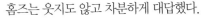

홈즈는 웃지도 않고 차분하게 대답했다.

"말씀드린 그대로입니다. 이 사건은 이미 해결되었습니다."

"홈즈 씨, 그렇다면 당신은 내 아내가 어디에 있는지도 알고 있다는 겁니까?"

"그 점은 조금 더 조사가 필요합니다만 금방 해결될 겁니다."

세인트사이먼 경은 실망한 표정이 역력했다. 그는 고개를 흔들었다.

"아, 내가 성급했군. 역시 이 일에는 당신이나 나보다 더욱 뛰어난 두뇌의 소유자가 필요하지 않을까 싶소."

세인트사이먼 경은 근엄한 표정으로 말했다. 그리고 점잖게 인사를 하고 돌아갔다. 그가 방을 나가자 홈즈는 유쾌하게 웃었다.

"왜 웃는 건가?"

"큰 영광이 아닐 수 없지 않은가 말이야. 세인트사이먼 경이 내 두뇌를 황송하게도 자신의 귀하신 두뇌와 동급으로 봐주었지 않나?"

"그 집안이 명문가라는 것은 알고 있었지만 자부심이 정말 대단하더군."

"하여간 우리의 귀족 양반도 가셨고 성가신 대화도 끝났으니 위스키나 한 잔 하세. 그전에 난 담배나 한 대 피워야겠군."

3. 의혹의 종이쪽지

 홈즈는 의자에 앉아서 시가를 피워 물었다.

"자네 아까 사건이 해결되었다고 했는데 농담은 아니겠지?"

"농담이라니. 난 의뢰인이 오기 전에 이미 사건의 결론을 내리고 있었네."

"아니, 어떻게 그럴 수 있나?"

"이 사건과 비슷한 사건은 얼마든지 있어. 내가 보유하고 있는 사건 기록도 몇 가지는 될 걸세. 물론 아까 말한 대로 이번 사건처럼 신부가 순식간에 사라진 건 처음이지만 말이야. 하여간 자세히 듣고 보니 추측이 확신으로 바뀌었다네. 송어가 우유에 빠져 있는 것을 보았을 때처럼 정황 증거라는 것도 때로는 무척 분명할 때가 있어. 헨리 소로의 말처럼 말이야."

"자네와 함께 들었지만 뭐가 분명하다는 것인지 모르겠군."

"나는 자네보다 조금 유리한 고지에 있었거든. 바로 이전에 일어났던 사건들에 대한 정보가 있었던 것이지. 몇 해 전 스코틀랜드의 애버딘에서 비슷한 사건이 있었다네. 프랑스와 프로이센의 전쟁 직후 독일의 뮌헨에서도 있었고 말이야. 아!"

그때 갑자기 방문이 열렸다. 런던 경시청의 레스트 레이드 경감이었다.

"아니, 레스트레이드 경감이 아니십니까? 오래간만입니다. 경감도 한 잔 하시려면 선반에서 손님용 컵을 가져오시지요. 시가는 여기 상자 속에 있습니다."

경감은 짧은 재킷에 스카프를 목에 두르고 있었는데 마치 뱃사람 같았다. 그의 손에는 검정색 캔버스 천으로 만든 자루가 들려 있었다.

"안녕하셨소, 홈즈 씨?"

그는 무뚝뚝하게 인사하고

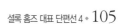

의자에 앉더니 시가에 불을 붙였다. 그는 표정이 밝지 않았는데 그걸 놓칠 홈즈가 아니었다.

"여기까지 찾아오시다니 뜻밖이군요. 그런데 무슨 일이라도 있으십니까? 기분이 별로 좋지 않아 보이는군요."

"세인트사이먼 경의 신부가 실종된 사건 때문이지요. 속 시원한 단서가 하나도 없으니 말이오."

"유감이로군요."

"이렇게 까다로운 사건은 처음이오. 모든 단서가 손가락 사이로 빠져나가고 있는 느낌이오. 오늘도 온종일 이 사건에만 매달렸는데 역시 헛수고였답니다."

홈즈는 경감의 소매를 만지며 말했다.

"옷이 많이 젖었군요."

"하이드 공원에 있는 서펜타인 연못 속을 뒤졌으니까요."

"네? 아니, 도대체 왜?"

"세인트사이먼 부인의 시체를 찾기 위해서였지 왜겠소?"

홈즈는 의자 등에 몸을 젖히며 큰소리로 웃었다.

"트라팔가 광장의 분수 바닥도 조사하셨소?"

"아니, 뭐라고요?"

"시체가 있을 가능성은 어느 곳이나 똑같으니 말이오."

레스트레이드는 화가 나서 홈즈를 노려보았다.

"놀리는 거요?"

"아니, 그럴 리가 있습니까? 단지 조금 전에 세인트사이먼 경한테 자세한 이야기를 들었을 뿐이요."

"그러셨군. 그렇다면 홈즈 씨는 서펜타인 연못은 이 사건과 관계가 없다고 생각하는 거요?"

"내 생각을 묻는 거라면 그렇소."

"그럼 연못에서 발견된 이 물건들을 어떻게 설명할거요?"

레스트레이드 경감은 가지고 온 검은 자루를 바닥에 쏟아 놓았다. 자루 안에서는 웨딩드레스와 면사포, 하얀 공단 구두 한 켤레, 그리고 신부의 화관이 나왔다. 그것들은 모두 물에 흠뻑 젖어 있었다.

"똑똑하신 홈즈 씨, 이래도 관계없다고 하실 거요?"

그는 주머니에서 반지를 하나 꺼내 그 위에 놓으면서 빈정거렸다.

"허, 이걸 모두 서펜타인 연못 속에서 찾으셨단 말이오?"

"아니오. 연못가에 떠 있는 것을 공원지기가 발견했소. 확인한 결과 세인트사이먼 부인의 드레스더군요. 그래서 그 근처에 시신이 있을 거라고 생각한 거요."

"당신의 추리에 의하면 모든 시체는 옷장 옆에서 발견되어야겠군요."

홈즈는 경감이 화가 난 것에 아랑곳하지 않았다. 오히려 더 약을 올리는 것 같았다.

"웃지 마시오. 난 이것이 플로라 밀러가 범인이라는 증거가 되어줄 거라고 믿소."

"그건 좀 어려울 것 같군요."

"이봐요, 홈즈 씨, 당신의 추리도 명성만큼 대단한 것 같지 않구려. 이 옷은 플로라 밀러가 신부의 행방불명과 관계되어 있다는 명백한 증거란 말이오."

"왜 그렇게 생각하시오?"

"이 웨딩드레스 호주머니의 명함 지갑 속에서 쪽지가 발견되었기 때문이오. 이게 바로 그거요."

경감은 눈앞 테이블에 종이쪽지를 탁 하고 내려놓았다.

"나는 처음부터 플로라 밀러가 신부를 꾀어낸 후 공범들과 함께 강제로 납치했다고 생각했소. 플로라 밀러는 이 쪽지를 전해 주기 위해 저택 앞에서 일부러 소동을 부렸던 거요. 다른 사람들이 혼란한 틈을 노렸던 거지요. 그리고 부인은 쪽지를 보고 밖으로 나간 거란 말이오."

"레스트레이드 경감, 멋진 추리로군요."

홈즈는 미적거리며 쪽지를 집어 들었으나 이내 그의 입에서 흐뭇한 신음소리가 새어 나왔다. 흥미를 느낀 모양이었다.

> 모든 준비가 끝나면 찾아가겠소. 곧 나오시오.
>
> — F.H.M.

"잘 보셨소? F.H.M.은 플로라 밀러의 머리글자란 말이오. 이거야말로 확실한 증거가 아니겠소?"

"이거 굉장하군요."

"당신 생각도 그렇지요?"

"그래요. 대단히 중요한 증거군요."

경감은 의기양양해 했다. 그리고 자리에서 일어나 홈즈가 들고 있는 쪽지를 들여다보았다.

"아니, 그건 뒷면 아니오?"

그는 깜짝 놀라며 외쳤다.

10월 4일

객실료 8실링

아침식사 2실링 6펜스

칵테일 1실링

점심식사 2실링 6펜스

셰리주 한 잔 8펜스

"이쪽이 더 중요합니다."

"중요하다고? 당신 어떻게 된 거 아니오? 진짜 중요한 건
반대쪽에 연필로 써 있소."

"이 종이는 호텔의 계산서 같은데 경감은 흥미롭지 않
소?"

"그 종이가 계산서라는 건 나도 알고 있소. 하지만 그게
뭐 어떻다는 거요. 그저 흔한 계산서일 뿐이오."

"그건 그래요. 그러나 그 점이 매우 중요하지요. 하기는
메모도 중요하긴 하군요. 적어도 머리글자는 말입니다."

레스트레이드는 한숨을 쉬며 자리에서 일어섰다.

"공연히 시간만 낭비한 것 같군. 나는 당신처럼 난롯가에

앉아서 머리나 굴리면서 남의 성실한 노력을 비웃는 사람이 아니라서 그만 가봐야겠소. 홈즈 씨, 안녕히 계시오. 누가 먼저 사건을 해결하는지는 두고 보면 알 거요."

그는 테이블 위에 있던 물건들을 자루에 도로 집어 넣었다. 홈즈는 방을 나가려는 경감에게 부드럽게 말했다.

"레스트레이드 경감, 한 가지 힌트를 드리지요. 문제의 답이 될 수 있을 거요. 내가 말씀드리고 싶은 건 세인트사이먼 부인이란 허구라는 겁니다. 그런 인물은 과거에도 그랬지만 앞으로도 없을 거요."

레스트레이드 경감은 어이없다는 듯이 홈즈를 바라보았다. 그리고 나를 쳐다보며 이마를 가볍게 두들기더니 못마땅한 표정으로 고개를 흔들면서 나가 버렸다.

홈즈는 경감이 나가자마자 기다렸다는 듯이 벌떡 일어나더니 외투를 입었다.

"경감의 말처럼 현장에서 활동하는 것도 매우 중요한 일이지. 왓슨, 자네는 신문이나 읽고 있게나. 나는 잠시 나갔다 오겠네."

4. 몰턴 부부

홈즈가 또다시 나를 두고 나간 것은 5시가 지나서였다. 그러나 나는 이전처럼 따분할 틈이 없었다. 그가 나간 지 한 시간도 되지 않아서 방문한 사람이 있었던 것이다. 그는 홈즈가 보냈다면서 함께 온 소년과 함께 크고 납작한 상자를 들고 들어왔다. 그들은 그 상자안에서 온갖 사치스러운 요리들을 꺼내 하숙집의 검소한 마호가니 식탁에 보기 좋게 차려놓기 시작했다. 멧도요새 요리 한 쌍에 꿩 요리, 거위 간으로 만든 파이, 게다가 거미줄이 붙은 오래된 술 몇 병까지 평소에 보기 힘든 성찬을 차린 후 그들은 계산이 끝났다는 말만 남기고 아라비안나이트의 지니처럼 사라져버렸다. 나는 그저 어리둥절할 뿐이었다.

홈즈가 돌아온 것은 9시 무렵이었다. 그의 표정은 무거웠지만 눈빛만은 빛나고 있었다. 나는 그가 만족할 만한 성과를 얻고 돌아왔다는 것을 알 수 있었다.

"아하, 저녁식사를 근사하게 차려놓고 갔군."

"5인분이나 준비해 놓고 가버리더군. 손님이 오시기로 했나?"

"응, 세인트사이먼 경은 벌써 와 있으리라고 생각했는데……. 아, 계단을 누가 올라오고 있군. 발소리가 귀족 분이시겠어."

방에 들어선 사람은 홈즈의 추리대로 세인트사이먼 경이었다. 그는 불안한 듯 낮보다 심하게 금테 안경을 흔들어대고 있었다.

"다행히 제가 보낸 심부름꾼을 만나셨군요?"

"그렇소. 실은 편지를 보고 몹시 놀랐습니다. 확실한 증거가 있는 겁니까?"

"물론입니다."

세인트사이먼 경은 의자에 털썩 주저앉아 손으로 이마를 짚었다.

"아들이 이런 수모를 당한 것을 아시면 아버님이 뭐라고 하실지……."

"수모랄 것까지야 있겠습니까? 그저 사고일 뿐입니다."

"그거야 당신이 당사자가 아니니까요."

"그렇겠지요. 하지만 누구의 책임이라고도 할 수 없습니다. 경에게는 물론 충격적인 일이겠지만 도런 양에게는 달리 방법이 없었던 겁니다. 게다가 모친이 안 계시기 때문에 당시에 의논할 상대도 없었고 말입니다."

"아니, 이건 모욕입니다. 그것도 아주 공개적으로 당한 거란 말이오."

"가련한 한 여성이 어려운 입장에 처했었다는 것을 이해해 주셨으면 합니다."

"어느 누가 이런 상황을 이해할 수 있단 말이오. 나는 화가 나서 참을 수가 없소."

홈즈가 말했다.

"초인종이 울린 것 같습니다. 세인트사이먼 경, 제가 아무리 관용을 부탁드려도 소용이 없는 것 같아 조금 더 도움이 될 만한 손님을 모셨습니다."

이내 방문을 열리면서 한 쌍의 남녀가 들어왔다.

"세인트사이먼 경, 프랜시스 헤이 몰턴 부부를 소개하겠습니다."

새로운 손님을 본 세인트사이먼 경이 의자에서 벌떡 튀어 올랐다.

"해티!"

　그의 입에서 신음소리가 새 나왔다. 그리고 눈을 내리깔고 프록코트 가슴에 한 손을 찔러 넣은 채 돌이 된 것처럼 꼿꼿이 서 있었다. 자존심에 큰 상처를 입은 사람의 모습이었다. 숙녀는 앞으로 나서며 경에게 손을 내밀었으나 그는 쳐다보지도 않았다. 그녀는 틀림없이 그 로켓 속에 들어 있던 초상의 여인이었다.

　도런 양, 아니 세인트사이먼 경의 신부였던 것이다.

　그녀는 애처롭게 말했다.

　"화가 많이 나셨군요, 로버트. 정말 죄송해요."

　"변명 같은 건 그만두시오. 사과도 필요 없소."

세인트사이먼 경의 목소리는 비통했다.

"이해해요, 로버트. 당신에게 몹쓸 짓을 했어요. 집을 나가기 전에 당신에게 설명했어야 했는데……. 하지만 로버트, 프랭크를 만난 뒤 전 제정신이 아니었어요. 무슨 말을 어떻게 해야 할지, 심지어 어떻게 행동하고 있는지조차 몰랐어요. 제단 앞에서 기절하지 않은 게 이상할 정도로 말이에요."

"몰턴 부인, 자초지종을 설명하시는 동안 저와 제 친구는 자리를 비켜드릴까요?"

홈즈가 힘겨워하는 몰턴 부인에게 정중하게 말했다. 그러자 같이 온 신사가 앞으로 나섰다.

"홈즈 씨, 이번 일이 이렇게 커진 이유는 저희들이 비밀리에 일을 진행시킨 탓이라고 생각합니다. 홈즈씨가 곁에 계셔서 영국과 미국에 진상을 제대로 알려 주셨으면 합니다."

그는 키가 작고 몹시 마른 남자로 깔끔하게 면도를 한 구릿빛 피부는 그를 건강하게 보이게 했다. 전체적으로 날카로워 보이는 인상이었고 몸놀림이 가벼웠다.

"알겠습니다. 그럼 먼저 자리에 앉으시지요."

홈즈가 몰턴 부부에게 의자를 권했다. 모두가 자리에 앉은 후에도 세인트사이먼 경은 예의 경직된 자세를 풀지 못하고 있었다. 하지만 홈즈가 다시 한 번 권하자 마지못해 자리에 앉았다.

"제가 사연을 말씀드리죠."

몰턴 부인이 무겁게 입을 열었다.

"프랭크와 저는 1884년 로키 산맥에서 가까운 맥콰이어 광산촌에서 만났어요. 그때 아버지께서 그 일대의 채굴권을 가지고 계셨기 때문에 저희 가족은 그곳에서 살았고 프랭크는 근처의 다른 광산을 관리하고 있었어요. 만난 후 우리는 얼마 안 있다가 결혼을 약속하고 약혼을 했어요. 그러는 사이에 아버지는 노다지를 캐게 되어 거부가 되었고요. 그런데 프랭크의 광산은 금맥은커녕 경영이 악화되다가 결국에는 문을 닫고 말았어요. 아버지가 부자가 될 수록 프랭크는 더욱 가난하게 되었지요. 그러자 아버지가 프랭크를 반대하시기 시작하시더군요. 마침내 약혼을 취소시키고 저를 샌프란시스코로 데려갔어요. 하지만 프랭크는 단념하지 않았지요. 저의 뒤를 쫓아왔고 우리는 아버지 모르게 만났답니다. 아버지가 아시면 상황만 더 어렵게 만들 것이 뻔했기 때문에 우리끼리 모든 것을 결정하기로 했지요. 하지만 프랭크가 아버지에게 인정받기 위해서는 재산이 있어야만 했어요. 결국 그는 금광을 찾아 돈을 벌어서 돌아오겠다는 약속을 하고 먼 길을 떠나기로 했습니다. 그때 저는 이 사람에게 맹세했어요.

'당신이 돌아올 때까지 언제까지고 기다릴게요. 또 당신이 살아 있는 한 다른 사람과 결혼하지 않겠어요.'

그러자 프랭크가 이렇게 말했어요.

'해티, 당신 마음이 그렇다면 당장 결혼합시다. 그러면 내가 어디에 가 있든 안심하고 일만 할 수 있을 것 같소.'

저로서는 망설일 이유가 없었어요. 그래서 그 길로 목사님께 찾아가 바로 그 자리에서 결혼식을 올렸습니다. 그리고 결혼식이 끝나자마자 프랭크는 금광을 찾아 떠났고 저는 집으로 돌아갔지요. 종종 그의 소식을 들을 수 있었습니다. 몬태나 주와 애리조나 주를 거쳐 뉴멕시코 주 광산에 있다는 소식이었죠. 그런데 그로부터 얼마 안 돼서 신문에서 아파치 인디언이 어느 광산 마을을 습격했다는 기사를 읽게 되었어요. 그런데 살해된 백인들 명단에서 프랭크의 이름을 발견했던 겁니다. 저는 바로 정신을 잃었고 그 후로 몇 달 동안 몹시 앓았습니다. 아버지는 폐병으로 생각하셨는지 샌프란시스코의 모든 의사들을 차례로 불러 들였지요. 그렇게 1년이 지나갔습니다. 그동안 프랭크의 소식은 어디에서도 들을 수 없었어요. 그제서야 프랭크의 죽음을 사실로 받아들이게 되더군요. 세인트사이먼 경께서 샌프란시스코에 오신 게 그 무렵이었습니다. 경과의 결혼은 이번에 우리 부녀가 런던에 오게 되면서 일사천리로 이루어지게 되었어요. 아버지는 대단히 기뻐하시더군요. 하지만 저는 마냥 기뻐할 수만은 없었습니다. 이미 온 마음을 프랭크에게 다 쏟았기 때문에 다른 그 누구도 이전처럼 사랑할 수 없다고 생각했으니까요. 하지만 세인트사이먼 경과 결혼하게 되면 아내로서 해야 할 의무는 다할 생각이었습니다. 좋은 아내가 되려고 했었답니다."

5. 사자(死者)의 귀환

 "그런데 결혼식장에 죽은 줄로만 알았던 프랭크가 있었습니다. 제단에 서서 결혼식을 하고 있는 동안 흘깃 돌아봤는데 프랭크가 평신도석 맨 앞자리에 서서 저를 쳐다보고 있었던 겁니다. 처음에는 유령을 보지 않았나 했어요. 하지만 그는 분명히 살아 있는 사람이었습니다. 프랭크는 눈으로 묻더군요.

'지금 당신은 내가 나타난 것이 기쁜 거요? 아니면 유감스러운 거요?'

저는 눈앞이 빙글빙글 도는 것 같았고 신부님 목소리도 귓전에서 윙윙거리기만 하더군요.

'내가 어떻게 해야 할까? 결혼식을 중지해 달라고 소란을 피워야 하는 걸까?'

저는 혼란스러웠어요. 하지만 프랭크는 가만히 있으라는 듯 손가락을 입에 갖다대더군요. 그리고는 종이쪽지에 무엇인가를 쓰는 거예요. 저에게 보내는 메모를 쓰고 있다고 생각했지요. 마침내 식이 끝나고 행진을 할 때 프랭크 앞에서 일부러 부케를 떨어뜨렸어요. 그러자 프랭크는 꽃다발을 집어 주는 척하면서 제 손 안에 쪽지를 살그머니 쥐어 주더군요. 연락이 있으면 나오라는 간단한 내용이었습니다. 어떻게 생각하실지 모르지만 제 의무는 세인트사이먼 경 이전에 프랭크에게 있었습니다. 우리는 이미 오래전에 결혼한 사이였으니까요. 제 결심은 프랭크를 따르겠다는 것이었어요. 집에 돌아와 하녀인 앨리스에게 이 이야기를 했지요. 그녀는 캘리포니아에 있을 때부터 프랭크를 알고 있었고 늘 우리 편이었으니까요. 저는 그녀에게 제 소지품을 싸달라고 부탁했습니다. 물론 그때 세인트사이먼 경에게 모든 것을 밝히고 싶었지만 차마 그럴 수 없었습니다. 혹시라도 노여움을 사서 감금이라도 당하게 되면 계획이 수포로 돌아가고 말 테니까요. 그래서 일단은 이대로 도망치는 게 낫다고 생각했어요.

일단 저는 연회실에 들어갔어요. 이제나 저제나 프랭크의 연락을 기다리고 있는데 한 10분쯤 지나자 프랭크가 창밖으로 보였어요. 그는 길 건너편에서 저에게 눈짓을 하고

서 공원으로 들어가더군요. 저는 두통을 핑계로 연회실에서 빠져나와 그동안 앨리스가 준비해 놓은 소지품과 망토를 들고 밖으로 나간 겁니다."

"플로라 밀러 양은 그때 만나셨겠군요."

홈즈가 모든 것을 다 알고 있는 듯한 태도로 물었다.

"네, 집을 나가자마자 모르는 여자가 다가왔어요. 그녀는 세인트사이먼 경에 관한 이야기를 하더군요. 마음이 급해서 자세히 들은 것은 아니지만 경과의 비밀스러운 관계에 대해 말하는 것 같았어요. 그녀가 플로라 밀러라는 건 신문을 통해서 알게 되었지요. 어쨌든 간신히 그 여자를 뿌리치고 곧 프랭크를 따라잡았어요. 우리는 영업용 마차를 타고 고든 스퀘어에 잡아 놓은 프랭크의 숙소로 갔습니다. 그리고 마침내 진짜 부부가 된 겁니다."

몰턴 부인의 얼굴이 붉게 물들었다. 홈즈는 거북해하고 있는 세인트사이먼 경을 배려하기 위해서인지 말을 돌렸다.

"그럼 몰턴 씨는 그동안 어떻게 되신 겁니까?"

"습격이 있던 날 프랭크는 죽은 게 아니고 포로가 되었다고 했습니다. 그리고 감시가 소원해진 틈을 타 어렵게 탈출을 했던 거지요. 프랭크는 그 길로 샌프란시스코로 가서 저를 찾았던 모양이에요. 하지만 그때는 제가 영국으로 떠난 뒤였지요. 프랭크는 바로 영국으로 왔고 그 결혼식 날 아침, 겨우 저를 만났던 거예요."

프랭크 몰턴이 이어서 말했다.

"런던에 온 지는 오래됐지만 해티의 집을 알 수 없었습니다. 그러다가 신문에서 해티의 결혼식 기사를 보았습니다. 기사에는 성당의 이름은 나와 있었지만 역시 집 주소는 없더군요. 그래서 하는 수 없이 결혼식에 나타날 수밖에 없었습니다."

"프랭크는 모든 것을 밝히자고 하더군요. 하지만 저는 이대로 자취를 감추어버리자고 했습니다. 세인트사이먼 경을 다시 볼 면목이 없었으니까요. 또 제가 돌아오기를 기다리고 계시는 신분이 높은 귀족 분들을 생각을 하니 털어놓을 엄두가 나지 않았습니다. 나중에 아버지에게만 간단한 편지로 무사하다는 것만 알리자고 했어요. 모든 것이 결정되자 프랭크는 웨딩드레스와 결혼식 소품 등을 아무도 찾을 수 없게 연못에 버렸습니다. 그런데 오늘 저녁, 뜻밖에 홈즈 씨가 찾아오셨던 겁니다. 어떻게 아셨는지는 잘 모르겠어요. 하지만 홈즈 씨는 프랭크의 생각이 옳다고 분명하게 가르쳐주시더군요. 게다가 세인트사이먼 경과 얘기를 나눌 수 있는 기회를 마련해 주겠다고 하시기에 이렇게 찾아온 거예요. 만약 홈즈 씨가 찾아오지 않으셨다면 우리는 이대로 모든 것을 감춘 채 파리로 떠났을 겁니다. 로버트, 이제 모든 걸 말씀드렸어요. 당신에게 고통을 주었다는 것을 잘 알아요. 진심으로 미안하게 생각해요. 하지만 부디 이해해 주세요."

그녀가 이야기하는 동안 세인트사이먼 경은 경직된 자세를 조금도 흐트러뜨리지 않고 이마에 주름을 잡은 채 입을 꼭 다물고 있었다. 잠시 동안 침묵을 지키던 그는 차가운 목소리로 말했다.

"실례지만 먼저 일어나겠소. 이렇게 사적인 얘기를 공개적으로 떠들어본 일이 없어서 불편하군요."

"아, 로버트, 용서해 주지 않으시는군요. 작별의 악수도 거절하실 건가요?"

"당신이 원한다면……."

경은 무뚝뚝하게 손을 내밀어 몰턴 부인이 내민 손을 잡았다.

"화해의 뜻으로 함께 식사라도 하셨으면 합니다."

"홈즈 씨, 그건 좀 무리라고 생각하오. 당신들은 어떤지

몰라도 나로서는 받아들이는 것이 쉽지 않은 것이 사실이
오. 또 받아들일 수밖에 다른 방법도 없고 말이오. 하여간
당신들과 웃으며 이야기할 심정이 아니오. 나는 이쯤에서
물러가는 게 좋겠소. 그럼 안녕히 계시오."

세인트사이먼 경은 모두를 향해 고개를 약간 숙이고는
점잖게 방을 나갔다.

"두 분만이라도 식사를 함께 할 영광을 주시겠습니까? 미국 분과 이야기할 수 있는 기회란 흔치 않은 즐거움이니 말입니다. 평소 저는 미국과 영국이 형제국으로서 사이좋게 지내야 한다고 생각합니다. 과거 어리석은 국왕과 장관의 실수로 유니언 잭과 성조기로 나뉘기는 했지만 앞으로 우리 자녀들이 한 국가의 시민으로 뭉치지 말라는 법은 없으니까요. 게다가 이렇게 멋진 성찬을 저와 제 친구만 즐기기에는 과분하니 말씀입니다."

우리는 화기애애한 분위기에서 식사를 했고 손님들은 감사의 말을 남기고 돌아갔다.

"이보게, 왓슨. 이번 사건 참 흥미롭지 않았나?"

손님을 배웅하고 돌아서며 홈즈가 말했다.

"이 사건은 말이야. 얼른 보기에는 해결이 불가능할 것 같지만 의외로 쉽게 설명될 수 있었어. 몰턴 부인이 진술한 내용은 더할 수 없이 자연스러운 과정을 겪고 있는 것으로 그것이 바로 증거지. 하지만 레스트레이드 경감이 추리한 대로였다면 정말 이상한 사건이었을 거야. 하여간 경감이 자초지종을 듣게 되면 어떤 표정을 지을지 궁금하군. 모르긴 몰라도 무척 맥 빠진 얼굴을 하고 말 거야."

홈즈는 개구쟁이처럼 웃었다.

"하지만 난 아직도 잘 모르겠어. 아까 경감이 오는 바람에 그친 설명을 좀 해주게."

"참, 그랬었지. 처음부터 두 가지 사실은 확실했네. 이 결혼이 누구의 강요에 의한 정략결혼이 아니라 신부가 스스로 선택했다는 것과 식이 끝나자마자 후회하기 시작했다는 점이었지. 그건 다시 말하면 신부의 마음을 변하게 한 무슨 일인가가 결혼식 도중에 생겼다는 것을 의미하는 거야. 그럼 그게 무슨 일이었을까? 신부는 신랑과 하객에 둘러싸여 있었을 테니까 누군가와 이야기를 나눈다는 것은 불가능했네. 그렇다면 누군가를 본 것일까? 영국에 온 지 얼마 안 되는 신부가 자신의 인생을 뒤흔들 정도로 영향력이 있는 영국 사람을 알고 있을 리 없으니 아마도 미국 사람이었을 것이야. 그 정도의 강한 영향력을 끼칠 수 있는 사람이라면 애인이거나 혹은 남편밖에 없지 않겠나? 자네도 들었지만 신부는 처녀 시절을 거친 환경 속에서 보냈다고 했네. 그런 환경에서라면 남녀간에 교제도 자유로웠을 거야. 나는 경의 진술에서 평신도석에 앉아 있던 어떤 남자에 관심이 가더군. 떨어진 꽃다발, 그것을 집어 준 낯선 남자, 갑작스런 신부의 변화, 그리고 채굴권이라는 광산 용어의 사용⋯⋯. 이야기를 듣고 있는 사이 줄거리가 확연히 보였다네. 결국 나는 신부가 어떤 남자와 함께 도피했다는 결론을 내렸어. 그리고 지극히 도덕적이고 정의롭다는 부인의 성격으로 보아 애인이라기보다는 남몰래 결혼한 사이일 거라고 추리했었네."

"그럼 두 사람이 있는 곳은 어떻게 알아냈나?"

"사실 그 점이 어려운 부분이었는데 우리의 경감 나리가 해결해 주었지."

"뭐? 레스트레이드 경감이?"

"그래. 그의 불행은 자신이 가진 정보가 얼마나 유용한 것인지 몰랐다는 데 있었네."

"도대체 그게 뭐였나?"

"그건 연못에서 건져낸 웨딩드레스에서 발견한 쪽지였어. 나는 단번에 그 쪽지가 플로라 밀러가 아닌 그 남자가 보낸 거라는 것을 알았어. 프랭크 헤이 몰 턴, 머리글자가 F.H.M.이었던 거야. 경찰은 단순하게 머리글자만 보고 플로라 밀러로 오해한 거지. 하지만 내가 주목한 건 머리글자보다 그 쪽지의 주인이 1주일 이내에 런던의 최고급 호텔에서 계산을 치렀다는 사실이었다네."

"최고급 호텔이라는 것은 어떻게 알았나?"

"지불한 비용이 엄청났거든. 8실링이나 하는 객실료와 한 잔에 8펜스나 하는 셰리주를 판다는 것은 어지간히 비싼 호텔이라는 증거였어. 그 정도의 최고급 호텔은 런던에서도 흔하지 않아. 그만큼 조사해야 할 대상이 줄어든 셈이었네. 나는 곧바로 고급 호텔이 몰려 있는 노섬버랜드 가로 갔다네. 그리고 두 번째로 들어간 호텔에서 프랭크 H. 몰턴이라는 미국 신사가 전날 숙박했다는 것을 알아냈지. 호텔 측의 계산서를 보니 종이쪽지의 것과 똑같더군. 더 다행스러운 일은 몰턴에게 온 편지를 고든 스퀘어 226번지로 보내주기로 되어 있었던 거야. 사라졌던 신부는 바로 그곳에 있었네. 나는 두려워하는 숙녀 분에게 진심으로 충고했어. 특히 세인트사이먼 경을 위해서 자신들의 사연을 분명하게 밝히는 것이 여러 모로 바람직하다고 타일렀지. 마침내 그녀가 마음을 바꾸더군. 나는 즉시 몰턴 부부에게 이곳의 약도를 그려준 후 찾아오라고 했어. 그리고 세인트사이먼 경에게 간단한 내용을 적은 편지와 함께 심부름꾼을 보내 이곳으로 오시라고 전했던 거야."

"경을 위한 것이었다고 하지만 이 만남이 효과적이었다고는 볼 수 없군. 우리 귀족 어른께서는 관대하지 못했으니까 말이야."

홈즈는 웃으며 말했다.

"자네가 경의 입장이었어도 마찬가지 아니었을까? 결혼

식까지 올린 신부가 남의 아내였다는 사실에 어느 누가 너그러울 수 있겠나? 더구나 약속받은 재산까지 잃게 되었는데 말이야. 대단한 귀족이라고는 해도 그 역시 보통 사람 아니겠나? 그 정도면 관대했다고 생각해도 될 것 같아. 하여간 우리같이 평범한 사람들이야 그런 황당한 사건에 빠질 일은 없을 테니 다행한 일 아닌가? 귀족이란 신분도, 막대한 재산도 마냥 좋은 것만은 아니라는 교훈을 하나 얻은 셈이야."

홈즈는 빙그레 웃으며 자신의 바이올린을 집어 들었다.

"왓슨, 이제 우리 문제를 해결하세. 이 쓸쓸한 가을밤을 어떻게 보내야 할 것인가 하는 문제 말이야. 그러지 말고 이쪽으로 가까이 앉게."

홈즈의 바이올린 선율이 밤공기를 타고 퍼져 나갔다.

신랑의 정체
A Case of Identity

메리 서덜랜드

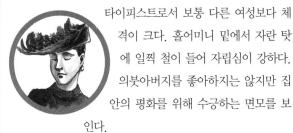

타이피스트로서 보통 다른 여성보다 체격이 크다. 홀어머니 밑에서 자란 탓에 일찍 철이 들어 자립심이 강하다. 의붓아버지를 좋아하지는 않지만 집안의 평화를 위해 수긍하는 면모를 보인다.

호스머 엔젤

메리 서덜랜드가 무도회에서 만난 신사다. 170센티미터 정도의 키에 체격이 건장하다. 검은 머리에 콧수염과 구레나룻을 덥수룩하게 기르고 있으며 항상 색안경을 끼고 있다. 항상 낮고 작은 목소리로 속삭이듯 말한다. 메리와 결혼을 약속한 사이인데 의붓아버지인 윈디뱅크의 반대에 부딪히자 그가 없는 사이 결혼식을 감행한다.

윈디뱅크

메리 서덜랜드의 의붓아버지다. 그러나 메리보다 겨우 다섯 살 많다. 집안의 일을 자신의 뜻대로 하려 한다. 또한 아내와 의붓딸의 사교 모임까지 간섭할 정도로 보수적인 면을 보인다. 사업상 출장이 잦다.

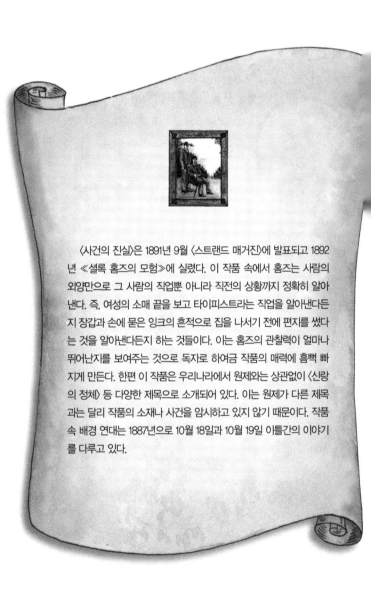

　〈사건의 진실〉은 1891년 9월 〈스트랜드 매거진〉에 발표되고 1892년 《셜록 홈즈의 모험》에 실렸다. 이 작품 속에서 홈즈는 사람의 외양만으로 그 사람의 직업뿐 아니라 직전의 상황까지 정확히 알아낸다. 즉, 여성의 소매 끝을 보고 타이피스트라는 직업을 알아낸다든지 장갑과 손에 묻은 잉크의 흔적으로 집을 나서기 전에 편지를 썼다는 것을 알아낸다든지 하는 것들이다. 이는 홈즈의 관찰력이 얼마나 뛰어난지를 보여주는 것으로 독자로 하여금 작품의 매력에 흠뻑 빠지게 만든다. 한편 이 작품은 우리나라에서 원제와는 상관없이 〈신랑의 정체〉 등 다양한 제목으로 소개되어 있다. 이는 원제가 다른 제목과는 달리 작품의 소재나 사건을 암시하고 있지 않기 때문이다. 작품 속 배경 연대는 1887년으로 10월 18일과 10월 19일 이틀간의 이야기를 다루고 있다.

1. 창밖의 여인

"여보게, 왓슨. 인생이라는 것은 인간의 머리로는 다 헤아릴 수 없을 정도로 묘하다네. 우리가 진부하다고 생각하는 일상사도 상상력만으로 모두 구현해 내기 어렵거든. 자, 우리가 날아다닐 수 있다고 가정해 보세. 서로의 손을 잡고 저 창문으로 빠져나가 이 대도시 위를 날아다니며 여기저기 지붕을 살며시 벗겨 내는 거야. 그러고는 지붕 밑에서 벌어지고 있는 기괴한 일들, 연이은 괴사건 등 남들의 인생을 모두 엿보는 거지. 상상이 가나? 그것들은 결코 관습적이지도 않고 결과를 예측할 수도 없는 것들일 거네. 정말 그런 일이 가능하다면 장담하건대 소설 따위는 다시 읽지 않게 될 거야."

베이커 가의 하숙집의 벽난로 앞에서 홈즈는 이런저런 이야기 끝에 나에게 이렇게 말했다.

"글쎄……."

나는 그의 말에 동의할 수 없었다.

"사람들의 삶이나 그 결과가 예측이 불가능하다는 것을 부인할 생각은 없네. 하지만 신문에 보도되는 사건들 좀 보게. 노골적이고 상스럽기 짝이 없어. 물론 사실주의에 입각한 기사 태도 때문이겠지만 그것을 감안한다고 하더라도 결과는 재미도 없고 예술적이지도 않네. 나라면 말이야, 절대로 남의 추한 일상사를 들여다보는 일 따위는 하지 않겠어."

"자네다운 말이군."

홈즈는 빙그레 웃으며 말을 이었다.

"사실 경찰의 보고서나 신문 기사는 사실 그대로를 알려 준다고 볼 수 없어. 경찰 보고서는 공문서 특유의 상투적인 문구에 치중하는가 하면 신문 기사는 독자의 관심을 끌기 위해 사실을 왜곡하거나 과장하기 마련이거든. 그렇기 때문에 모든 사건과 일상이 부자연스럽게 보이는 거네."

"홈즈, 자네가 그런 생각을 하는 것도 무리는 아니야. 세 개 대륙에서 곤경에 빠졌다고 자네를 찾아오는 사람들을 보고 있자면 하나같이 인간의 상상력을 무기력하게 만들 정도로 괴상한 일뿐이니까 말이야. 자네는 그렇게 괴상한 일

들에 너무 익숙해 있어. 하지만 세상일이 모두 다 그런 것은 아니란 말일세. 하지만 이것 좀 보게."

나는 조간신문을 집어 들고 한 기사를 홈즈에게 보여주었다.

"여기 '아내를 학대하는 남편'이라는 기사가 대문짝만 하게 실려 있네. 나는 아직 이 기사를 읽지 않았지만 내용은 짐작할 수 있어. 술만 마시면 상습적으로 아내를 구타하고 바람이나 피는 남편이란 작자 얘기가 분명할 거야. 그 여자를 가엾게 여긴 여동생이나 이웃 여자가 신고를 했겠지. 이보다 더 형편없는 소설이 어디 있겠나? 이처럼 대부분의 우리 삶이란 자네가 맡는 사건처럼 재미있지도 않고 상상이 어려운 것도 아니란 말일세."

홈즈는 대답 대신 내가 가리키는 기사를 유심히 살펴보았다.

"이런, 자네가 예를 잘못 든 모양인데……."

"뭐라고?"

"이건 던대스 별거 사건이야. 전에 내가 사건을 해결해준 적이 있어서 잘 알고 있지. 이 남자는 자네 예상과는 달리 술이라고는 한 방울도 하지 않는 착실한 사람이라네. 아마 바람은 생각도 못 할 걸. 그런데 이 남자에게는 몹쓸 습관이 있었는데 그것은 식사 때마다 틀니를 빼서 아내에게

던지는 거였어. 어떤가, 이 정도라면 그 어떤 소설가의 상상력에 못지않지? 어서 졌다고 인정하게."

홈즈는 개구쟁이 같은 웃음을 지으며 담뱃갑을 내밀어 담배를 권했다.

"아니, 이건……."

나는 깜짝 놀랐다. 담뱃갑이 금으로 만들어져 있는데다가 뚜껑 한가운데 커다란 자수정이 박혀 있었던 것이다. 그 담뱃갑은 평소 검소한 생활을 하던 홈즈의 물건치고 지나치게 고급스럽고 화려한 것이었다.

"이것 말인가?"

홈즈는 담뱃갑을 이리저리 보며 웃고 있었다.

"지난번 아이린 애들러의 사진 사건을 도와준 답례로 보헤미아 국왕께서 보내주신 거라네. 자네가 알고 있다고 생각했는데 아니었나 보군. 아, 그래. 이것을 처음 봤다면 이 반지도 처음이겠군."

홈즈는 커다란 루비가 박혀 있는 반지를 낀 손가락을 내게 내밀었다.

"이건 네덜란드 왕실에서 보내준 거라네. 왕실의 문제를 해결해 주었거든. 물론 사건의 성격상 자네에게 조차 말할 수는 없지만 말이네."

"말이 나와서 하는 말인데 그 사건은 정말 말해 주지 않을 셈인가?"

나는 지금까지의 논쟁은 까맣게 잊어버리고 그가 맡았던 사건에 온통 마음을 빼앗기고 말았다. 그러나 홈즈는 고개를 저으며 말없이 웃기만 했다.

"하는 수 없군. 하지만 요즘 어떤 사건을 맡고 있는지는 말해 줄 수 있겠지?"

"몇 가지 맡고 있는 것이 있지만 프랑스 마르세유에서 의뢰해 온 다소 복잡한 사건을 제외하면 이렇다 할 큰 사건은 없네."

"큰 사건인지 아닌지 어떻게 알 수 있나?"

"대부분 큰 사건일 경우 동기가 단순하고 뚜렷해서 조사 과정이 재미없다네. 반면 중요하지 않은 사건일수록 원인과 결과가 복잡해서 예리한 분석과 관찰이 필요하지. 그나저나 자네 이리 와서 저 숙녀 좀 보겠나?"

홈즈는 창가에 서서 커튼 사이로 우울한 런던 거리를 내려다보면서 말했다. 홈즈가 가리키는 곳은 길 건너편이었는데 젊은 여인이 서 있었다. 그녀는 푹신한 모피 목도리를 두르고 붉은 깃털이 나풀거리는 챙이 넓은 모자를 쓰고 있었는데 전체적으로 화려한 차림이었다.

더구나 보통의 여성보다 큰 그녀의 체구는 화려한 옷차림과 더불어 시선을 잡아끌기에 충분했다.

그러나 그녀는 장갑에 달린 단추를 만지작거리면서 그저 서 있을 뿐이었다. 간혹 우리가 서 있는 창을 흘깃거리는 것이 고작이었다. 무언가 주저하는 기색이 역력했다. 커튼 뒤에 있는 우리가 보일 리는 없었지만 혹시 눈이라도 마주쳐서 그녀가 민망해하는 일이 없도록 나는 커튼을 잡아당겨 몸을 가렸다.

"누구를 기다리고 있는 걸까?"

홈즈는 씩 웃었다.

"나는 저런 증상을 여러 번 본 적 있다네. 결코 누구를 기다리고 있는 게 아니야."

홈즈는 담배꽁초를 벽난로 속에 던지며 말했다.

"저 숙녀는 분명히 나를 찾아왔어. 이쪽을 곁눈질로 계속 보고 있는 게 그 증거지. 아마도 애정 문제나 그 비슷한 일을 상의하러 온 걸 거야. 하지만 그런 얘기들의 대부분이 남에게 말하기 어려운 일 아니겠는가. 그러니 저렇게 망설일 수밖에. 물론 애정 문제라는 것도 여러 가지로 구분될 수 있지만 저 숙녀는 남성에게 일방적으로 사기를 당한 것은 아닐 거야. 만약 그랬다면 화가 나고 슬퍼서 남의 이목도 느끼지 못한 채 바로 이 집으로 돌진해 초인종 줄이 끊어질 정도로 잡아 당기겠지. 저 숙녀는 분노했다기보다는 당황하고 있어. 옳지! 드디어 결심이 섰나 보군."

홈즈의 예언은 정확했다. 한참을 망설이던 그녀가 마침내 마음을 정한 듯 갑자기 걸음을 옮겼던 것이다. 그녀는 길을 건너 곧장 우리가 있는 하숙집을 향해 다가왔다. 초인종이 울렸다.

"이번엔 자네가 흥미를 가질 수 있을 만큼 좀 괜찮은 사건이면 좋겠군."

홈즈가 장난스럽게 한쪽 눈을 깜빡였다. 잠시 후 노크 소리가 나더니 사환 아이가 문을 열고 들어왔다.

"메리 서덜랜드 양께서 선생님을 찾아오셨습니다."

사환 아이의 뒤에는 우리의 이목을 끌었던 바로 그 숙녀가 서 있었다.

2. 베일에 싸인 남자

그녀는 창을 통해서 본 것 이상으로 키가 컸다. 아이가 작은 탓도 있었지만 마치 작은 나룻배 뒤에 커다란 상선 하나가 돛을 모두 올리고 있는 것 같이 느껴질 정도였다.

"어서 오십시오."

홈즈는 정중하게 숙녀를 맞았다. 사환 아이가 문을 닫고 나가자 홈즈는 그녀에게 의자를 권했다. 나는 무심한 듯하지만 언제나 상대를 꿰뚫어 보는 홈즈의 날카로운 눈매를 느끼며 그가 무슨 말을 할지 은근히 기다렸다. 낯선 사람과의 첫 대면에서 그가 과연 무엇을 보았는가를 기대하는 것은 그가 사건을 해결하는 과정을 보는 것 이상으로 흥미로운 일이기 때문이었다. 하지만 홈즈만의 날카로운 관찰은 언제나 상대가 눈치채지 못하게 은밀히 이루어졌기 때문에 숙녀가 불편해하는 일은 일어나지 않을 것이었다.

드디어 홈즈가 입을 열었다.

"타자를 그렇게 많이 치시는데 나쁜 시력 때문에 고생이 많으시겠습니다."

숙녀는 순식간에 얼굴빛이 변했다. 경악과 공포의 빛이 역력했다. 그녀는 눈을 커다랗게 뜬 채 간신히 입을 열었다.

"홈즈 선생님, 벌써 제 소문을 들으신 모양이군요."

"소문이라니요? 서덜랜드 양에 대한 소문은 들은 바 없습니다."

"하지만 어떻게 저에 대해서 그렇게 잘 알고 계십니까?"

홈즈는 빙그레 웃으며 말했다.

"그저 이 일을 해오며 몸에 밴 오랜 습관일 뿐입니다. 뭐든지 알아내는 것이 제 직업이 하는 일이지 않습니까? 다른 사람 같으면 그냥 보아 넘기는 것을 유감스럽게도 저는 그렇게 하지 못한답니다. 모두 훈련 덕분이지만 말입니다. 어쨌든 놀라게 해드린 모양이군요. 물론 제게 이런 능력이 없다면 서덜랜드 양께서 저를 찾아오시는 일도 없었겠지요?"

그녀는 입을 다물지 못했다.

"선생님이 보신 대로 저는 타자를 치고 있습니다. 물론 시력도 나쁜 편이지요. 처음에는 몹시 고생했지만 이제는 자판을 눈여겨보지 않고도 칠 수가 있어서 그다지 불편하지

않습니다. 그나저나 명성대로 대단하시군요. 이곳에 오기를 잘한 것 같습니다."

"과찬이십니다."

"실은 에서리지 부인께서 선생님을 소개해 주셨습니다. 전에 행방불명되신 에서리지 씨를 쉽게 찾아주셨다면서요. 경찰도 죽은 것으로 알고 포기했던 사건이라지요? 저, 홈즈 선생님, 저에게도 당신의 그 능력이 필요합니다. 제발 좀 도와주세요. 저는 부자는 아니지만 사례비는 넉넉하게 드리겠습니다. 한 해에 1백 파운드 씩 들어오는 것 말고도 타이피스트로서 버는 수입도 있으니 섭섭하게 생각하시는 일은 없을 거예요. 오, 제발 호스머 엔젤 씨가 어떻게 되셨는지 그것만이라도 알아봐 주세요."

홈즈는 숙녀의 애원에는 한마디 대답도 하지 않고 양쪽 손가락의 끝을 맞댄 채 천장만 바라보았다. 한참만에 입을 연 홈즈의 입에서 나온 말은 예상 밖이었다.

"그전에 왜 그렇게 서둘러 집을 나서야만 했는지 말씀해 주시겠습니까?"

서덜랜드의 얼굴에는 다시 한 번 당황하는 빛이 스쳤다. 그러고 잠시 망연하게 홈즈를 쳐다보았다.

"네, 선생님 말씀대로 정말 화가 나서 정신없이 뛰쳐나왔답니다. 실은 제 아버지인 윈디뱅크 씨의 태도를 참을 수 없

었거든요. 사람이 자취를 감췄는데도 경찰에 신고는커녕 괜찮을 거라고만 하시지 뭐예요. 게다가 선생님에 대한 이야기를 듣고도 상의해 볼 생각도 않으시더군요. 아무런 대책도 세우지 않고 그저 말로만 걱정하지 말라니…… 한참을 옥신각신한 끝에 결국 저는 몹시 화가 나서 외출복을 서둘러 입고는 바로 여기로 달려왔던 겁니다."

홈즈가 물었다.

"성이 다른 걸 보니 계부이신가 보군요."

"네, 그렇습니다. 사실 아버지라고 부르기도 민망할 정도이지만 말입니다. 윈디뱅크 씨는 저보다 겨우 다섯 살 두 달 위일 뿐이거든요. 생각할수록 우스운 일이지요."

"어머니께서는 생존해 계십니까?"

"물론이에요. 엄마는 무척 건강하세요."

그녀는 손수건을 만지작거리면서 말을 이어 나갔다.

"엄마가 재혼을 하겠다고 하신 건 아버지가 돌아가신 지 얼마 되지 않아서였습니다. 게다가 상대가 열 다섯살이나 연하라는 걸 알았을 때 제가 얼마나 기가막혔는지 아마 상상도 못 하실 거예요. 하지만 그 결혼을 막는 것은 제 능력 밖의 일이었지요. 못마땅했지만 어쩔 수 없었어요.

돌아가신 제 친아버지는 토튼햄 코트로에서 배관업을 하셨어요. 덕분에 상당히 규모가 큰 사업체를 남겨주셔서 사는 데 지장은 없었습니다. 엄마가 직접 운영하셨는데 책임자인 하디 씨가 많이 도와주셨지요. 윈디뱅크 씨가 나타나기 전까지는 말이에요. 그는 어느 포도주 회사의 외판원이었는데 보통 수단이 좋은 게 아니었다더군요. 어쨌든 그는 엄마를 설득해서 아버지가 평생에 걸쳐 피땀으로 이룩해 놓으신 회사를 처분하게 만들었습니다. 고작 4천 7백 파운드를 받고 말입니다. 만약 아버지가 살아 계셨다면 그렇게 헐값에 넘기는 일은 절대로 없었을 거예요."

그녀는 사건과는 별로 상과도 없을 것 같은 자신의 집안일을 두서없이 늘어놓고 있었다. 나는 평소 남의 일이라고는 도무지 관심이 없는 홈즈가 짜증이라도 내는 것이 아닌가 싶어 조마조마했지만 그것은 기우였다. 그는 흥미 있다는 듯 한껏 경청하고 있었던 것이다.

"아까 한 해에 1백 파운드를 받는다고 하셨는데 아버님께서 남겨주신 유산인가요?"

"아니에요. 유산이긴 하지만 그건 돌아가신 아버지와는 상관없는 겁니다. 오클랜드에 사셨던 네드 숙부님께서 저에게 남겨준 거지요. 숙부님의 유산은 뉴질랜드의 공채로 되어 있습니다. 원금이 2천 5백 파운드라고 하더군요. 하지만 저는 그 공채를 처분할 수는 없습니다. 그저 연간 4.5퍼센트의 이자만 받게 되어 있습니다."

"흥미로운 얘기로군요."

홈즈는 자세를 바꾸며 말했다.

"매년 1백 파운드 씩의 이자가 보장되어 있는 데다가 타이피스트라는 직업도 갖고 있으니 서덜랜드 양의 생활은 넉넉하신 편이겠군요. 그 정도의 수입이라면 마음 내키는 대로 여행도 가능하고 그 밖의 하고 싶은 일도 얼마든지 할 수 있으실 테지요. 숙녀 분 혼자서 생활하는 데는 한 해에 60파운드 정도라도 충분하니 말입니다."

"아니에요. 저는 그 정도까지도 필요하지 않습니다. 그보다 적은 액수로도 충분하지요."

"오, 그래요? 그럼 남은 수입은 어떻게 하십니까?"

"사실 제가 관리하는 돈이 많은 건 아닙니다. 숙부님께서 남겨주신 유산인 이자를 엄마께 드리고 있으니까요. 결혼하기 전까지는 엄마나 의붓아버지에게 짐이 되고 싶지는 않거든요. 물론 이 생활이 오래가지는 않을 겁니다. 어쨌든 이자는 윈디뱅크 씨가 3개월마다 은행에서 찾아다가 엄마께 드리는 것으로 알 고 있습니다. 그렇다고 해도 제 생활이 어려운 것은 아닙니다. 타자를 쳐서 받는 수입만으로도 충분하니까요. 한 장에 2펜스인데 하루에 열다섯 장에서 스무 장은 칠 수 있거든요."

"서덜랜드 양께서 어떤 처지에 처해 있는지 잘 알았습니다. 그럼, 이제부터 호스머 엔젤 씨와의 관계에 대해 말씀해 주시겠습니까?"

호스머 엔젤이라는 이름이 나오자 그녀의 얼굴에 금방 붉은 빛이 감돌았다. 지금까지 집안 일을 서슴지 않고 이야기하던 때와는 달리 망설이는 빛이 역력했다. 그리고 나를 흘깃거렸다. 그것을 놓칠 홈즈가 아니었다.

"아, 이쪽은 제 동료인 왓슨 박사입니다. 사건 해결에 커다란 힘이 되어주고 있는 사람이지요. 그러니 마음 놓고 말씀하십시오."

서덜랜드 양은 옷깃을 만지작거리다가 입을 열었다.

"가스업자들 주최의 무도회에서 그분을 알게 되었어요. 주최 측은 친아버지께서 살아 계실 때부터 초청장을 보내오곤 했는데 돌아가신 이후에도 언제나 잊지 않고 엄마께 무도회 초청장을 보내주셨지요. 그런데 윈디뱅크 씨는 우리 모녀가 그 무도회에 참석하는 것을 몹시 반대했습니다. 아니, 파티뿐만이 아니라 사람이 모이는 곳이라면 어디든지 가지 못하게 하는 편이지요. 심지어 일상의 외출도 달가워하지 않았답니다. 한번은 일요일에 소풍을 가겠다고 했더니 불같이 화를 내더군요.

하지만 저는 무도회에 가기로 결심했어요. 꼭 가고 싶었다기보다는 의붓아버지의 부당한 처사에 대항하고 싶어서였습니다. 그 사람이 저에게 이래라저래라 명령할 권리는 없는 거 아닌가요? 그런데도 매사에 간섭하고 명령하다니…… 저는 더 이상 참을 수만은 없다고 생각했습니다. 게다가 그 무도회에는 돌아가신 아버지의 친구 분들이 많이 참석하셨는데 그분들을 만나고 싶었던 것도 사실이었지요. 그런데 윈디뱅크 씨는 그런 인간들은 우리와 수준이 안 맞는다면서 비웃더군요. 또 입고 갈 만한 변변한 옷도 없이 어딜 가려고 하냐며 말도 안 되는 얘기로 제 결심을 꺾으려 했지요. 가봤자 창피만 당할 거라면서요. 장롱 속에는 한 번도 입지 않은 진홍색 플러시 드레스가 있는데도 말이에요.

하지만 마침내 제 고집이 이겼답니다. 윈디뱅크 씨는 화를 버럭 내더니 그대로 프랑스에 가버렸습니다. 엄마께는 출장이라고 했다더군요. 며칠 후 우리 모녀는 전에 회사의 감독 일을 하셨던 하디 씨와 함께 무도회에 참석했습니다. 바로 거기에서 호스머 엔젤 씨를 만난 겁니다."

"윈디뱅크 씨가 프랑스에서 돌아와서 무도회에 참석하셨다는 얘기를 들었다면 또 화를 냈겠군요."

"저도 그럴 거라고 생각했는데 아니었어요. 화를 내기는 커녕 껄껄 웃기까지 했지요. 여자들이란 고집을 부리면 막아봤자 소용없다면서 말이에요."

"음, 그랬군요. 어쨌거나 서덜랜드 양은 그 가스업자들의 무도회에서 호스머 엔젤이라는 신사를 처음 알게 되었다 이거군요?"

"네."

"그럼 다시 만나신 건 언제였나요?"

"다음 날이었습니다. 그분이 우리 집으로 찾아오셨지요. 지난밤에 집에 잘 도착했는지 궁금했다면서 말입니다. 그 후로도 몇 번 만났습니다. 두 번은 공원을 함께 산책하기도 했지요. 하지만 윈디뱅크 씨가 프랑스에서 돌아오면서부터는 만날 수가 없었습니다."

"이유는요?"

"윈디뱅크 씨가 싫어했거든요. 그 사람은 손님이 드나드는 것을 아주 질색했습니다. 어쩔 수 없는 경우를 빼고는 결코 사람을 집 안으로 들이지 않았지요. 더구나 여자란 가정의 울타리 안에만 있어야 한다고 입버릇처럼 말했습니다. 홈즈 씨, 정상적인 성인이라면 자신의 가정을 가지고 싶어하는 게 인지상정 아닌가요? 하지만 집 안에만 있어서야 어디 그게 가능이나 하겠습니까? 그러니 이 나이가 되도록 가정을 꾸리지 못하고 있는 게 아니겠어요?"

그녀가 흥분해서는 목소리를 높이자 홈즈가 말을 돌렸다.

"그 뒤 엔젤 씨에게서는 연락이 없었습니까?"

"아니에요. 제가 시끄러워지는 것을 두려워하자 호스머는 편지로 1주일 동안은 서로 만나지 않는 것이 좋겠다고 연락해 왔어요. 실은 일주일 뒤에 윈디뱅크 씨가 다시 프랑스로 가게 되어 있었거든요. 그 일주일동안 그분은 매일같이 제게 편지를 보내주셨답니다.

아침 일찍 제가 직접 우편함에서 편지를 꺼내왔기 때문에 윈디뱅크 씨는 물론이고 집안사람들 어느 누구에게도 들키지 않았지요."

"엔젤 씨와 결혼 약속은 언제 하셨나요?"

서덜랜드 양은 얼굴을 붉혔다.

"처음 산책을 한 날 우리는 결혼을 약속했습니다. 만난 지 얼마 안 되는 시간이었지만 그분이 저를 얼마나 사랑하는지 알 수 있었답니다. 저 역시 마찬가지였고 말입니다."

"서덜랜드 양, 엔젤 씨에 대해서 자세히 말씀해 주십시오."

"호스머는 리든홀 가에 있는 어느 회사의 회계원으로 일하고 있는데……."

"잠깐만 서덜랜드 양. 회사이름을 정확하게 말씀해 주시겠습니까?"

"그건…… 정확한 이름은 듣지 못해서 저도 잘 모릅니다."

"그럼 그분이 사는 곳은 아시겠지요?"

"호스머는 회사에서 묵고 있다고 했어요."

"회사 주소는……?"

"그것도…… 단지 리든홀 가라는 것밖에는 모릅니다."

"그렇다면 답장은 어디로 보내셨습니까?"

"리든홀 가 우체국 사서함이었습니다. 여자에게서 편지
가 오면 회사 사람들에게 놀림을 받게 될 거라면서 간곡히
말리더군요. 그래서 제가 타자로 편지를 쳐서 보내면 남들
이 눈치채는 일이 없지 않겠느냐고 했지만 그것 역시 반대
하더군요."

"왜죠?"

"그분은 우리 사이에 기계가 끼어드는 게 싫다고 하셨어
요. 직접 손으로 쓴 편지여야만 정말 제가 보낸 것 같은 느
낌이 들지 않겠느냐면서요. 홈즈 선생님, 그분은 그토록 저
를 사랑하신 거예요. 정말 그분은 세밀한 데까지 신경을 쓰
는 섬세하고 따뜻한 분이세요."

"그럼 엔젤 씨도 자필로 편지를 써 보냈나요?"

"그건 아니에요. 그분은 회사에서 업무 시간에 타자로 친
편지를 보내왔습니다. 동료들의 눈을 피하기 위해서는 그럴
수밖에 없다며 미안해하곤 했지요."

"의미심장한 대목이로군요."

"네?"

"아닙니다. 그 외에 엔젤 씨에 대해 말씀해 주실 것은 없습니까?"

"그 외라시면…… 글쎄요. 어떤 것을 말씀하시는지 모르겠네요."

"가장 사소한 것이 가장 중요한 것이라는 얘기를 혹시 들어보셨는지 모르겠군요. 서덜랜드 양, 사건은 의외로 사소한 것에 단서가 있는 법이지요. 그러니 성격이나 옷차림 등 생각나는 것이라면 뭐든 좋으니 주저마시고 말씀해 보십시오."

서덜랜드 양은 잠시 생각에 잠기는 듯 하더니 이내 입을 열었다.

"그분은 몹시 내성적인 분이세요. 태도나 목소리, 모두 조용한 편이었지요. 남들 눈에 띄는 게 싫다면서 늘 저녁에 만나 산책을 했을 정도였습니다. 목소리는 일반적인 사람들보다 매우 낮고 작았는데 약간 어눌한 편이었어요. 어렸을 때 편도선을 앓은 이후에 생긴 버릇이라고 하더군요. 그 외에는……. 아, 그래요. 옷차림을 말씀하셨죠? 그분은 항상 깔끔하고 단정하게 입으셨습니다. 또 눈이 빛에 약하다고 하시더군요. 그래선지 항상 색안경을 끼고 있었어요."

"저녁에 만나면서도 색안경을 쓰고 계셨단 말인가요?"

"네. 가로등 불빛에도 눈을 찡그릴 만큼 약시였던 거지요."

"알겠습니다. 그럼 윈디뱅크 씨가 프랑스로 다시 간 뒤의 상황에 대해 말씀해 주십시오."

"윈디뱅크 씨가 프랑스로 간 날 그분이 집으로 찾아오셨어요. 그런데 그분은 윈디뱅크 씨가 돌아오기 전에 결혼식을 올리자고 하더군요. 저는 만난 지도 얼마 안 됐고 갑작스러운 결혼식도 당황스럽기만 했어요. 하지만 그분은 정말 열정적으로 저에게 구혼하셨지요. 마침내 저도 허락했습니다. 그만큼 그분의 청혼은 감동적이었답니다. 제가 결혼을 허락하자 그분은 저더러 성서에 손을 얹고 무슨 일이 있어도 사랑에 충실하겠다는 맹세를 하라고 요구하시더군요."

"맹세를요? 이상한 구혼 방법이로군요."

"하지만 엄마는 너무나 당연한 것이라고 하셨어요. 그런 맹세를 요구하는 것만 봐도 호스머가 저를 얼마나 사랑하는지 알 수 있다고 하셨지요. 사실 엄마는 전부터 호스머에게 호의적이었습니다. 무도회에서 만난 날부터 계속 그분의 일이라면 저보다 더 기뻐해 주셨지요. 어떤 때 보면 저보다 더 좋아하시는 것 같을 정도였어요. 그분이 엄마에게 일주일 안에 결혼식을 올렸으면 좋겠다고 하자 엄마도 두말도 않고 허락하시더군요. 하지만 저로서는 선뜻 대답할 수 없었습니다. 윈디뱅크 씨가 아무리 몇 살 차이 나지 않는다고 해도 현재 제 아버지인 것은 엄연한 사실이었으니까요. 허락까지는 아니더라도 이야기는 하고 식을 올려야 하는 것이 아닌가 싶었지요. 하지만 엄마는 신경 쓰지 말라고 하셨어요. 일단 식을 올리고 나면 반대한들 무슨 소용이 있겠냐면서요. 윈디뱅크 씨가 화를 내면 엄마가 책임지겠다고까지 하시더군요. 하지만 아무리 그렇다고 해도 저는 내키지 않았어요. 물론 허락을 받아야 한다는 것은 아니었어요. 그럴 만큼 애정이 있다거나 아버지로서 존경하고 있지 않았으니까요. 단지 일생에 한 번밖에 없는 결혼식을 도둑 결혼하듯 은밀하게 하고 싶지 않았던 겁니다. 그래서 저는 윈디뱅크 씨가 다니는 회사의 프랑스 지점으로 편지를 보냈습니다. 지점은 보르도에 있었지요. 하지만 그 편지는 결혼식이 예정되었던 날 아침에 반송되어 돌아와버렸습니다."

"윈디뱅크 씨가 그곳에 안 계셨던 건가요?"

"네. 편지가 그곳에 도착하기 전에 영국으로 떠나셨다고 하더군요."

"누가 그러던가요?"

"윈디뱅크 씨한테 직접 들었습니다. 영국에 도착해서야 회사로부터 편지가 왔다는 얘기를 들었다고 하더군요."

"어쨌든 서덜랜드 양으로서는 유감스러운 일이었겠군요."

"네, 하지만 그때는 이미 결혼식을 올리기로 한 날이었기 때문에 어쩔 수 없었지요. 아무튼 식을 예정대로 치르기로 했습니다. 조용하게 치르고 싶다는 호스머의 주장대로 다른 하객은 없었어요. 식장은 킹스 크로스 역에서 가까운 세인트세이비어 성당이었고 식이 끝나면 곧바로 세인트판크라스 호텔에서 엄마와 함께 식사를 할 예정이었지요.

결혼식 날 호스머가 이륜마차를 타고 우리 집으로 왔을 때 저는 마침 반송된 편지를 받고 당황하고 있던 차였어요. 저는 모든 걸 운명이라 여기고 호스머가 타고 온 마차에 엄마와 함께 올라탔습니다. 하지만 더 이상 그 마차에는 자리가 없었어요. 그래서 하는 수 없이 그분은 마침 지나가던 사륜마차를 불러야만 했습니다. 두 마차는 거의 동시에 성당을 향해 출발했습니다.

우리가 탄 마차가 먼저 성당에 도착했고 얼마 안 있어 그분이 탄 마차도 도착했습니다. 우리는 성당에 함께 들어가기 위해 그분이 마차에서 내리기를 기다렸지요. 그런데 마차에서는 아무도 내지리 않더군요. 기다리다 지친 마부가

성을 내기 시작했지요.

'손님, 세인트세이비어 성당에 도착했습니다. 주무시기라도 하는 겁니까?'

마부가 내려와서는 목청을 높이며 문을 벌컥 열었어요. 그런데 아! 홈즈 선생님, 어떻게 이런 일이 있을 수 있을까요? 마차 안에는 아무도 없었습니다. 그분은 달리는 마차에서 감쪽같이 사라져버렸던 겁니다.

'분명히 마차에 타는 걸 봤는데 이게 어떻게 된 일이지?'

마부도 어찌된 영문인지 몰라 어리둥절해하더군요. 하지만 저보다 놀란 사람은 없었을 거예요. 결혼을 약속한 사람이 제 눈앞에서 사라져 버렸으니까요.

　홈즈 선생님, 그것이 지난 금요일의 일입니다. 그분이 마차에 오르는 모습이 마지막이었습니다. 그리고 지금까지 아무런 소식이 없어요. 그분이 어떻게 되었는지, 무슨 일이 일어난 건지 저로서는 종잡을 수가 없군요."

　"엔젤 씨를 믿으십니까?"

　"물론이에요. 그분은 마음이 착하고 친절하신 분이에요. 그런 분을 믿지 않는다면 누굴 믿을 수 있겠어요?"

　"결혼식 날 다른 말을 하지는 않았나요?"

　"그러고 보니 좀 이상한 말을 했어요. 그날 아침에 저를 데리러 왔을 때도 그분은 저의 손을 꼭 잡고 다시 한 번 사랑의 맹세를 하셨는데 그게 좀 이상했어요.

　'무슨 일이 있어도 마음이 변하지 맙시다. 만일에 뜻밖의 일이 일어난다고 해도 우리는 서로 사랑하는 사이고 약혼한 사이라는 것을 잊지 마시오. 설사 헤어지게 되는 일이 있더라도 당신이 그 맹세를 버리지만 않는다면 언제고 꼭 다시 만나게 될 것이오. 나를 믿고 기다려줄 수 있겠소?'

　결혼식 날 아침에 그런 말을 하는 것이 싫었지만 그분의 진심이 느껴져서 그러겠노라고 했습니다. 하지만 지금 생각해 보면 호스머는 그때 이미 이런 일이 일어나리라는 것을 알고 있었던 것은 아닌가 싶네요. 아, 정말 그분에게 무슨 어려운 일이 생긴 걸까요?"

"분명히 뭔가가 있군요."

홈즈의 눈매가 날카로웠다.

"그렇다면 서덜랜드 양은 엔젤 씨에게 어떤 재앙이 일어났다고 생각하십니까?"

"네, 그래요. 그렇지 않고서야 어떻게 이런 일을 설명할 수 있겠어요? 그분이 아침에 하신 말을 생각해봐도 그렇고요. 틀림없이 어떤 위험이 다가오고 있다는 것을 알고 있던 거예요. 그리고 그 예감이 현실로 드러났고 말이에요."

그녀는 조금 전과 달리 확신에 차서 말했다.

"하지만 그 재앙이 어떤 것인지는 모르신단 말이군요."

"네."

홈즈는 생각에 잠긴 듯 잠시 아무 말도 하지 않았다. 그러나 침묵의 시간은 그렇게 길지 않았다.

"몇 가지만 더 물어보겠습니다. 어머니께서는 이번 일에 대해 뭐라고 하시던가요?"

"엄마는 무척 화가 나셨어요. 몹쓸놈이라고 욕까지 하시더군요. 그리고 다시는 호스머에 대해서는 한마디도 입 밖에 내지 말라고 하셨지요."

"윈디뱅크 씨에게는 이번 일을 말하셨나요?"

"네, 돌아오자마자 얘기했습니다."

"뭐라고 하시던가요?"

"아까도 말씀드렸지만 걱정이라고는 눈곱만큼도 하지 않더군요. 무슨 급한 사정이 생긴 모양이니 기다리라고만 하는 거예요. 조만간에 무슨 소식이 있을 거라면서요."

"혹시 금전적으로 엔젤 씨께 도움을 주시지는 않으셨습니까?"

"아니요. 엔젤 씨는 돈에 관해서는 깨끗한 분이셨어요. 그분과 함께 있으면서 단 한 번도 제가 돈을 쓴 일이 없었지요. 단 1실링도 쓰게 하신 일도, 빌리신 일도 없었습니다. 또 결혼 전에 제 재산을 모두 그분 앞으로 해놨다면 미심쩍을 수도 있겠지만 그분은 제 재산에 대해서는 앞으로도 저보고 관리하라고 하셨어요. 그분을 의심한다는 것은 있을 수 없는 일이에요. 선생님도 생각해 보세요. 저를 성당 앞에서 미아가 되게 했다고 그분에게 무슨 이득이 있겠어요? 오, 홈즈 선생님. 저는 걱정이 돼서 미칠 것만 같습니다. 요즘에는 거의 잠도 자지 못하고 있어요. 도대체 왜 자취를 감추었을까요? 만약에 피치 못할 일이 있다면 어째서 편지 한 장 보내지 않는 걸까요? 아, 선생님. 제발 도와주세요."

서덜랜드 양은 털토시 안에서 손수건을 꺼내 흐르는 눈물을 닦았다.

"알겠습니다."

홈즈는 자리에서 일어났다.

"조사해 드리지요. 틀림없이 명백히 드러나게 될 겁니다. 하지만 그전에 서덜랜드 양이 꼭 하셔야 할 일이 있습니다."

"무슨 일이든지 하겠어요. 말씀만 하세요."

그녀는 기대에 차서 약간 들뜬 목소리로 말했다. 그러나 홈즈의 대답을 그녀의 기대와는 전혀 다른 것이었다.

"호스머 엔젤이라는 사람에 대한 모든 기억을 깨끗하게 지워버리십시오."

"네?"

서덜랜드 양뿐만 아니라 나 역시 깜짝 놀랐다. 홈즈는 차가운 표정으로 말을 이었다.

"또한 그 사람을 다시 만날 수 있을 거라는 기대도 갖지 마십시오. 마치 당신의 삶에 없었던 사람으로 여기셔야 합니다."

"무슨 말씀이세요? 혹시 그분을 다시는 만날 수 없다는 말씀을 하시는 건가요?"

"그렇습니다."

서덜랜드 양은 망연자실하여 그 자리에서 꼼짝도 안 했다. 홈즈는 침착한 표정으로 그녀가 진정할 때까지 잠자코 기다렸다.

"홈즈 선생님, 그분에게 무슨 일이 생긴 건가요?"

그녀의 목소리는 조심스러웠다. 그녀는 자신의 예상이 현실로 나타날까 두려워하고 있었다.

"그 문제는 저에게 맡겨주시면 좋겠군요."

홈즈는 그녀의 질문에 답하지 않았다.

"서덜랜드 양, 사건을 조사하자면 엔젤 씨의 정확한 인상 착의가 필요합니다. 그리고 그에게서 온 편지도 보여주시면 도움이 되겠군요."

"인상착의라면 이것이 도움이 될 겁니다."

그녀는 오려낸 신문과 편지 봉투 네 개를 내밀었다.

"지난 토요일 〈크로니클〉 신문에 사람을 찾는 광고를 냈거든요. 그리고 그분이 보내왔던 편지는 그 네 통이 전부입니다."

"감사합니다. 그럼 댁 주소 좀 알려주시겠습니까?"

"캠버웰, 라이언 플레이스, 31번지입니다."

홈즈는 수첩을 꺼내 주소를 받아 적었다.

"엔젤 씨의 주소는 모른다고 하셨고……. 음, 윈디 뱅크 씨의 직장 이름은 알고 계시겠지요?"

"웨스트하우스 앤 머뱅크라는 주류 회사에 다니는 걸로 알고 있습니다. 주로 보르도산 적포도주를 수입한다고 하더 군요. 회사는 펜처치 가에 있습니다."

"잘 알겠습니다. 더 이상 물을 게 없군요. 이제 그만 댁으로 돌아가서도 됩니다. 그리고 이 신문과 편지는 제가 잠시 보관하겠습니다."

그녀는 무겁게 고개를 끄덕이고 자리에서 일어났다.

"서덜랜드 양, 부디 제 충고를 잊지 않도록 하십시오. 아무 일도 없었던 것처럼 새 인생을 사십시오."

"홈즈 선생님, 정말 친절하시군요. 하지만 저는 성경에 대고 맹세를 했습니다. 그분과의 사랑을 저버리지 않고 그분이 돌아오실 때까지 언제까지고 기다리겠다고 말입니다. 설사 돌아오시지 않는다고 해도…… 저는 그분의 충실한 약혼자로서 살아갈 겁니다. 어쨌든 여러 가지로 감사합니다. 연락만 주시면 언제라도 다시 달려오겠습니다. 부디 좋은 소식을 부탁드립니다."

방을 나서는 서덜랜드 양의 어깨는 이곳에 왔을 때보다 더 침울하게 처져 있었다.

3. 수상한 서명

서덜랜드 양이 돌아간 뒤, 홈즈는 한참 동안 아무말도 하지 않았다. 그는 양손의 끝을 맞댄 채 발을 길게 뻗고는 천장을 바라보고 있었다. 마치 화가 난 사람 같았다. 하지만 간혹 연민의 빛이 스치기도 했다. 나는 홈즈의 표정이 복잡한 만큼 생각도 복잡하리라고 생각했다. 그래서 창밖으로 그녀가 멀어져 가는 것을 바라보며 홈즈가 입을 열기를 조용히 기다렸다.

마침내 서덜랜드 양의 모습이 시야에서 사라졌다. 홈즈도 생각하기를 멈춘 듯했다. 그는 선반에 있던 도자기 파이프를 집어 들고는 불을 댕겼다. 그 파이프는 오랫동안 홈즈와 시간을 보냈다는 것을 증명이라도 하듯 손잡이 부분이 반질반질했다. 홈즈는 몸을 의자 깊이 파묻은 채 구름 같은 푸른 연기를 연신 만들어 냈다. 홈즈가 나에게로 얼굴을 돌리며 입을 연 것은 담배가 거의 다 타들어간 후였다.

"왓슨, 이 사건은 어렵다거나 흥미로운 사건은 아니야. 흔하고도 낡은 수법의 사건이지. 내 사건 파일 속에도 이와 비슷한 사건이 여러 건 있네. 1877년 햄프셔 군의 앤도버에서 일어난 사건과 작년 헤이그에서 일어난 사건이 모두 이번 사건과 맥락을 같이 한다고 봐야 할 걸세. 물론 예전의 것들에 비해 두어 가지 새로운 점이 엿보이긴 해. 그렇다고 해도 지저분한 사기 사건이라는 오명을 벗을 수는 없지. 어쨌든 나는 이 사건 자체보다 지금 나간 서덜랜드 양이 이 사건보다 훨씬 흥미롭군. 이 사건에서 교훈이란 것을 찾는다면 바로 그 아가씨에게서 찾아야 할 걸세."

나 역시 그녀가 화려한 외양과는 달리 순수한 마음의 소유자라고 생각하고 있었다. 그래서 홈즈의 말에 나는 고개를 끄덕이며 동의의 뜻을 전했다.

"요즘 보기 드물게 고귀한 영혼을 가진 여성이더군."

"그 이상이지."

"홈즈, 자네는 서덜랜드 양에게서 많은 것을 알아낸 모양이군."

"자네도 보지 못한 것은 아니라네. 단지 본 것이 의미하는 것을 생각하지 않았던 것뿐이네. 또 중요한 것과 그렇지 않은 것을 구분하지 못했을 뿐이지. 주의력이 부족했다는 것이 옳겠군. 왓슨, 사람은 말이야. 소매나 손톱, 또는 구두 끈 같은 데에 그 사람이 처한 환경이나 성격 등 매우 중요한 정보를 남기기 마련이라네. 그래, 기왕 말이 나온 김에 자네가 그 아가씨의 겉모습에서 무엇을 봤는지 한번 들어보세."

"글쎄, 일단 그녀는 붉은 깃털로 장식한 청회색의 챙이 넓은 모자를 쓰고 있었고 검정색 재킷을 입고 있었어. 그 재킷에는 역시 검은색의 구슬로 수가 놓여 있었고 특히 가장자리에는 검은 옥 장식이 붙어 있더군. 안에 입은 드레스는 커피색보다 약간 진한 갈색이었고 목둘레와 소매 끝에 진홍색의 플러시 천이 덧대어져 있었네. 그리고 회색의 장갑을 끼고 있었는데 오랫동안 사용했는지 오른쪽 둘째손가락 부분이 약간 닳아 있더군. 귀에는 작고 둥근 금귀고리를 하고 있었어. 구두는 보지 못했지만 전체적으로 고생을 모르고 자란 티가 나더군. 그래서인지 좀 약간은 우둔해 보인다고 해야 할까, 아니 그보다는 안이해 보였다는 게 맞겠군."

"왓슨, 자네가 머지않아 탐정을 하겠다고 나서는 거 아닌지 모르겠군. 정말 많이 발전했는걸."

내 친구는 손뼉을 치며 호탕하게 웃었다.

"하지만 예상대로 중요한 것을 놓치고 있어. 관찰방법은 어느 정도 몸에 익힌 것 같지만 말이야. 특히 색깔에 대한 관찰력이 뛰어나군. 하지만 전체적인 인상에 사로잡히지 말고 세부적인 점에 주의를 기울이게. 그러면 누구에게도 지지 않을 관찰력을 가지게 될 걸세."

"세부적이라니?"

"예를 들면 소매에 남아 있는 흔적 같은 것이지. 전체적인 인상은 그 사람의 부의 정도는 파악할 수 있을지 모르지만 그 밖에 다른 것은 알아내기 어렵거든. 어쨌든 나는 상대방이 여성일 경우 소매 끝을 자세히 살펴본다네. 남성의 경우에는 바지의 무릎을 살피고 말이야. 자네도 얘기했지만 서덜랜드 양의 소매에는 플러시 천이 덧대어져 있었어. 플러시 천은 흔적이 잘 남는 천 중 하나라네. 그녀도 예외는 아니었지. 바로 소매에 두 줄의 주름이 선명하게 남아 있었거든. 그건 타자를 칠 때 탁자에 눌려서 생긴 자국이었지. 물론 손으로 돌리는 수동식 재봉틀을 사용해도 그와 같은 흔적이 생기지만 그 경우에는 양손이 아니라 왼손쪽에만 나타난다네. 그것도 소매 단 전체가 아니라 새끼손가락 근처에 말이야."

"아, 그래서 타자를 치는 줄 알았군. 그럼 안경은?"

"그건 그녀의 얼굴에서 단서를 찾았네. 코 양쪽에 움푹 들어간 흔적이 있었거든. 꽤나 도수가 높은 안경을 썼다는 증거지. 아무튼 내가 타자를 치는데 눈이 나빠서 고생했겠

다고 하자 그 아가씨 꽤나 놀라더군."

홈즈는 다시 생각해도 재미있는지 낮게 웃었다.

"그 말에는 나도 놀랐네."

"사실 그 정도는 별로 어려운 일은 아니라네. 모든 것에는 이유가 있다는 것만 명심하면 가능한 일이지."

"그럼 그녀가 서둘러 나왔다는 건 어떻게 알았나?"

"아, 그건 구두를 보고 알았네."

"구두?"

"짝짝이로 신고 있었거든. 물론 얼핏 보면 두 구두가 비슷했다네. 하지만 한 짝의 코끝에는 작은 장식이 붙어 있었지만 다른 한 짝은 그것이 없었지. 그뿐이 아니었어. 구두에는 모두 다섯 개의 단추가 달려 있었는데 한 짝은 아래쪽의 두 개만 채워져 있었고 다른 한 짝은 첫 번째 것과 세 번째, 그리고 다섯 번째 것만 채워져 있더군. 자, 생각해 보게. 말쑥하게 차려 입고 깃이 달린 멋쟁이 모자까지 쓴 젊은 아가씨가 구두를 짝짝이로 신고 왔다네. 게다가 제대로 단추도 채우지 않고 말이야. 제대로 된 정신을 가진 여성이라면 어디 가당키나 한 일인가? 하지만 그녀가 정신적으로 이상이 없다는 건 자네도 봐서 잘 알 거네. 결국 남의 눈 같은 것은 생각할 겨를도 없이 황급히 뛰쳐나온 것이 아니고 뭐란 말인가?"

나는 홈즈의 날카로운 추리에 또 한 번 감탄했다.

"놀랍군. 그 밖에 뭐 또 알아챈 것은 없나?"

"혹시 그 아가씨의 손톱을 봤나?"

"아니."

"그녀는 옷을 갈아입고 외출 준비를 끝낸 후에 한 일이 있어. 바로 뭔가를 썼지. 오른쪽 장갑 둘째손가락 끝이 닳아 있던 것은 자네도 보았어. 하지만 보일 듯 말 듯 작은 구멍이 있었다는 것은 못 본 모양이더군. 그리고 그 부근에 잉크 자국이 있었다는 것도 말이네."

"잉크 자국? 그런 게 있었나?"

나는 고개를 갸웃거렸다.

"장갑뿐이 아니었네. 손톱에까지 잉크 자국이 선명하게 남아 있었지. 그것으로 봐서는 펜을 잉크병에 담글 때 서둘렀던 것이 분명해. 급한 마음에 주의하지 못하고 펜을 병에 너무 깊이 담갔던 거지. 만약 장갑에 잉크 자국이 없었더라도 그녀가 오늘 아침 뭔가를 썼다는 것은 의심할 여지가 없어."

"그건 또 왜 그런가?"

"구두와 같은 경우라고 할 수 있지. 숙녀가 잉크가 묻은 손을 씻지 않고 집을 나섰을 때는 그만큼 서둘렀다는 것일 테니 말이야. 게다가 만약 어제의 흔적이라면 오늘 아침 세수를 할 때 씻겨서 희미해졌을 거네. 하지만 서덜랜드 양의 손톱의 흔적은 비교적 선명했거든. 이런 것은 대체로 초보적인 것이지만 하나하나가 모두 흥미로운 일인 것은 틀림없지."

"그런데 어째서 서덜랜드 양에게 모든 것을 잊고 살라고 한 건가? 정말 엔젤 씨가 무슨 봉변이라도 당한 거라고 생각하나? 그리고 사기 사건이라고 한 건 또 뭔가?"

"서두르지 말게. 모든 건 너무 명확해. 하지만 일단은 호스머 엔젤이라는 사람의 생김새나 살펴볼까? 수고스럽겠지만 자네가 좀 읽어주겠나?"

나는 서덜랜드 양이 두고 간 신문 조각을 집어 들고 불빛에 비췄다. 문제의 내용은 다른 실종자를 찾는 광고들 사이에 있었다.

실종자 : 호스머 엔젤

성별 : 남자

실종일 : 14일 금요일 아침

실종장소 : 라이언 플레이스에서 세인트세비어 성당으로 가는 도중.

인상착의 : 키 약 170센티미터의 건장한 체격. 검은 머리. 머리 한가운데가 약간 벗겨짐. 창백한 안색에 검고 풍성한 콧수염과 구레나룻이 인상적임. 빛에 약한 약시로 항상 색안경을 끼고 있으며 작고 낮은 목소리에 어눌한 말투. 실종 당시 실크를 덧댄 검정색 예복인 프록코트와 회색 모직 바지 차림이었고 고무를 덧댄 부츠 위에 갈색 각반을 하고 있었음. 조끼에는 금으로 된 시곗줄을 했음. 리든홀 가에 있는 어느 회사의 사원이라고 함.

위 사람의 행방을 알려주시는 분께는 사례하겠음.

"그만 그 정도면 됐네."

홈즈는 낭독을 중단시키고 엔젤이 서덜랜드 양에게 보냈다는 편지를 살펴보았다.

"편지들은 지극히 단순하군. 발자크를 인용했다는 것을 빼면 지극히 자연스러운 연애편지야. 여기에서 엔젤에 대해 알아낸다는 건 무리겠어. 하지만 주목할 만한 것이 아주 없는 것은 아니야. 적어도 한 가지는 말이지. 자네도 보면 놀랄걸."

홈즈는 나에게 편지를 건네주었다.

"타자기로 쳤다는 것 말인가?"

"편지의 내용뿐 아니라 서명까지 타자기로 쳤어. 편지 끝에 '호스머 엔젤'이라고 타자기로 쳐 있지? 게다가 날짜는 요일까지 정확히 밝혔으면서 주소는 모호하게 리든홀 가라고만 표시했네."

"그렇군. 서명까지 타자로 치다니 이상하군."

"그래. 이 서명은 매우 중요한 의미를 갖고 있네. 결정적인 증거인 셈이지."

"그래?"

나는 여전히 홈즈의 말을 이해할 수 없었다.

"이런, 그 이유를 아직 잘 모르겠나?"

"글쎄, 결혼이 파기되었을 경우를 대비해서였을까? 고소를 당하기라도 하면 자필 서명은 아무래도 불리할 테니 말이야."

"그럴듯한 가설이기는 하지만 이번 사건과는 관련없는 얘기로군. 좋아, 그 부분은 사건을 해결하게 되면 자연히 알게 될 테니 이쯤에서 그만하기로 하세. 우선 사건부터 해결해야겠지. 어쨌든 이제부터 나는 두 통의 편지를 쓰려고 하네. 한 통은 서덜랜드 양의 계부인 윈디뱅크 씨에게 보내는 편지인데 내일 오후 6시에 와달라고 부탁하려고 하네. 남자의 입장에서도 얘기를 들어봐야 할 테니 말이야. 다른 한 통은 런던 시내에 있는 어떤 회사로 보낼 거네. 이 사건은 그걸로 충분할 거야. 자, 이것으로 우리가 할 일은 없군. 적어도 답장이 오기 전까지는 말이네. 그러니 그때까지만이라도 이 사건에 대해서는 덮어두고 싶군."

홈즈는 다시 의자에 몸을 기대고 다시 침묵에 빠져 들었다. 나는 홈즈가 추리한 내용이 궁금했지만 더 이상 묻지 않았다. 하지만 나는 그가 이 묘한 사건에 대해 이미 확실한 결론을 내렸다는 것을 알 수 있었다. 여유만만한 태도가 바로 그 증거였다. 예리한 추리와 남다른 추진력을 자랑하는 홈즈가 저렇게 여유로운데는 그만한 이유가 있는 것이 분명했다. 그리고 그 결과 역시 깊이 신뢰하고 있었다. 이번에도 메리 서덜 랜드 양의 사라진 신랑의 행방을 찾으리라는 것은 의심할 바 없는 일이었다. 나는 홈즈의 말대로 때를 기다리기로 했다. 다음 날 저녁이 되면 자연히 알게 될 것이라 여겼다.

나는 아내가 있는 내 집으로 가기 위해 홈즈를 남겨 두고 베이커 가의 하숙방을 나섰다. 그는 여전히 파이프를 물고 방 안이 온통 연기로 자욱하도록 담배를 피워대고 있었다.

4. 타자기의 비밀

이튿날 나는 좀처럼 베이커 가로 갈 시간을 내지 못했다. 그 무렵 나는 상당히 중한 환자를 맡고 있었는데 그날따라 그 환자가 위중했던 것이다. 온 종일 그에게 매달려 있느라고 정신이 없었다. 그 나마 환자의 상태가 나아진 것은 6시가 거의 다 되어서였다. 나는 이 사건의 대단원을 보지 못하는 것은 아닌가 하는 불안한 마음에 서둘러 병원을 나섰다. 그리고 지나가던 마차를 집어타고 곧장 베이커 가로 달려갔다.

그러나 걱정과는 달리 홈즈의 하숙집은 조용하기만 했다. 홈즈는 그 길고 마른 몸을 구부린 채 안락의자에 파묻혀 잠들어 있었는데 방 안에는 약병과 시험관이 여기저기 어지럽게 굴러다니고 있었다. 홈즈가 잠들어 있지 않았다면 누군가 침입한 것으로 의심했을 정도였다.

나는 자극적인 염산 냄새에 눈살을 찌푸렸다. 냄새가 이 정도라면 온종일 화학 실험에 열중했던 것이 틀림없었다. 문소리에 잠이 깼는지 홈즈가 뒤척였다.

"어때? 뭐 좀 알아냈나?"

"그건 산화바륨의 황산염이었네."

홈즈는 잠이 덜 깼는지 엉뚱한 대답을 했다.

"아니, 실험 결과 말고! 어제 그 수수께끼의 사건 말일세."

"아, 그거! 난 또 오늘 실험한 걸 묻는 줄 알고……."

홈즈는 그제야 정신이 드는지 빙그레 웃으며 몸을 일으켰다.

"그 사건이라면 걱정할 것 없어. 수수께끼라 고까지 할 만한 사건이 아니야. 두어 가지 그 럴듯한 점도 있기는 하지만."

"윈디뱅크 씨한테는 무슨 연락 없 었나?"

"6시에 오겠다는 답장이 왔네."

홈즈는 늘어지게 기 지개를 켰다.

"사건은 어려운 게 아닌데 단지 내가 안

타깝게 생각하는 것은 착한 아가씨를 희롱한 파렴치한을 법적으로 처벌할 수 있는 방법을 찾지 못했다는 것이라네."

"그럼 실종 사건이 아니고 정말로 사기 사건이란 말인가? 도대체 뭣 때문에 이런 짓을 벌인 거지?"

그러나 홈즈의 대답을 들을 시간이 없었다. 복도에서 무거운 발소리가 들리더니 노크 소리가 났던 것이다.

"드디어 오셨군."

나를 향해 한 눈을 찡긋하고는 큰 소리로 말했다.

"열려 있습니다. 들어오십시오."

방문을 열고 들어온 사람은 30세가량의 체격이 좋은 남자였다. 키는 크지도 작지도 않았고 창백한 안색이었지만 그렇다고 병약해 보이지는 않았다. 면도를 금방 한 사람처럼 깔끔했고 부드러우나 어딘지 날카로워 보이는 회색의 눈동자가 인상적이었다. 그의 태도는 상대의 비위를 맞추는 듯했지만 비굴해 보일 정도는 아니었다.

남자는 우리를 의아한 눈초리로 바라보며 중절모를 벗었다.

"제임스 윈디뱅크 씨?"

"네, 그렇습니다."

그는 모자를 탁자 위에 올려놓고는 가볍게 머리를 숙여 인사를 했다.

"그쪽에 있는 의자에 앉으십시오."

홈즈는 그가 옆에 있는 의자에 앉기를 기다렸다가 입을 열었다.

"이 타자기로 친 편지를 보내신 분 맞으시지요? 6시에 오시겠다는 내용으로 보아 말입니다."

"네, 제가 약속시간보다 많이 늦었군요. 갑작스럽게 일이 생겨서요. 회사에 매인 몸이다 보니 본의 아니게 결례를 범했군요. 그나저나 저희 집안의 부끄러운 일로 선생을 귀찮게 해드린 모양이더군요. 그런 문제는 드러내 놓고 떠들고 다닐 만한 일은 아니지 않습니까? 그래서 저는 서덜랜드 양이 선생을 찾아가겠다고 했을 때 반대했습니다만 도무지 말을 듣지 않더군요. 선생도 보셔서 아시겠지만 서덜랜드 양은 매우 다혈질인 데다가 충동적이지요. 일단 하고자 하는 일이 생기면 앞뒤 안 가리고 해버리는 성미랍니다. 물론 말린다고 해도 소용없기는 마찬가지지요. 어쨌든 선생이 경찰이 아닌 것은 그나마 다행이라고 생각합니다. 선생 같은 분들은 의뢰인의 이야기를 비밀로 해주신다고 하더군요. 아무리 그렇다고 해도 자랑스럽지도 않은 집안일을 떠들고 다니다니 철이 없어도 한참 없군요. 게다가 호스머 엔젤이라는 경우도 없고 염치도 없는 자를 찾는 데 돈을 낭비하다니 이 얼마나 쓸데없는 짓입니까? 도대체 마음먹고 사라진 자를 무슨 수로 찾을 수 있겠습니까?"

"그렇지는 않습니다."

홈즈가 조용하지만 단호한 목소리로 대답했다.

"제게는 호스머 엔젤을 찾아낼 수 있는 단서가 있습니다."

윈디뱅크는 그 말에 몸을 움찔하는 듯하더니 들고 있던 장갑을 떨어뜨리고 말았다. 그러나 그는 금방 태연한 얼굴로 장갑을 집어 들었다.

"그거 기쁜 소식이로군요. 그런데 단서라니 그게 뭡니까?"

"단서는 여러 곳에 있습니다. 사실 조금만 주의가 깊다면 단서를 찾는 것은 그리 어려운 일이 아니지요. 예를 들어 타자기를 한번 봅시다. 그것도 사람만큼이나 개성이 뚜렷하답니다. 방금 공장에서 나온 것이 아니어야겠지만 말입니다. 어쨌든 쓰는 사람의 습관에 따라 같은 기종이라 하더라도 찍힌 활자가 똑같을 수가 없습니다. 어느 활자가 다른 활자보다 유난히 닳은 것도 있고 비뚤어진 것도 있기 마련이지요. 윈디뱅크씨께서 보내주신 편지만 보더라도 모든 글자가 일률적으로 찍혀 있지는 않더군요. 'e'는 다른 것에 비해 희미한 편이고 'r'은 한쪽 끝이 떨어져 나갔는지 안 찍혀있습니다. 이 두 활자의 특징이 가장 눈에 띄는 것이긴 하지만 그 밖에도 열네 가지의 특징이 있습니다."

"닮았기 때문일 겁니다. 그 타자기를 사용하는 사람이 많거든요."

"그럼 회사에 있는 타자기로 치신 겁니까?"

"네, 회사에서는 발송하는 모든 서신을 바로 그 타자기를 이용해서 작성하고 있습니다."

"그렇군요. 그런데 아주 흥미로운 사실 한 가지를 보여드려야겠군요."

홈즈는 자세를 고쳐 앉았다.

"실은 제가 가까운 장래에 논문을 쓸 예정입니다. '타자기와 범죄와의 상관성'이란 주제로 말이지요. 그래서 전부터 상당한 관심을 갖고 있었는데 말입니다, 윈디뱅크 씨. 이것 좀 보시겠습니까?"

홈즈가 안주머니에서 꺼내 앞으로 내민 것은 실종된 호스머 엔젤이 보낸 네 통의 연애편지였다. 그러나 윈디뱅크는 그것을 보려고도 않고 날카로운 눈으로 홈즈만 쳐다볼 뿐이었다.

"이 편지는 말입니다. 서덜랜드 양이 놓고 가신 것입니다. 바로 실종된 엔젤 씨가 보낸 편지지요. 보시다시피 모두 타자기로 작성되어 있습니다. 그런데 네 통 모두 'e'가 희미하고 'r'의 끝이 안 찍혀 있군요. 확대경으로 보면 열네 가지의 특징이 나타납니다. 마치 당신이 제게 보내주신 편지처럼 말입니다."

윈디뱅크는 의자에서 벌떡 일어나더니 모자를 우악스럽게 움켜쥐었다.

"홈즈 씨, 당신이 무슨 말을 하는지 모르겠군요. 내 생전에 이런 잠꼬대 같은 이야기는 처음입니다. 이런 쓸데없는 얘기를 할 시간이 있거든 엔젤을 찾아내기나 하십시오. 할 수 있다면 말입니다. 내게는 그자를 잡은 다음에나 연락하십시오."

"원하신다면!"

홈즈는 흥분하고 있는 윈디뱅크와는 달리 차분한 태도로 말했다. 그리고 곧장 자리에서 일어나 방문 쪽으로 걸어가서는 열쇠로 문을 잠가버렸다.

"무, 무슨 짓이오?"

"호스머 엔젤은 이미 찾았습니다."

"뭐라고요?"

윈디뱅크는 입술까지 새파랗게 질려 있었다. 그리고 마치 덫에 걸린 쥐처럼 부들부들 떨며 소리쳤다.

"흥분하지 마시오. 도망갈 수는 없으니까. 속임수는 이미 모두 다 드러났소. 내가 이렇게 간단한 문제를 풀지 못할 거라고 확신한 게 당신의 실수요. 자, 앉으시오. 난 아직 할 얘기가 남아 있소, 위디뱅크 씨. 아니, 엔젤 씨라고 불러드릴까?"

5. 신랑의 정체

윈디뱅크는 경악에 찬 눈으로 홈즈를 노려보았다. 그리고 유령같이 새하얀 얼굴로 의자에 무너져내리듯 앉았다.

"그, 그래도 나를 붙잡을 수는 없소."

그는 몹시 더듬거리며 말했다.

"그래, 그 점이 아직까지도 내가 고민하고 있는 부분이오."

홈즈의 목소리는 싸늘했다.

"많은 사건을 대해 온 나로서도 이처럼 이기적이고 잔인한 사건은 처음이오. 그럼에도 불구하고 당신을 당장 법의 심판대에 세울 수 없다는 것이 유감스러 울 뿐이오. 어쨌거나 이제부터 당신이 저지른 사건의 경위를 설명해 줄 테니 틀린 점이 있거든 지적해도 좋소."

윈디뱅크는 대답도 없이 모든 의지를 상실한 채 몸을 웅크리고 의자에 앉아 있을 뿐이었다. 고개를 숙이고 있는 모습이 무척이나 충격을 받은 듯했다.

홈즈는 한 발을 벽난로 한쪽 기둥에 붙이고 바지 주머니에 손을 찔러 넣은 채 혼잣말을 하는 사람처럼 이야기를 시작했다.

"윈디뱅크라는 자는 자기보다도 훨씬 나이가 많은 과부와 결혼했소. 그가 결혼한 목적은 물론 돈이었소. 그 과부는 회사를 경영할 만큼 부유했고 의붓딸 역시 친척으로부터 적지 않은 유산을 받고 있었기 때문이었지. 그런데 순진하고도 자립심이 강한 의붓딸은 자신의 유산을 번번이 부모에게 주었소. 한낱 회사원이었던 그녀로서는 적지 않은 금액이었지만 말이오. 하지만 의붓딸이 결혼이라도 하는 날이면 1년에 1백 파운드라는 돈은 더 이상 그의 것이 될 수 없었소. 그로서는 그 돈을 잃는다는 것은 상상하기조차 싫은 일이었던 거요.

의붓딸은 착했고 또한 싹싹했소. 게다가 자신의 일을 가지고 있어서 경제적으로도 안정되어 있었소. 그런 그녀에게 결혼할 남자가 생기지 말라는 법은 없었소. 그래서 그는 의붓딸의 결혼을 방해하기 위한, 즉 젊은 남자와 교제하지 못하게 하는 어떤 수단이 필요했소.

그래서 정숙해야 한다는 것을 이유로 외출을 금지시켰소. 착한 의붓딸은 부모와 싸우는 것을 원하지 않았기 때문에 처음에는 계획대로 잘 되었소. 그러나 의붓딸의 인내에도 한계는 있었소. 그녀가 마침내 자기 권리를 주장하며 무도회에 나가겠다고 고집을 부렸던 것이오. 더 이상 반대만 하고 있을 수 없게 된 거요. 결국 그는 비상수단을 쓰기로 했소. 교활하게도 아내까지 끌어들여 공범을 만들고 의붓딸을 속이기로 한 거요.

먼저 그는 변장을 했소. 회색 눈을 가리기 위해 색안경을 썼고 콧수염과 구레나룻을 멋지게 붙여서 입매를 가렸소. 또 비교적 높은 목소리 톤을 낮고 음산하게 바꿨소. 어릴 때 병으로 생긴 후유증이라는 그럴 듯한 변명까지 만들었지. 그런 후에 호스머 엔젤이라는 이름으로 그녀 앞에 나타나 직접 구애를 함으로써 위험한 경쟁자들을 물리쳐버린 거요."

"처음에는 그냥 장난이었습니다. 메리가 설마 그렇게까

지 빠져들리라고는 생각하지 못했습니다."

윈디뱅크는 기어드는 목소리로 말했다.

"그랬을지도 모르지. 하지만 그건 중요하지 않소. 이도야 어찌되었건 그녀는 호스머란 자에게 마음을 빼앗겼소. 이성교제가 없었던 노처녀로서는 외관상 멋진 남성의 구혼에 약할 수밖에 없었던 거요. 더구나 어머니까지 그자를 추켜세우는 판이니 더욱 열중할밖에. 의붓아버지의 계략이라는 것은 꿈에도 모르고 말이오."

홈즈가 질타하듯 말하자 윈디뱅크는 더욱 고개를 숙였다. 홈즈는 그에게서 눈길을 거두고 사건의 경위에 대해 계속 이야기했다.

"당신은 혹시라도 그녀가 알아채는 일이 없도록 되도록 이면 밤에 만났소. 여기에는 그녀의 눈이 나쁘다는 것이 한몫했소. 하지만 이중생활이 결코 쉬운 것은 아니었을 거요. 매번 프랑스로 출장 간다고 거짓말을 할 수도 없었고 말이오. 결코 오래가지 못할 거라는 것을 당신은 너무 잘 알고 있었소. 그나마 다행스러운 일은 의붓딸이 당신에게 푹 빠져 있다는 것이었소. 이제 남은 일은 이 연애를 극적인 형태로 끝내는 일이었소. 그녀가 평생 동안 다른 남자와 결혼할 생각을 하지 않을 정도의 강한 인상을 남겨야만 했지. 결국 당신은 되지도 않는 맹세까지 강요하며 결혼을 약속하게 만들었소. 구혼한 날의 것도 그렇지만 특히 결혼식 날에 한 맹세는 아주 교활한 것이었더군.

'무슨 일이 있어도 나를 기다려달라.'

당신은 그 한마디로 순진한 그녀가 자신의 약혼자가 다시 나타날 것이라는 기대감을 심어주었소. 결국 다른 남자와 결혼할 생각도 못하게 만든 거지. 어쨌든 당신은 의붓딸과 아내를 앞의 마차로 식장으로 보냈소. 그리고 따라가는 척하며 다른 마차를 탔지만 당신은 출발하기 전에 다른 쪽문으로 빠져 나갔던 거요. 그리고 마차들이 사라진 것을 확인하고 유유히 집으로 들어가 변장을 지웠소. 그것으로 세상에서 호스머 엔젤이라는 자가 사라졌던 거요. 윈디뱅크씨, 내 이야기가 틀리오?"

홈즈가 이야기하고 있는 동안 윈디뱅크는 어느 정도 여유를 찾은 듯했다. 여전히 창백한 얼굴이었지만 더 이상 떨거나 죄스러운 표정이 아니었다. 그는 싸늘한 웃음을 흘리며 자리에서 일어났다.

"홈즈 씨, 당신의 이야기는 잘 들었소. 매우 그럴듯 하군요. 물론 나는 범죄가 될 만한 짓은 절대로 하지 않았소. 하지만 그것이 사실이냐 아니냐를 따지기 전에 지금 법을 어기고 있는 것은 내가 아니고 바로 당신이란 사실을 알아야하오. 저 문을 열지 않는 이상 당신은 불법 감금과 협박이라는 죄를 범하고 있다 그 말이오. 당신처럼 법을 잘 아는 사람이 그것을 모르지 않을 테지요?"

그는 비열하게 웃었다.

"당신 말대로야!"

홈즈는 문의 자물쇠를 돌려 열면서 말했다.

"분명히 법은 당신에게 어떤 벌도 줄 수는 없어. 하지만 당신이 벌을 받아 마땅한 사람이라는 것은 분명한 사실이지. 만일 서덜랜드 양에게 남자 형제가 있었다면 당신에게 그따위 웃음을 지을 수 있는 여유는 없었을걸. 채찍으로 등짝이 남아나지 않았을 텐데 아쉬울 따름이다."

홈즈는 평소와 달리 얼굴까지 붉히며 언성을 높였다.

"하지만 당신에게 속아 눈물 흘리고 있는 한 불쌍한 여성을 위해서라도 그냥 넘어갈 수는 없어. 의뢰인에 대한 의무감 어쨌든 내게도 채찍은 있으니 말이다."

홈즈는 빠른 걸음으로 벽에 걸린 승마용 채찍 쪽으로 다가갔다. 그러나 다음 순간 윈디뱅크가 방 안을 뛰쳐나가 우당탕 요란한 소리를 내며 계단을 내려갔다. 붙잡을 사이도 없이 재빠른 몸놀림이었다. 곧이어 현관문이 거칠게 닫히는 소리가 났다. 우리는 창문으로 그자가 뒤도 돌아보지 않고 도망가는 모습을 내려다보았다.

"몹쓸 인간 주제에 아픈 것은 싫은 모양이지!"

홈즈는 아직도 분이 풀리지 않는 듯 비아냥거렸다.

"저자는 어떤 형태의 것이든 나쁜 짓을 그만두지는 않을 거야. 끝내는 아주 잔혹한 짓을 저지르고 교수대에 올라가게 되겠지. 어쨌든 법의 심판을 받았으면 좋겠군."

그는 다시 의자에 돌아와 앉았다.

"홈즈, 나는 아직도 잘 모르겠네. 그자가 범인이라는 건 어떻게 알았나?"

"음, 일단 호스머 엔젤의 실종에는 어떤 명백한 목적이 있다고 생각했네. 맹세를 통해 실종을 암시하는 얘기를 했다는 것도 수상했지. 그런데 목적이 있다면 그것으로 인해 이득을 취하게 되는 사람도 있어야 했네. 아무리 생각해 봐도 계부밖에 없더군.

또 하나 의심스러웠던 점은 두 사람이 함께 그녀 앞에 등장한 일이 없다는 것이었네. 윈디뱅크가 프랑스에 있을 때는 집까지 찾아온 엔젤이 계부가 돌아오자 편지만 보내왔네. 물론 거기에는 구실이 있었지. 하지만 결혼을 하겠다는 자가 계부를 피해 사랑하는 사람을 만난다는 것은 상식적인 행동이라고는 할 수 없지 않겠나?

인상착의도 그자가 범인이라는 심증을 굳히게 했다네. 색안경이나 수염은 변장할 때 흔히 사용하는 수법이지. 목소리도 마찬가지고 말이야. 특별한 교육을 받지 않아도 그 정도의 변장은 그다지 어려운 것이 아니라네.

하지만 그중에서도 가장 나의 관심을 끈 것은 바로 타자기로 친 서명이었어. 어느 누구도 서명까지 타자로 치지는 않네. 그런데 그렇게 했다는 건 필체를 숨겨야 할 필요가 있었다는 걸 암시했지. 그건 다시 말해 편지를 보낸 자의 필체를 서덜랜드 양이 잘 알고 있었다는 거야. 그만큼 가까운, 아니면 가깝게 사는 사람이었던 거지. 결국 내 의문점과 추리는 모두 한 방향을 향해 나아가더군. 윈디뱅크라는 자를 향해서 말이네."

"하지만 홈즈, 그건 모두 심증일 뿐 증거가 없지 않았나? 자네가 증거도 없이 윈디뱅크를 취조했을 리 없을 텐데……."

"범인이 누구인지 알아내는 것에 비하면 증거를 갖추는 일은 쉬운 일이야. 내가 증거를 수집하기 위해 사용한 방법은 바로 편지였네. 내가 어제 편지를 두 통 보낸다고 했던 걸 기억하나? 하나는 윈디뱅크에게 보냈고 다른 하나는 어떤 회사에 보낸다고 했지. 그런데 실은 그 회사가 윈디뱅크가 다닌다는 웨스트하우 스 앤 머뱅크 주류 회사였네. 일단 신문 광고를 통해 그의 인상착의를 손에 넣은 나는 색안경과 수염, 그리고 목소리 부분을 제거하고 키와 같은 나머지 인상착의만을 편지에 썼네. 사원 중에 이와 비슷한 용모의 사람이 있으면 알려달라는 부탁과 함께 말이야. 회사에서 보내온 답신에는 제임스 윈디뱅크라는 이름이 있었네. 내 심중이 사실로 드러나는 순간이었지. 하지만 놈이 발뺌하지 못하게 할 증거가 있어야 했네.

그래서 윈디뱅크 그자에게 답장을 부탁하는 편지를 보낸 거네. 나는 평소부터 타자기의 특성을 잘 알고 있었거든. 그자는 아무것도 모른 채 내 의도에 따라 타자기로 친 답장을 보내줬지. 결과는 아까 그자에게 설명한 그대로야. 엔젤의 연애편지를 친 것과 같은 타자기를 사용했던 거지. 어떤가, 이만하면 완벽한 증거 아닌가?"

나는 말없이 고개를 끄덕였다. 그의 날카로운 추리와 신속한 행동이 마냥 놀라울 뿐이었다. 하지만 마음이 편하지만은 않았다. 나는 조심스럽게 마음을 내 비쳤다.

"서덜랜드 양은 어떻게 하지?"

"글쎄, 나도 그 부분이 제일 마음에 걸린다네. 하지만 무슨 말을 해도 내 말을 믿지 않을 테니 걱정이군. 하지만 '여자의 환상을 빼앗는 사람은 위험하다'라는 말도 있지 않나? 페르시아의 신비주의 시인인 하피즈도 호라티우스만큼이나 세상을 보는 지혜가 있었다고 봐야겠지."

홈즈는 우울한 표정으로 담배 파이프에 불을 붙였다.

"결국 지금 우리가 그녀를 위해 할 수 있는 일이라고는 그저 그 아가씨가 하루속히 마음을 정리하고 새로운 결혼 상대를 만나 행복한 삶을 살도록 기원하는 것뿐이겠지."

홈즈의 머리 위에는 푸른 연기가 뭉게뭉게 피어올랐다.

붉은 머리 연맹

The Red-headed League

자베즈 윌슨

비교적 뚱뚱한 편이며 마치 불이라도 난 것처럼 붉디붉은 머리카락의 소유자의 중년. 꾀죄죄한 검정색 프록코트와 헐렁한 바둑판 무늬의 바지, 단이 다 해진 실크 중절모와 벨벳 칼라가 달린 갈색의 낡은 구겨진 외투를 입었지만 가난하다기보다는 구두쇠의 인상이 강하다. 이상한 경험을 하고는 홈즈를 찾아와 사건을 의뢰한다.

빈센트 스폴딩

작은 키에 조금 뚱뚱한 편이지만 매우 행동이 민첩한 사내로 나이가 서른쯤인데도 수염 자국이 없을 정도로 깨끗한 얼굴이다. 이마에는 산이 튀어서 생긴 것 같은 하얀 자국이 있다. 자베즈 윌슨의 전당포 점원으로 일을 잘해서 주인의 신임을 받고 있다.

던컨 로스

'붉은 머리 연맹'의 현재 회장으로 신문에 광고를 내서 붉은 머리의 남자를 찾는다. 연맹 사무실로 찾아온 윌슨을 그 자리에서 고용하고 이상한 일을 시킨다. 그 역시 붉은 머리카락을 갖고 있다.

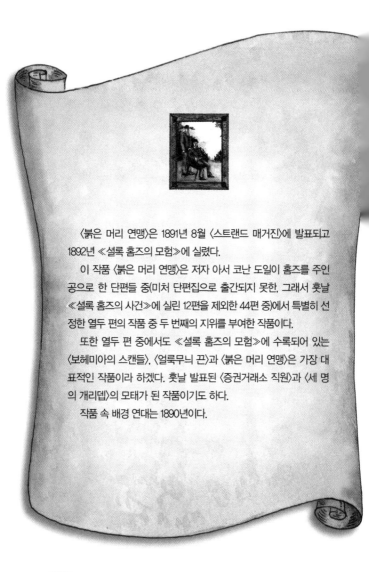

　〈붉은 머리 연맹〉은 1891년 8월 《스트랜드 매거진》에 발표되고 1892년 《셜록 홈즈의 모험》에 실렸다.

　이 작품 〈붉은 머리 연맹〉은 저자 아서 코난 도일이 홈즈를 주인 공으로 한 단편들 중(미처 단편집으로 출간되지 못한, 그래서 훗날 《셜록 홈즈의 사건》에 실린 12편을 제외한 44편 중)에서 특별히 선 정한 열두 편의 작품 중 두 번째의 지위를 부여한 작품이다.

　또한 열두 편 중에서도 《셜록 홈즈의 모험》에 수록되어 있는 〈보헤미아의 스캔들〉, 〈얼룩무늬 끈〉과 〈붉은 머리 연맹〉은 가장 대 표적인 작품이라 하겠다. 훗날 발표된 〈증권거래소 직원〉과 〈세 명 의 개리뎁〉의 모태가 된 작품이기도 하다.

　작품 속 배경 연대는 1890년이다.

1. 붉은 머리의 의뢰인

때는 1890년 6월이었다. 그날은 서늘한 바람이 불었는데 마침 병원 진료가 없는 날이어서 나는 오래간만에 얘기나 나누고자 홈즈를 찾아갔다. 그러나 홈즈는 혼자가 아니었다. 하숙집 거실에서 그는 한 손님과 심각한 표정으로 이야기를 나누고 있었다. 손님은 비교적 뚱뚱한 편이었는데 그는 마치 불이라도 난 것처럼 붉디붉은 머리카락을 가지고 있었다. 얼핏 보기에 마흔 살쯤 되어 보였다.

"손님이 계신 줄 몰랐습니다. 정말 실례했습니다."

나는 당황하여 곧바로 사과하고 되돌아 나가려고 했다.

"왓슨, 잠깐만!"

나는 홈즈가 부르는 소리에 깜짝 놀라 고개를 돌렸다.

"때마침 잘 와주었네. 어서 들어오게."

홈즈가 나를 방 안으로 끌어들이고는 문을 닫았다.

"일하는 중 아니었나? 옆방에서 기다리겠네."

"아니야. 그럴 것 없어. 자네도 꼭 들어주어야 해."

홈즈는 나를 손님에게 인사시켰다.

"월슨 씨, 이 사람은 저의 절친한 친구이자 동료인 왓슨 박사입니다. 몇몇 중요한 사건들에서 저를 도와 큰 활약을 했지요. 이번 일에도 분명히 커다란 도움이 될 것입니다. 그러니 같이 있다고 불편해 하실 필요 없습니다."

월슨이라고 하는 손님은 엉거주춤하게 일어나더니 나를 흘깃 바라보았다. 그리고 거만하게 고개를 까딱이는 것으로 인사를 대신했다.

"이분은 자베즈 월슨 씨로 내게 사건을 의뢰하러 오셨네. 그럼, 자네는 이쪽 소파에 앉게."

나는 홈즈가 가리키는 곳에 앉았다. 홈즈 역시 원래 자신의 자리에 앉았다. 그리고 사건 의뢰를 받을 때면 으레 하던 대로 양손의 손가락 끝을 맞댔다.

"월슨 씨, 이 친구는 사건 해결에 도움을 줄 뿐 아니라 제 모험담을 정리해 주고 있습니다. 제가 사건에 열광하는 편이라면 이 친구는 수사 기록을 펴내는 일에 열정적이지요."

"모두 다 자네가 맡은 사건이 흥미롭기 때문이라네."

실제로 그랬다. 그가 맡은 사건은 하나같이 기괴하고 일상에서 벗어난 것들이었다.

"그건 자네 말이 맞네. 그저 평범한 사건들에는 별로 관심이 가지 않더군."

홈즈는 부드럽게 웃었다.

"그건 그렇고 자네, 지난번 서덜랜드 양의 사건 때 내가 한 말 기억하고 있나? 그 어떤 상상도 인생보다 더 예측불허의 것을 보여주는 것은 없다고 했던 거 말이야."

"물론 기억하고 있네. 하지만 난 여전히 그 이론에 동의할 수 없군."

"그러리라고 생각했네. 하지만 더 이상 고집을 부릴 수 없을 거야. 결국 내 의견이 옳다는 것을 인정하게 되겠지. 여기 계신 자베즈 윌슨 씨만 해도 좀처럼 듣기 힘든 이야기를 가지고 오셨다네. 전에도 얘기한 적 있네만 범죄인지 아닌지조차 분간하기 힘든 작은 사건일수록 기괴한 것이 많은 법인데 윌슨 씨 얘기가 바로 그렇다네. 어떤 불법 행위가 자행되었는지 아직은 잘 모르겠지만 내가 다뤄온 그 어떤 사건보다 기괴한 건 분명해."

홈즈는 윌슨 씨를 향해 몸을 돌리며 말했다.

"윌슨 씨, 죄송하지만 지금까지 하신 얘기를 처음부터 다시 해주셨으면 좋겠군요. 이 친구가 이야기의 처음을 듣지 못한 것도 그렇지만 무엇보다도 사소한 것 하나도 놓치고 싶지 않기 때문입니다. 지금까지는 기억 속에 있는 비슷한 사건들을 바탕으로 해서 한 번의 설명만으로 어떤 결론에 도달하곤 했습니다만 이 사건의 내용은 유례가 없을 정도로 특이해서 도무지 판단을 내릴 수 없군요."

윌슨은 싫지 않은 표정이었다. 묘한 쾌감이라도 느끼는 듯했다. 마치 자신이 가져온 사건이 유럽 전역에 명성이 자자한 명탐정을 곤혹스럽게 했다는 것을 뿌듯하게 여기는 것처럼 보였다. 그는 부드러운 얼굴로 커다란 외투 안쪽 호주머니에서 몹시 구겨진 신문 한 장을 꺼냈다. 그리고는 무릎 위에 신문을 펼쳐놓고 고개를 숙인 채 말없이 광고란에서 무언가를 찾았다.

나는 내 나름대로 이 신사에 대해 어떤 단서를 찾아보려고 했다. 내 친구의 관찰법을 흉내 내어 복장이나 외모를 유심히 살폈다. 그는 겨우 아랫단추만 채운 꾀죄죄한 검정색 프록코트와 헐렁한 바둑판 무늬의 바지를 입고 있었다. 프록코트만큼이나 진한 색깔의 조끼에는 네모난 금속 조각이 장식으로 달린 묵직한 청동 시곗줄이 늘어져 있었다. 옆의

빈 의자에는 그가 가져온 것이 분명한 물건들이 놓여 있었다. 단이 다해진 실크 중절모와 벨벳 칼라가 달린 구겨진 갈색 외투가 그것이었다. 외투 역시 중절모만큼이나 낡은 것이었다. 일반 사람보다는 비대한 몸집에 점잖은 척하는 세련되지 못한 중년의 남자라는 것 말고는 아무것도 알아낸 것이 없었다. 타는 듯한 붉은 머리와 불만에 가득 찬 우울한 표정도 눈에 띄었지만 그가 어떤 사람인지 알아내는 데는 아무 도움이 되지 못했다.

나는 도움을 청하듯 홈즈를 바라보았다. 내 친구는 내 심정을 단번에 알아차리고는 빙그레 웃으며 고개를 설레설레 흔들었다.

"내가 알 수 있는 것도 겨우 몇 가지뿐이야. 한때 육체노동에 종사하셨다는 것과 코담배를 즐기신다는 것, 그리고 중국에 간 적이 있다는 것, 최근에 상당한 양의 글씨를 썼다는 것 정도라네. 아, 프리메이슨의 단체원이라는 것도 있군. 자네, 프리메이슨이 뭔지는 알겠지?"

"인도주의를 바탕으로 박애사업을 벌이고 있는 세계적인 비밀 민간단체로 알고 있네만……."

"그래, 중세 때 길드에서 비롯된 건데 본격적으로 결성된 것은 1717년이지. 어쨌든 그 이상은 나도 아직 모른다네."

나는 홈즈의 관찰력에 놀랐다. 그러나 나보다 더 놀란 것은 자베즈 윌슨이었다. 그는 고개를 쳐들고 손가락을 신문에서 떼지 못한 채 내 친구를 뚫어지게 쳐다보고 있었다.

"왜 그러십니까? 제 말이 틀리기라도 했습니까?"

홈즈가 물었다. 그러나 그것은 자신의 말에 한 치의 오차도 없다는 것을 확신하고 있는 말투였다.

"아닙니다. 너무 놀라서 그렇습니다. 선생말처럼 난 과거에 육체노동을 했습니다. 배를 만드는 목수였지요. 그런데 도대체 어떻게 그것을 아셨습니까?"

"그거라면 윌슨 씨의 손을 보고 알았습니다. 오른손이 왼손보다 훨씬 크고 근육도 발달되어 있다는 것은 힘든 일을 해왔다는 증거지요. 일반적인 사무원의 손은 비교적 차이가 나지 않거든요."

"그렇다면 코담배와 프리메이슨은?"

"코담배에 관한 것을 알아낸 방법은 당신의 지성을 모욕하는 행동이 될 테니 그만두지요. 하지만 프리메이슨이라면 간단합니다. 지금 윌슨씨께서는 그 단체의 상징인 삼각자와 컴퍼스 모양의 핀을 하고 계시니까요. 그런데 단체가 규율이 엄격한 것으로 알고 있는데 그렇게 하고 다니셔도 괜찮으십니까?"

실제로 윌슨의 외투에는 삼각자와 컴퍼스가 오각형의 별 모양으로 겹쳐진 핀이 꽂혀 있었다.

"이런, 깜빡했군요."

그는 서둘러 그 핀을 빼서는 주머니에 넣었다.

"글씨를 많이 썼다는 것은 어떻게……?"

"윌슨 씨의 오른쪽 소매 끝이 유난히 번들거리고 있거든요. 한 12센티미터 정도 되겠네요. 반면 왼팔은 팔꿈치 부분만 닳아 있습니다. 그런 것은 대체로 팔을 괴고 글을 쓸 때 생기게 되지요. 옷이 그 정도로 반짝거리려면 쓰신 양이 제법 되셨을 거고 말입니다."

"오, 그러면 중국에 갔다 온 건?"

"오른쪽 손목 바로 위에 있는 문신으로 알았습니다."

"문신이라면 여기 영국에서도 흔한 것 아니오?"

"물론 그렇지요. 하지만 윌슨 씨의 손목에 새겨져 있는 그 물고기 문양은 결코 흔한 것이 아닙니다. 동양적인 문양도 그렇지만 물고기 비늘에 미세한 연분홍색의 물을 들이는 기술은 오로지 중국에서만 가능한 것이지요. 사실 탐정 일을 하려면 다양한 분야에 대한 지식이 있어야 합니다. 그래서 전에 문신에 대해 약간 공부를 한 일이 있었지요. 쑥스럽지만 그 분야에 관한 작은 책을 낸 적도 있습니다."

홈즈의 이야기는 그것이 다가 아니었다.

"하지만 증거는 문신만이 아니었습니다. 당신의 시곗줄에 꿰어 있는 중국 엽전이 있었거든요. 그것만큼 확실한 증거가 더 있을까요?"

월슨은 너털웃음을 터뜨렸다.

"난 또……. 당신이 무슨 대단한 초능력이라도 발휘하는 줄 알았습니다. 하지만 듣고 보니 별로 어려운 것도 아니군요."

"월슨 씨, 사건을 해결하려면 저에 대한 의뢰인의 신뢰가 무엇보다 중요합니다. 하지만 이렇게 설명을 하게 되면 그 신뢰도가 떨어지기 마련이지요. 로마의 역사가 타키투스가 그의 명저 『아그리콜라Agricola』에서 '미지의 것은 대단하게 여겨진다.'라고 한 말도 있지 않습니까? 그래서 저는 보통 이라면 의뢰인에게 제 추리를 조목조목 설명하는 일은 하지 않습니다. 또 다른 이유를 들자면 의뢰인은 말을 해야 하지 듣는 입장이 되어서는 안 되기 때문입니다. 그럼에도 불구하고 설명을 드린 이유는 아무리 사소한 것이라도 사건 해결에는 중요한 단서가 된다는 것을 말씀드리기 위해섭니다."

"그렇군요."

윌슨은 웃음을 거두고 진지하게 고개를 끄덕였다.

"그런데, 윌슨 씨. 문제의 광고는 찾으셨습니까?"

"아."

그는 그제야 자신이 이곳에 온 목적이 생각난 듯했다.

"찾았습니다. 바로 여기입니다."

그는 굵고 거친 손가락으로 신문광고란의 중간쯤을 짚고 있었다.

2. 이상한 신문광고

"사건은 바로 이것에서 시작했습니다. 왓 슨 씨, 한번 읽어보십시오."

나는 신문을 받아 들고 그가 짚어준 곳을 단번 에 읽어 내려갔다.

발신 : 붉은 머리 연맹

본 연맹에 한 명의 결원이 생겨 이를 공고함. 본 연맹의 단 체원은 미합중국 펜실베이니아 주 레바논의 고 이즈키아 홉 킨스 씨의 유산에 의해 주급 4파운드의 대가를 지급받게 됨. 회원의 경우 명목상이지만 약간의 봉사활동 의무가 있음. 정신과 신체가 건강한 21세 이상의 붉은 머리의 남자면 누구나 응모 가능. 희망자는 월요일 오전 11시까지 플리트 가 포프 코트 7번지, 연맹 사무실로 방문하여 던컨 로스를 찾기 바람.

신문은 1890년 4월 27일자 〈모닝 크로니클〉지였다.

"도대체 뭐가 어떻단 말이지? 그냥 단체원을 모집하는 광고잖아."

나는 혼잣말로 중얼거렸다. 이 기묘한 광고를 두 번이나 읽었지만 구인광고 이상으로는 여겨지지 않았던 것이다. 홈 즈는 내 모습을 바라보고 있다가 갑자기 몸을 뒤틀며 키드 득거렸다. 그것은 들떠 있거나 기분이 좋을 때 하는 그만의 버릇이었다.

"정말 이상한 광고 아닌가? 사람을 구하는 광고치고 좀 성의도 없고 말이야. 이런 특이한 광고를 못 봤다니 나도 좀 어이가 없군. 뭐 어쨌든 이 얘기는 잠깐 뒤로 미루고 윌슨 씨 얘기를 좀 들어보세. 자, 윌슨 씨 저한테 하신 것처럼 처 음부터 차근차근히 말씀해 주십시오."

"알겠습니다."

윌슨은 의자 앞쪽으로 나앉으며 천천히 이야기를 시작 했다.

"먼저 제 소개부터 하지요. 이름은 아까 홈즈 씨가 말씀하신 대로 자베즈 윌슨입니다. 저는 런던의 번화가인 삭스코버그 광장에서 조그마한 전당포를 운영하고 있습니다. 번화가에 있다고는 하지만 점포도 크지 않고 요새는 손님도 별로 없어서 하루하루 근근이 입에 풀칠이나 하는 정도지요. 장사가 잘됐을 때는 점원을 두 명 썼습니다만 지금은 한 명뿐입니다. 사실 점원도 필요하지 않을 정도지만 급료를 반만 줘도 된다며 하도 부탁을 해서 고용하게 되었지요. 장사를 배우고 싶다더군요."

"힘든 일을 하기 싫어하는 요즘 젊은이들을 생각하면 보기 드문 사람이로군요."

홈즈가 말했다.

"저도 그 점이 마음에 들더군요. 그 친구의 이름은 빈센트 스폴딩이라고 합니다. 나이는…… 글쎄요. 확실하지는 않지만 서른쯤 됐을 겁니다. 아주 어린 나이도 아니어서 더 믿음이 갔습니다. 하여간 빈센트 이 친구는 더할 나위 없이 훌륭한 일꾼이었습니다. 부지런했고 똑똑했지요. 독립하게 된다면 지금의 급료보다 두세 배는 더 벌 수 있을 겁니다."

"정말 윌슨 씨로서는 행운이로군요. 반밖에 안 되는 급료로 그렇게 훌륭한 점원을 두셨으니 말입니다. 제가 보기에는 그 스폴딩이라는 젊은이도 아까 보여주신 광고만큼이나 특이하군요."

윌슨은 자랑스러운 듯 어깨를 으쓱했다.

"제 생각도 그렇습니다. 정말 저에게 큰 도움이 되고 있지요. 하지만 스폴딩도 완벽하다고는 할 수 없습니다. 커다란 흠이라고는 할 수 없지만 일하는 데 지장이 있는 것은 사실이니까요."

"그게 뭡니까?"

내가 물었다.

"사진입니다."

"사진이요?"

"네, 이 친구가 사진이라면 아주 사족을 못 씁니다. 일하다가도 갑자기 카메라를 들이대서 셔터를 눌러 대는가 하면 필름을 현상하겠다고 지하실로 달아나버리기도 하지요. 지하실로 가는 그를 보고 있자면 마치 토끼가 굴속으로 뛰어들어가듯이 재빠르기 그지없답니다. 말릴 틈도 없을 정도지요."

"그런데도 점원으로 쓰고 계시다는 건 스폴딩이 일하는 것에 비하면 그 정도는 별것 아니라고 생각하시는 거겠죠?"

홈즈가 여전히 손가락을 맞댄 채 물었다.

"물론입니다. 정말 그것만 빼면 나무랄 데 없는 일꾼이지요. 그래서 저도 별로 문제 삼고 있지는 않습니다. 손님이 없을 때 취미생활을 하겠다는 데 굳이 말리거나 야단을 칠 수는 없으니까요. 더구나 괜히 기분을 상하게 해서 나가기라도 한다면 저로서는 손해고 말입니다."

홈즈는 가만히 고개를 끄덕였다.

"아직도 그 청년을 고용하고 계십니까?"

"네, 지금 저를 대신해서 전당포를 보고 있습니다."

"댁에는 스폴딩 말고 다른 사람은 없습니까?"

"부엌일을 하는 여자애가 있습니다. 열네 살인데 간단한 요리와 청소를 맡고 있지요. 어린 나이지만 살림이 단출해서 그 아이 혼자서도 제법 잘 하고 있답니다."

"그럼 그 두 사람과 함께 사시나요?"

"네. 저는 아내가 죽은 후부터는 계속 혼자 살아왔습니다. 친척도 없어서 찾아오는 사람도 없고 적적했지요. 가족이 없기는 두 사람도 마찬가지였습니다. 그래서 얼마 전부터 우리 셋은 우리 집에서 함께 살고 있습니다. 물론 제가 제안한 겁니다. 하루하루가 우리에게는 그저 아주 조용하고 평온한 날들이었지요. 이 광고를 보기 전까지는 말입니다."

윌슨은 이마에 주름이 잡힐 정도로 인상을 썼다. 그리고는 이마에 흐르는 땀을 닦으며 말을 이었다.

"꼭 두 달 전이었습니다. 밖에 나갔던 스폴딩이 이 신문을 가지고 왔더군요. 그리고는 이렇게 말하는 것이었습니다.

'윌슨 씨, 제가 지금 얼마나 윌슨 씨의 머리를 부러워하고 있는지 모르실 겁니다.'

그 친구는 제 머리카락을 흘끔흘끔 쳐다보더군요.

'무슨 소린가?'

'이 신문광고를 읽어보십시오. 붉은 머리 연맹에서 회원을 모집한다지 뭡니까? 아, 저도 윌슨 씨처럼 붉은 머리였다면 얼마나 좋을까요?'

그는 제게 신문을 건네주며 탄식까지 했습니다.

'붉은 머리 연맹이라니? 그게 뭔데?'

'아니, 모르세요?'

스폴딩은 의외라는 듯 눈을 크게 뜨고 묻더군요.

'처음 듣는군. 자세히 좀 말해 보게.'

사실 가게 장사를 하다 보면 좀처럼 밖으로 나가는 일이 없습니다. 더구나 전당포는 손님을 찾아다니는 것이 아니라 기다리는 장사니까요. 그래서 세상 돌아가는 일에 어두운 편입니다. 그렇다고 관심이 없는 것은 아니었습니다. 오히려 그 반대지요. 세상 소식을 들고 찾아오는 사람이라도 있으면 만사를 제쳐 놓고 얘기를 듣곤 한답니다. 그러니 붉은 머리 연맹이라는 처음 듣는 것에 관심이 가지 않을 리 없었습니다.

'윌슨 씨처럼 완벽하게 자격을 갖추신 분이 그 연맹을 모

르고 계시다니 놀랍군요.'

'연맹은 뭐고, 또 자격은 뭔가? 그리고 거기서 회원을 모집한다는데 왜 자네가 그렇게 흥분하는지 모르겠군. 회원이 되면 무슨 이익이라도 있나?'

'이익이다 뿐입니까! 1년에 2백 파운드 이상이 생기는데요.'

저는 갑자기 귀가 솔깃해지더군요. 아까도 말씀드렸듯이 요즘같이 장사가 안 돼서 어려운 때에 2백 파운드란 적지 않은 돈이었으니 말입니다.

'2백 파운드? 회원만 되면 그냥 준다는 말인가?'

'그냥은 아닙니다. 하지만 하는 일이라고는 약간의 봉사 활동 정도라더군요. 물론 생업에 지장을 주는 일은 없고 말입니다. 그런데 오로지 붉은 머리의 사람만 가입할 수 있다는 게 이 단체의 특징이지요.'

'어떤 단체인지 좀 더 자세히 얘기해 보게.'

'세간에 떠도는 얘기로는 이 단체를 처음 만든 사람은 미국의 대재벌이었던 이즈키아 홉킨스 씨라고 합니다. 그 사람도 붉은 머리였는데 그 때문에 어릴 때부터 많은 놀림을 받은 모양이에요. 그래서 자신의 전 재산을 붉은 머리를 가진 사람들을 위해 쓰기로 했답니다. 그 방법이 붉은 머리 연맹이었던 거지요. 그는 단체를 만든 후 자신의 사후에 재산을 전문적인 유산 관리인에게 맡겨서 거기에서 생긴 이자로 연맹 회원들의 주급을 주게 했다고 합니다. 회원들은 봉사활동이라는 것을 해야 하지만 그것도 돈을 주기 위한 명분에 지나지 않는다는군요. 어쨌든 그 이즈키아 홉킨스라는 사람은 좀 괴짜였던 게 틀림없어요.'

'그렇다면 그 연맹에 가입하려고 하는 사람이 많겠군.'

'특별한 자격 요건만 없다면 아마 그렇겠지요. 하는 일 없이 돈을 받는다는데 누가 마다하겠어요? 하지만 아무나 회원이 될 수 있는 건 아니라는군요.'

'그럼?'

'꼭 윌슨 씨처럼 붉은 머리여야 한다네요. 그리고 꼭 런던에 사는 사람이어야 하고요. 윌슨 씨, 기왕 말이 나온 김에 직접 찾아가 보시는 게 어떠세요?'

'머리카락이 붉은 사람이 이 넓은 런던에 어디 나 혼자뿐이겠나? 그런 조건이라면 너도나도 몰려들 게 분명해. 가봐야 헛수고야.'

'아니에요. 물론 경쟁자는 많겠지만 모두 윌슨 씨의 적수가 되지 못할 거예요. 붉은 머리라고 다 뽑힐 수 있는 게 아니거든요. 검은색이 섞여 있어도 안 되고 약간만 흐려도 안 된대요. 아주 선명한 붉은색이어야 한다는 거예요. 윌슨 씨처럼 말이에요. 분명 당신의 머리카락이라면 당장 그 연맹의 회원이 될 수 있을 거예요. 일단 한번 가보세요. 헛수고

면 어때요? 만약 회원만 될 수 있다면 그 정도는 수고랄 것
도 없지 않겠어요? 생각해 보세요. 자그마치 1년에 2백 파
운드란 말이에요.'

스폴딩은 끈질기게 저를 설득하더군요. 그의 설득이 아
니었더라도 구미가 당기는 일이기는 했습니다.

한참을 망설이기는 했지만 결국 한번 해보자는 데 의견
을 모았지요. 우리는 다음 월요일에 가게를 하루 닫기로 하
고 붉은 머리 연맹이라는 데에 가보기로 했습니다."

"윌슨 씨, 지금 우리라고 하셨습니까?"

홈즈의 질문이었다.

"네, 스폴딩이 연맹에 대해 제법 잘 알고 있는 것 같았으
니까요. 같이 가면 분명 도움이 되리라
여겼습니다. 그 친구도 무척 좋아하더
군요. 물론 그곳에 가는 것보다 하루 일
하지 않고 노는 것이 더 좋은 것 같기
는 했지만 말입니다."

윌슨은 가볍게 웃고는 이야기
를 이어 나갔다.

"월요일이 되자 우리는 계획한 대
로 가게 문을 닫고 연맹 사무실이
있다는 플리트 가 포프 코트로 찾

아갔습니다. 되도록이면 광고에서 제시한 시각인 11시가 되기 전에 도착하기 위해 조금 서둘렀지요. 그런데 홈즈 씨, 사무실에 채 도착하기도 전에 저는 놀라서 거의 까무러칠 뻔했습니다. 플리트 가 포프 코트가 온통 붉은 머리의 사람들로 가득 차 있었던 겁니다. 모두 그 광고를 보고 몰려든 것이었지요. 런던에서 조금이라도 붉은 기운이 있는 머리를 가진 사람은 거기 다 모여 있는 것 같더군요. 아마 그런 장관은 다시없을 겁니다. 사람 머리가 과일 장사의 손수레에 있는 오렌지 같이 느껴지는 일이 흔한 일은 아니지 않겠습니까? 아마 연맹 측에서도 광고 몇 줄에 그렇게 많은 사람들이 몰려들 거라고는 생각하지 못했을 겁니다.

정말 다양한 부류의 사람들이 모였더군요. 정장 차림의 깔끔한 신사도 있었고 뱃사람으로 보이는 사람도 있었지요. 굴뚝 청소부와 심지어 거리의 부랑자도 있었습니다. 사람들 머리의 빛깔도 가지각색이었습니다. 밀짚색의 머리도 있었고 레몬색, 오렌지색, 벽돌색, 다갈색, 그리고 아이리시 세터 종인 사냥개의 털과 같은 적갈색도 있었지요. 정말 각양각색이었습니다.

어쨌든 저는 좀 기가 꺾이더군요. 그래서 포기하고 그냥 집으로 가자고 했지요.

'어마어마한 사람들이군. 그냥 집으로 가는 게 좋겠네.'

'무슨 소리세요? 기왕 여기까지 왔는데 한번 들어가나 보자고요. 그리고 한번 보세요. 윌슨 씨처럼 선명한 붉은색의 머리를 가진 사람이 없잖아요. 승산은 분명 윌슨 씨께 있으니까 걱정하지 마세요.'

스폴딩은 막무가내였습니다. 그는 더 이상 제 말을 들으려 하지도 않고 저를 사람들 속으로 끌고 들어갔습니다. 그리고는 닥치는 대로 밀고 당기고 부딪치면서 앞으로 나아갔습니다. 도대체 어디서 그런 힘이 났는지…… 아무튼 대단했습니다.

마침내 우리는 연맹 사무실이 있는 건물 앞에 도달할 수 있었습니다. 사무실은 2층에 있었는데 그곳으로 올라가는 계단에는 두 종류의 사람들이 있었지요. 하나는 그 연맹에 들게 될 거라는 부푼 희망을 안고 2층으로 올라가려는 사람들의 행렬이었고 다른 하나는 그 희망이 무참히 깨져 풀이 죽은 채 내려오는 사람들의 행렬이었습니다. 하지만 질서라고는 눈 씻고 찾아보려야 찾아볼 수가 없었습니다. 그저 그 두 행렬이 뒤죽박죽으로 뒤엉켜 있었지요. 거기서도 스폴딩의 능력은 눈부셨습니다. 사람들을 밀치며 올라가는 행렬 틈에 끼더니 사람들을 비집고 마구 위로 올라가는 것이었습니다. 하여간 그 친구 덕분에 사무실에 들어갈 수 있었습니다."

"재미있는 경험을 하셨군요."

홈즈의 얼굴에는 흥미롭다는 표정이 역력했다. 그사이 월슨은 코담배를 한껏 들이마셨다.

"그랬지요. 하지만 다시 하고 싶은 생각은 없습니다."

월슨은 고개를 절레절레 흔들며 희미하게 웃었다.

"우리가 사무실에 들어간 건 천신만고 끝이라고 해야 할 겁니다. 어쨌든 사무실은 조금 의외였습니다. 화려할 거라고 생각한 건 아니었지만 허술한 전나무 책상 하나와 나무 의자 두 개가 가구의 전부일 거라고는 결코 생각하지 않았거든요. 책상 앞에는 체구가 작은 남자가 앉아 있었는데 머리가 매우 붉었습니다. 저보다 선명하고 붉은 머리를 가진 사람을 본 건 그때가 처음이지 않을까 싶었습니다. 나중에 안 거지만 그가 회장인 던컨 로스 씨였습니다. 사무실 안에는 우리들 말고도 먼저 들어와 있던 다른 지원자들도 있었는데 면접은 바로 그 붉은 머리의 사람에 의해 이루어지고 있었습니다. 뒤에서 보고 있자니 그는 몇 가지 간단한 질문을 한 후 부적격 이유를 알려주는 것으로 많은 지원자들을 불합격시키고 있었습니다. 그 이유들이 과연 연맹과 무슨 상관관계가 있는지 의문이 들기도 했지만 그만큼 연맹의 공석을 채우는 일이 그렇게 쉬운 일이 아니라는 생각이 들었지요.

드디어 우리 차례가 되었습니다. 그런데 그는 이전 지원자들에게 한 태도와는 달리 호의적으로 대하는 거였습니다. 다른 지원자들을 내보내고 문까지 닫더군요. 마치 편하게 이야기를 나눠보자는 의도 같았습니다.

스폴딩도 그런 눈치를 챘는지 어리둥절해하는 저를 대신해서 인사를 하더군요.

'이분은 연맹에 가입하고 싶어서 찾아오신 자베즈 윌슨 씨입니다.'

하지만 회장은 스폴딩은 쳐다보지도 않고 혼잣말처럼 중얼거렸습니다.

'오, 완벽해! 멋진 붉은 색이야.'

그러더니 제가 민망해서 얼굴이 붉어질 정도로 빤히 쳐다보는 게 아니겠습니까? 환영을 한다는 것인지 놀리는 것인지 언뜻 판단이 되지 않더군요. 그런데 저를 당황하게 만든 일은 정작 다음 순간에 일어났습니다. 그가 갑자기 내 머리카락을 움켜쥐고 눈물이 날 정도로 잡아당겼던 겁니다."

3. 붉은 머리 연맹

"저는 어찌나 놀랐던지 소리를 질렀지요. 아픈 것은 둘째 문제였지요.

'앗, 이게 무슨 짓입니까?'

그런데 이 회장이란 사람은 큰 소리로 한참을 껄껄 웃어대더군요.

'아, 실례했소이다. 간혹 가발을 쓰고 오는 사기꾼들이 있어서 말이오. 물감이나 왁스를 바르고 오는 자들도 있지요. 이런 일을 하다 보니 돈이라면 양심이고 뭐고 무조건 달려드는 넌더리나는 인간성을 가진 자들을 보는 일이 비일비재하군요. 그러니 매사에 조심할밖에요. 이해하십시오.'

그는 웃음이 채 가시지 않은 얼굴로 창가로 다가가서 목청껏 외쳤습니다.

'모집은 끝났소. 모두 돌아가시오.'

사람들의 실망 섞인 웅성거림이 한동안 들려오더군요. 얼마 안 가 그 많던 붉은 머리의 사람들이 모두 사라져버렸습니다. 결국 그 거리에서 붉은 머리라고는 회장과 저, 그렇게 두 사람만 남게 되었습니다.

'월슨 씨라고 하셨죠? 우리 연맹의 회원이 되신 걸 축하합니다!'

그는 환하게 웃으며 달려들어서는 내 손을 으스러져라 붙잡고 마구 흔들었습니다. 저는 어리둥절해서 아무 말도 할 수가 없었습니다.

'나는 던컨 로스라고 하오. 이 연맹의 회장이라고는 하지만 나 역시 후원자가 남겨주신 기금의 혜택을 받는 사람일 뿐이지요. 물론 가족은 있으시겠지요?'

'아내가 있었습니다만 사별한 지 꽤 됐습니다.'

'다른 가족은?'

'없습니다.'

'이런, 곤란한 일이군요.'

그는 어두운 표정으로 고개를 갸웃거렸습니다.

'네?'

저는 가슴이 덜컥 내려앉았습니다. 겨우 합격했다고 생각했는데 그 기쁨을 누리기도 전에 취소되는 것은 아닌가 싫었던 겁니다.

'사실 우리가 받는 주급은 붉은 머리의 유지와 확산에 그 뜻이 있소. 그러기 위해서는 회원에게 가족이 꼭 필요하오.'

'그럼……?'

회장은 잠시 생각을 하는 듯했습니다. 저는 가슴을 졸이고 쳐다보는 것밖에 할 수 있는 일이 없었습니다. 마침내 그가 입을 열었지요.

'원래는 치명적인 결격 사유지만 선생같이 훌륭한 붉은 머리를 그냥 포기한다는 건 쉽지 않은 일이군요. 어디 우리 한번 잘해 봅시다.'

그는 정식으로 악수를 청하더군요. 홈즈 씨, 제가 얼마나 기뻤는지 상상하실 수 있을까요? 기대도 안했던 행운이 제 것이 되었으니 말입니다. 스폴딩도 마치 연맹의 회원이 된 게 바로 자기 자신인 것처럼 좋아하더군요.

'자, 그럼 언제부터 일하러 오실 수 있겠소?'

'그 일이라는 게 이곳에 와서 해야 하는 겁니까?'

'물론이오. 매일 오전 10시부터 오후 2시까지 이 사무실에 있어야 하오. 그건 우리의 후원자인 홉킨스 씨의 유언에도 나와 있는 엄연한 연맹의 규정이오. 만약 그 시간에 이 건물을 나간다면 규정을 어긴 것이 되기 때문에 바로 그 순간에 당신의 회원 자격은 박탈될 것이오. 하지만 당신이 이

규정을 잘 지켜주기만 하면 매주 토요일마다 어김없이 4파운드씩을 받게 될 거요.'

'매일 말입니까? 어쩌죠? 제가 지금 하는 일이 있어서 매일 시간을 비운다는 건 좀…….'

저는 난처했습니다. 그런데 스폴딩이 이렇게 말하더군요.

'윌슨 씨, 그 시간에 가게는 제가 보면 되겠네요.'

가게 일을 하고는 있었지만 카운터를 맡기는 일은 없었기 때문에 조금 망설였습니다. 하지만 온종일 있어봤자 손님이라고는 겨우 한두 사람이 전부인 데다가 그나마도 저녁에 왔기 때문에 스폴딩에게 맡겨도 가게 일에 지장이 있을 것 같지 않더군요. 하지만 무엇보다도 2백 파운드라는 거금을 결코 잃고 싶지 않았지요. 결국 스폴딩의 제안을 받아들였습니다.

'로스 씨, 그 일이라는 게 뭡니까?'

'명목상으로 하는 것이니 미리 걱정할 필요 없소.'

'그래도 제가 뭘 해야 하는지 구체적으로 알고 싶군요.'

'뭐, 아주 간단한 일이오. 《브리태니커 백과사전》을 다른 종이에 베껴 쓰는 일이지요. 책은 저 창가에 있는 책장에 있고 책상과 의자는 이것들을 쓰면 됩니다. 선생이 준비할 것은 잉크와 펜, 압지뿐입니다. 어떻소? 내일부터 가능하겠소?'

'네, 그렇게 하겠습니다.'

'좋소. 다시 한번 말하지만 시간은 엄수해야 합니다. 늦지 않게 오시오. 윌슨 씨, 다시 한 번 이 행운의 주인이 된 것을 축하하오.'

스폴딩과 저는 고맙다는 인사를 하고 연맹 사무실에서 나왔습니다. 그 기쁨은 집에 와서도 쉽게 가시질 않더군요. 온종일 들떠서는 일도 제대로 할 수 없었지요. 그런데 저녁이 되자 걱정이 되기 시작했습니다.

홈즈 씨도 한번 생각해 보십시오. 백과사전을 베껴 쓰는 일 따위에 주급 4파운드나 준다니요? 게다가 고작 하루에 네 시간을 일하게 하면서 말입니다. 홉킨스라는 사람의 유언도 그렇고 도무지 이해할 수 없는 일 아닙니까? 생각하면 할수록 누군가의 장난으로만 느껴지더군요. 그냥 포기할까도 싶었습니다. 적어도 잠들기 전까지는 그랬습니다. 하지만 아침이 되자 일단은 부딪쳐보자고 마음먹었습니다. 설사 장난이었다고 해도 손해 볼 것이 없었으니까요. 저는 1페니를 주고 잉크 한 병을 샀고 지시한 대로 깃펜과 압지도 준비했습니다.

사무실에는 회장인 던컨 로스 씨가 벌써 나와서 제가 출근하기를 기다리고 있더군요.

'어서 오시오, 윌슨 씨. 늦지 않았군요.'

그는 친절하게도 책장에서 그 무거운 백과사전을 직접 꺼내서는 책상으로 옮겨와 주었지요. 책상에는 이미 백과사전의 내용을 옮겨 적을 종이들이 놓여 있었습니다. 제가 베껴야 하는 백과사전은 1권이었는데 로스 씨는 A항목부터 베끼라고 지시했습니다. 그리고는 사무실을 나가버리더군요. 저는 즉시 일을 시작했습니다. 로스 씨는 이따금 들러서 제가 일한 것을 확인했지만 오래 있지는 않았습니다. 오후 2시가 되자 로스 씨는 다시 들어왔습니다. 그리고 제가 써놓은 것들을 살폈지요.

'훌륭하군요. 됐소. 오늘은 시간이 다됐으니 이만 돌아가시고 내일도 수고해 주시오.'

그는 나를 앞세워 사무실을 나와서는 밖에서 사무실 문을 잠가버리더군요.

다음 날도, 그 다음 날도 똑같은 날의 연속이었습니다. 그리고 마침내 약속한 토요일이 되었지요. 정말로 제 손에는 금화로 4파운드가 쥐어졌던 겁니다. 걱정이 사라지면서 일하는 것이 즐거워지기까지 했습니다. 저는 이후로도 아침 10시 이전에 출근했고 또 오후 2시면 바로 퇴근했습니다. 그리고 매주 토요일마다 어김없이 4파운드씩을 벌었습니다. 일이 익숙해지고 제가 규정을 잘 지키자 로스 씨가 사무실에 들르는 횟수도 줄어갔습니다. 몇 주가 지나자 아침에만 얼굴을 보일 뿐 아예 오지 않게 되었지요. 그렇다고 제가 자리를 비우는 일이 있었던 건 아닙니다. 로스 씨가 언제 올지도 몰랐고 괜한 짓을 해서 이 좋은 자리를 잃고 싶지 않았거든요. '수도원장Abbots'을 베꼈고 '궁술Archery', '갑옷Armor'을 지나 '아티카Attica'까지 베꼈습니다. 더불어 제가 쓴 종이가 선반 하나를 가득 채울 정도로 늘어갔습니다. 그렇게 8주가 지났고 어느덧 B항목을 목전에 두게 되었지요. 그런데 그 모든 것들이 한순간에 사라져버리고 만 겁니다."

4. 사라진 사무실

"사라져버렸다고요?"

홈즈는 날카로운 눈으로 상대방 얼굴을 응시했다.

"그렇습니다. 말씀드린 그대로입니다. 모두 사라져 버렸습니다. 사람도 사무실도 모두 말입니다."

윌슨은 침통한 얼굴로 이마에 흐르는 땀을 닦으며 이야기를 이어나갔다.

"바로 오늘 아침이었습니다. 저는 여느 때와 다름없이 10시에 사무실로 갔습니다. 하지만 문이 잠겨 있더군요. 로스 씨도 오지 않더군요. 처음에는 그럴 때도 있겠다 싶어서 기다려야겠다고 생각했지요. 그런데 문 가운데에 작은 종이쪽지가 붙어 있었던 겁니다. 바로 이거지요."

월슨은 주머니에서 공책 크기 정도의 하얀 마분지를 꺼내 홈즈에게 건네주었다. 나는 홈즈 어깨 너머로 내용을 확인했다.

1890년 10월 9일자로
붉은 머리 연맹은 해체되었음.

홈즈와 나는 이 종이를 바라보다가 우리를 쳐다보고 있던 월슨 씨의 눈과 마주치는 순간 누가 먼저랄 것도 없이 소리를 내서 웃어버리고 말았다. 그는 마치 금방이라도 눈물을 흘릴 것처럼 울상을 짓고 있었던 것이다. 우리는 상대가 기분 나빠할 것도 잊고 배를 움켜쥐며 웃어댔다.

"뭐가 그렇게 우습소? 당신들에게는 남의 불행이 그렇게 웃음거리밖에 안 된단 말입니까?"

아니나 다를까 월슨은 자신의 머리카락만큼이나 붉은 얼굴로 소리쳤다.

"나로서는 심각한 일입니다. 그렇게 비웃기나 하실요량이라면 다른 분을 찾아가겠습니다."

그는 자리에서 벌떡 일어났다.

"죄송합니다. 월슨 씨, 고정하십시오."

홈즈는 월슨을 만류하여 다시 자리에 앉혔다. 소리를 내지는 않았지만 웃음이 얼굴에서 사라진 것은 아니었다.

"이렇게 재미있는 사건을 놓칠 수야 없지요. 정말 기상천외한 사건이로군요. 우스운 것도 있고 말입니다. 어쨌든 웃은 건 사과드립니다. 월슨 씨. 계속 말씀해 주시지요. 이 종이를 발견하신 다음부터 말입니다."

"저는 무척 놀랐습니다. 이 상황을 어떻게 받아들여야 할지 도무지 판단이 안 되더군요. 그렇다고 가만히 있을 수는 없었지요. 저는 곧바로 건물 주인에게 달려갔습니다. 그는 아래층에 살고 있었지요.

'2층에 있던 붉은 머리 연맹이 어떻게 된 건지 아십니까?'

'뭐요? 연맹이라니 그게 뭐요?'

'던컨 로스 씨에게 사무실을 빌려주시지 않았습니까?'

'난 그런 사람 모르오.'

말문이 막히더군요. 두 달 동안이나 이 건물에서 함께 일한 사람을 모른다니 정말 어이가 없었습니다.

'머리가 붉은 사람인데 정말 모르십니까? 4호실을 빌려 썼는데요.'

'아, 그 붉은 머리! 그 사람은 윌리엄 모리스인데? 이름을 잘못 안 모양이구려.'

주인은 안됐다는 듯 혀까지 차더군요.

'두 달 전인가? 얼마 동안만 사무실을 빌리겠다고 합디다. 새 사무실을 구할 때까지만 임시로 쓰겠다면서 말이오. 법무관이라고 했던 것 같은데…… 아무튼 그 사람을 찾는 거라면 이미 늦었소. 어제 이사 갔으니까.'

'혹시 이사 간 데가 어디인지 아십니까?'

'어디 적어준 게 있는데…… 어디다 뒀더라? 혹시 우편물이 오면 보내줄 테니 주소를 적어달라고 했었지요. 세인트 폴 근처 어디라고 했었는데…… 옳지, 여기 있군.'

그는 주머니를 한참 뒤적이더니 꼬깃꼬깃해진 종이 하나를 보여주었습니다. 종이에는 '킹 에드워드 가 17번지'라고 적혀 있었습니다. 저는 당장 그 주소로 찾아갔습니다. 그런데 그곳은 건물 주인이 말한 것처럼 법무관의 사무실이 아니었습니다. 의족을 만드는 공장이었지요. 거기 사람들에게도 물어봤지만 던컨 로스는 물론이고 윌리엄 모리스라는 사람도 모른다고 하더군요. 더 이상 연맹이나 로스 씨를 추적할 방법이 없었습니다. 막다른 길에 부딪친 느낌이었지요. 하는 수 없이 그냥 집으로 돌아왔습니다."

윌슨은 침통한 얼굴이었다. 홈즈는 그가 호흡을 가다듬기를 기다렸다가 입을 열었다.

"물론 스폴딩에게도 이 사실을 알리셨겠지요?"

"네, 저에게 의논 상대라고는 그밖에 없으니까요. 하지만 그렇다고 해서 달리 무슨 뾰족한 수가 있겠습니까? 그저 저와 마찬가지로 놀라고 황당해했을 뿐이지요."

"다른 말은 없었습니까?"

"우편으로 연락이 올지도 모른다면서 일단은 기다려보자고 하더군요. 하지만 그건 어디까지나 그의 생각일 뿐입니다. 저는 그렇게 좋은 조건의 일자리를 아무 노력도 하지 않고 놓쳐버릴 수 없었습니다. 그래서 이렇게 당신을 찾아오게 된 겁니다. 홈즈 씨, 당신의 명성은 익히 들어 알고 있었습니다. 곤경에 빠진 사람들에게 큰 도움을 주신다지요? 지금 제가 매달릴 수 있는 사람은 오직 당신뿐입니다."

"명성이랄 것까지는 없지만 아무튼 잘 오셨습니다."

홈즈는 예의 진지한 표정이었다.

"기꺼이 도와드리겠습니다. 참으로 재미있는 사건 같군요. 처음 생각했던 것보다 심각한 것이기도 하고 말입니다."

"맞습니다. 심각한 일이지요. 1년에 2백 파운드란 돈이 날아가버린 것이니까요."

"사실 윌슨 씨 개인적으로는 연맹이

해체됐다고 불평하실 일이 아닌 것 같군요. 이미 32파운드의 수입을 올리지 않으셨습니까? 백과사전의 A항목에 대한 해박한 지식까지 얻으셨고 말입니다. 윌슨 씨, 한두 가지 더 여쭙겠습니다. 먼저 그 스폴딩이란 점원을 고용하신 지 얼마나 되셨습니까?

"붉은 머리 연맹에 가기 한 달쯤 전이었을 겁니다."

"소개로 알게 되셨나요?"

"아닙니다. 신문에 모집 광고를 냈는데 그걸 보고 찾아왔다고 하더군요."

"온 사람이 그 사람뿐이었습니까?"

"그건 아닙니다. 열 명 정도 왔었지요. 하지만 워낙 싹싹했고 요구한 월급도 적었거든요."

"절반만 받겠다고 했단 말이지요?"

"네."

윌슨은 그걸 왜 묻느냐는 표정이었지만 묻는 말에 선선히 대답했다.

"어떻게 생겼나요?"

"작은 키에 조금 뚱뚱한 편이지만 매우 행동이 민첩한 사람이죠. 그리고 수염이 별로 안 나는지 나이가 서른쯤인데도 수염 자국이 없을 정도로 깨끗한 얼굴입니다. 또 이마에는 산이 튀어서 생긴 것 같은 하얀 자국이 있지요."

다음 순간 홈즈는 상당히 흥분해서 손뼉을 치며 상체를 바로 세웠다.

"그럴 줄 알았어. 내 짐작대로야. 윌슨 씨, 그 사람 귀에 뚫은 자국이 있지요?"

"맞습니다. 어렸을 때 어떤 집시가 그를 위해서 그것을 해주었다고 나에게 말했습니다. 그런데 어떻게 그걸 아십니까?"

하지만 홈즈는 묻는 말에 대답하지 않았다. 이마에 주름을 잡고 심각한 얼굴로 생각에 빠져 있었다.

"좋습니다."

홈즈는 윌슨을 똑바로 보며 말했다.

"윌슨 씨, 스폴딩이 아직도 댁에서 일하고 있다고 말씀하셨죠?"

"네, 지금 가게를 보고 있을 겁니다."

"윌슨 씨께서 가게를 비웠을 때 그가 일을 잘하던가요?"

"기대 이상으로 잘하더군요. 그 덕에 마음 놓고 연맹에 다닐 수 있었지요."

"그럼 윌슨 씨가 여기에 오신 것을 스폴딩이 알고 있습니까?"

"아니요. 급한 마음에 아무 말도 않고 집을 나왔거든요."

홈즈는 자리에서 벌떡 일어났다.

"잘 알았습니다. 이 사건은 하루 이틀 안에 해결될 겁니다. 오늘이 토요일이니 늦어도 월요일까지면 되겠군요. 너무 걱정 마시고 댁에 돌아가 계십시오. 그리고 여기에 오셨다는 건 누구에게도 비밀로 해주십시오."

월슨은 지금과는 달리 기쁜 표정으로 홈즈의 손을 잡고 흔들었다.

5. 현장검증

의뢰인이 돌아가자 홈즈는 또다시 의자에 몸을 깊이 묻어버렸다.

"사건 해결은 어떻게 하려고 그러고 있나? 정말 윌슨 씨한테 장담한 대로 이틀 안에 해결할 수 있겠나? 난 잘 모르겠던데."

"왓슨, 평범한 얼굴을 가진 사람이 기억하기 쉽겠나, 어떤 특징이 있는 사람이 기억하기 쉽겠나?"

"그야 후자겠지."

"그래, 사건도 마찬가지야. 흔해빠지고 특징도 없는 범죄야말로 가장 해결하기 힘들고 괴상한 사건일수록 이해하기 쉬운 법이지. 그런 의미에서 이번 사건은 후자에 속한다네."

"그런 자넨 벌써 해답을 찾았단 말인가?"

"완전히는 아니지만 그렇다네. 하지만 윌슨 씨가 하루만 더 늦게 찾아왔다면 사건의 해결은 어려웠을 거야. 그런 면에서 오늘이 토요일이라는 건 매우 다행이지."

"그럼 서둘러야겠군."

"그래. 하지만 완전한 해답을 찾기 위해서는 담배 서너 대는 피워야 할 것 같아. 그 정도의 시간적 여유는 있는 사건이거든. 그래서 말인데 미안하지만 50분간만 조용히 생각하게 해줬으면 좋겠군."

홈즈는 파이프를 입에 문 채로 발을 의자에 올려 무릎이 거의 코에 닿을 정도로 몸을 웅송그렸다. 그리고 눈을 지그시 감아버렸다. 그가 물고 있는 파이프가 마치 먹이를 발견하고 기회를 엿보는 독수리의 부리 같았다. 나는 그에게 방해가 되지 않기 위해 조용히 잡지를 집어 들고 되는 대로 아무 데나 읽었다. 가끔 홈즈를 돌아보았지만 그는 조금도 움직이지 않고 아까 그 모습 그대로였다. 나는 특별히 관심 있는 기사가 있었던 것이 아니었기 때문에 얼마간의 시간이 흐르자 지루해지기 시작했다. 어느새 나는 잡지를 든 채로 꾸벅꾸벅 졸기 시작했다. 그러다 문득 큰 인기척을 느끼고 눈을 번쩍 떴다. 홈즈가 자리를 박차고 일어나 있었다. 그의 표정은 어떤 결심이 선 듯 단호해 보였다. 그는 성큼성큼 벽난로로 걸어가더니 선반 위에 파이프를 올려놓고 나를 향해

돌아섰다.

"어떤가, 왓슨? 자네의 환자들이 자네에게 몇 시간 여유를 줄 수 있을까?"

"오늘은 진료가 없는 날이네. 그렇지 않다고 해도 요즘은 별로 환자가 없어서 한가한 편이지."

"그거 잘됐군. 오늘 오후 세인트제임스 홀에서 사라사테가 연주를 한다네. 같이 가세."

"뭐? 사건은 어쩌고 연주회를 간단 말인가?"

"물론 사건을 잊은 건 아니네. 하지만 이런 좋은 기회를 놓친다는 건 있을 수 없는 일 아니겠나? 프로그램을 보니 연주곡 중에 독일 곡이 많이 있더군. 이탈리아나 프랑스 음악보다는 자기를 돌아보게 하는 데는 독일 곡이 최고지. 어서 모자를 쓰게. 들러야 할 데가 있으니 서둘러야 해. 점심은 가는 도중에 들기로 하세."

지하철을 타고 엘더스게이트로 간 우리는 이번 사건의 주인공이 살고 있는 삭스 코버그 광장까지 천천히 걸어갔다. 무성한 잡초와 시들어빠진 월계수 덤불이 탁한 공기에 대항해서 힘든 싸움을 하고 있는 작은 공터를 중심으로 더럽고 낡은 2층 벽돌 건물들이 울타리처럼 둘러싸여 있는 그곳은 한눈에도 쇠락한 거리였다. 골목은 좁았고 건물은 초라했으며 거리는 지저분했다. 하지만 이 거리에는 이미 어울리지 않는 고풍스럽고 고급스러운 장식들을 심심치 않게 볼 수 있었다. 마치 과거에 번화가였다는 영예를 뽐내려는 몸부림처럼 느껴졌다. 그 거리 모퉁이에서 우리는 찾고 있던 간판을 보았다. 갈색 바탕에 '자베즈 윌슨'이란 선명한 하얀 글씨는 우리가 제대로 찾아왔음을 말해 주고 있었다. 바로 우리의 붉은 머리 의뢰인이 운영한다는 그 전당포였다.

홈즈는 그 앞에 버티고 서서 날카로운 눈길로 여기저기 살펴보았다. 전당포뿐이 아니었다. 그는 길을 오르내리며 그 옆의 건물들까지도 눈여겨보았다. 그러더니 다시 전당포 앞으로 가서 들고 있던 지팡이로 바닥을 두세 번 있는 힘껏 두드렸다. 홈즈는 마침내 무슨 결심을 한 사람처럼 고개를 끄덕이더니 문 앞으로 다가가서 노크를 했다. 곧 문이 열리고 영리해 보이는 젊은 청년이 얼굴을 내밀었다. 그는 윌슨 씨가 말한 것처럼 말끔한 얼굴이었다.

"죄송합니다만 스트랜드 가로 가려고 하는데 어디로 가야 합니까?"

"저 세 번째 집에서 오른쪽으로 간 다음 다시 왼쪽으로 네 구역 가시오."

그는 재빠르게 대꾸하고는 문을 닫아버렸다.

"머리가 좋은 친구야."

홈즈는 나와 어깨를 나란히 하여 걸으며 말했다.

"영리하기로 따진다면 이 런던에서 네 번째 안에 들걸. 게다가 대담하기까지 하고 말이야."

"홈즈, 자네 저 스폴딩이라는 자를 의심하는 건가? 그래서 얼굴을 보기 위해 온 거고 말이야."

"그를 보기 위해 온 것은 맞지만 얼굴은 아니라네."

"그럼 뭘 보려고?"

"바지 무릎을 보고 싶었어."

"그게 어땠는데?"

"짐작대로였지."

홈즈는 그저 웃기만 했다.

"그런데 홈즈, 길바닥은 왜 두드린 건가?"

"왓슨, 지금은 자세히 이야기나 하고 있을 때가 아니라네. 우린 지금 적진에 들어와 있는 스파이거든. 하여간 여기에는 더 이상 볼일이 없군. 이 골목 뒤에는 뭐가 있는지 한번 보러 가세."

초라한 삭스 코버그 광장의 모퉁이를 돌자 마치 그림의

앞면과 뒷면처럼 대조를 이루는 화려한 거리가 나타났다. 그곳은 줄줄이 늘어선 상점들과 위용을 자랑하는 높은 건물들 사이로 수많은 마차와 사람들이 매우 붐비고 있었다. 방금 전의 초라한 거리와 등을 맞대고 있다고는 믿기지 않을 정도였다. 거리는 활기차고 생기가 넘쳤다.

"왓슨, 이 거리에 무엇이 있는지 잘 기억해 두게. 런던에 관한 지식은 아무리 쌓아둔다고 해도 지나침이 없거든. 모티머 상점, 담배 가게, 신문 가게, 그리고 시티 앤 서버번 은행의 코버그 지점이 있군. 이 은행은 런던에서 첫째, 둘째를 다투는 대은행이지. 음, 그 다음이 채식주의자들을 위한 식당과 맥팔레인 마차역이군. 좋아, 조사는 끝났네. 어서 연주회장으로 가세. 섬세하고 조화로운 바이올린의 나라로 어서 가고 싶군. 그곳이라면 우리를 괴롭히는 붉은 머리 손님은 없겠지. 하지만 그 전에 요기를 하도록 하세. 옳지, 저기 샌드위치를 파는 곳이 있군."

홈즈는 내 대답을 기다리지 않고 성큼성큼 한 노천카페로 들어갔다.

그날 오후 우리는 관람석 맨 앞자리에서 시간을 보냈다. 홈즈는 그 시간 내내 부드러운 미소를 머금고 있었다. 그의 가늘고 기다란 손가락은 음악에 맞춰 부드럽게 흔들렸고 두 눈은 꿈꾸는 것처럼 나른해 보였다. 잔혹한 사냥개라든가

번뜩이는 두뇌의 무자비한 사립탐정이라든가 하는 세간의
별명이 무색할 정도였다. 그는 마냥 행복해 보였다. 그것은
당연한 것이었다. 내 친구는 열렬한 음악 애호가로서 매우
능력 있는 연주가였을 뿐만 아니라 보통 이상의 작곡가이기
도 했다. 그런 그에게 있어 유명한 연주
자의 음악을 듣는다는 것은 더없
이 즐거운 일이었을 것이다.

사건에 직면했을 때의 그의 모습과는 상이한 것이 사실이었지만 이렇게 서정적인 모습도 홈즈의 한 성격이었다. 실제로 그는 극단적인 무기력과 지칠 줄 모르는 활동이라는 양극단을 오갔다. 내 생각에는 그의 서정성이나 무기력은 조금의 빈틈도 허용하지 않는 치밀함과 거침없는 기민함의 반작용으로 나타나는 것 같았다. 그도 그럴 것이 그가 며칠이고 계속 바이올린을 끌어안고 음악에 빠져 있거나 책을 붙잡고 있었던 후에는 반드시 놀랄 만큼 사건에 열정적이었으며 그 누구도 흉내 낼 수 없는 추리력을 과시하곤 했던 것이다. 그때마다 나는 미지의 신이라도 보는 것 같은 눈길로 그를 바라보았다. 아무튼 그날 바이올린 선율에 정신없이 빠져 있는 홈즈를 보고 있자니 또 한번 그의 무섭도록 예리한 추리력이 발휘될 것이라는 예감이 들었다.

"왓슨, 먼저 집으로 돌아가게."

홀을 나오면서 홈즈가 말했다.

"왜? 어디를 가려고?"

"그래, 시간이 꽤 걸릴 거야. 삭스 코버그 광장 사건은 매우 심각하거든."

"심각하다고?"

"엄청난 음모가 숨어 있지. 하지만 오늘이 토요일이라 그게 좀 어렵군. 그래도 이제 그걸 중지시킬 때가 됐어. 그래서 말인데 오늘 밤에 자네의 도움이 필요할 것 같군."

"자네에게 도움이 된다면 언제라도 좋으니 말만 하게."

"그렇게 말해 주니 고맙군. 그러면 10시쯤 베이커 가로 와주게."

"알았네."

"그리고 약간의 위험이 있을지도 모르니 자네의 군용 권총을 가지고 오게."

홈즈는 손을 흔들어 보이고는 곧바로 몸을 돌려 인파 속으로 사라졌다. 나는 그가 사라진 쪽을 바라보며 잠시 멍하게 서 있었다. 가끔 느끼는 거지만 지금과 같이 갑자기 사라지는 홈즈를 볼 때마다 내가 우둔한 것은 아닌가 하는 생각이 들었다. 그와 같은 것을 보고 같은 것을 들었지만 나는 항상 그가 알아낸 것의 반도 알아채지 못했다. 지금도 홈즈는 이 괴상한 사건의 내막을 알아낸 것이 틀림없었다. 뿐만 아니라 앞으로 일어날 일에 대해서도 분명하게 알고 있는 것이다.

나는 마차를 타고 집으로 가면서 이 혼란한 상황을 정리해 보기로 했다. 백과사전을 베끼고 4파운드를 받았던 붉은 머리의 자베즈 윌슨, 사라져버린 붉은 머리연맹, 삭스 코버그 광장의 전당포에서 만난 빈센트 스폴딩, 그리고 권총을 가져오라는 홈즈의 의미심장한 말 등 모든 것이 생생했다.

하지만 아무리 생각해도 홈즈가 알아낸 것이 무엇인지 알수 없었다.

'도대체 무슨 일이 벌어진다는 걸까?'

그저 모든 것이 혼란스럽고 기괴하게만 느껴질 뿐이었다. 결국 나는 생각하기를 포기했다. 홈즈가 예언한 대로 무언가 일어날지도 모르는 위험에 대비해 휴식을 취하기로 했다. 그것이 내가 할 수 있는 최선이었다.

6. 어둠 속의 잠복근무

 9시 15분이 되자 나는 집을 나섰다. 조금 이른 감이 있었지만 하이드파크를 지나 옥스퍼드 가를 거쳐 걸어가기에는 적당한 시간이었다. 예상한 대로 나는 약속한 바로 그 시각에 베이커 가에 도착했다.

홈즈의 하숙집 앞에는 두 대의 마차가 서 있었다.

서둘러 2층으로 올라가 보니 홈즈는 두 명의 방문자와 함께였다. 그 중 한 사람은 익히 알고 있는 얼굴이었다. 바로 경시청의 피터 존스 경감이었다. 하지만 나머지 한 사람은 기억에 없었다. 그는 키가 크고 마른 몸매에 어딘가 슬퍼 보이는 얼굴의 사나이로 번쩍거릴 정도의 새 중절모와 점잖은 프록코트를 입고 있었다.

"오, 제시간에 왔군. 그러지 않아도 기다리고 있었다네."

홈즈는 말이 끝나기 무섭게 외투의 단추를 채웠고 사냥용 채찍을 선반에서 꺼내 챙겼다.

"이분은 오늘 밤 모험에 동행하실 메리웨더 씨라네."

"메리웨더 씨라면 혹시 시티 앤 서버번 은행의 은행장이신……."

"오, 알고 있었군. 정확하게 말하면 코버그 지점의 지점장이시지."

메리웨더는 고개를 숙여 보이는 것으로 인사를 대신했다.

"존스 경감하고는 이미 구면이지?"

"오랜만이오, 왓슨 박사. 또 한번 박사와 함께 모험을 하게 됐군요. 사건을 수사하는 데 이 늙은 사냥개까지 불러주시고 감사할 따름이오."

존스 경감은 특유의 과시하는 태도로 말했다.

"수확이 겨우 쥐새끼 한 마리에 그치는 일이 아니었으면 좋겠군요."

메리웨더가 기운 없는 목소리로 말했다.

"그런 일은 없을 겁니다. 제가 잘 알지만 여기 계신 홈즈 씨는 이 방면에 있어서는 탁월한 능력을 가지고 있으니까요. 어떤 때는 우리 경찰을 능가하지요."

대답을 한 건 존스 경감이었다.

"그렇다면 다행이오만 어쨌든 토요일 밤에 카드놀이를 하지 못하는 게 27년 만에 처음 있는 일이니만큼 그만한 수확이 있었으면 합니다."

"실망하지 않으실 겁니다."

홈즈가 경쾌하게 대답했다.

"메리웨더 씨에게는 오늘 밤에 그 어떤 카드놀이에서도 딸 수 없었던 60만 프랑이란 거액의 돈이 돌아갈 겁니다. 또 존스 경감은 그토록 뒤를 쫓았던 범인을 잡게 되겠지요."

"부디 그렇게 되기를 바랍니다."

메리웨더는 여전히 불만이 섞인 말투였다. 하지만 홈즈는 여전히 밝은 표정이었다.

"자, 이제 필요한 사람은 모두 모였으니 슬슬 나가 볼까요?"

두 손님이 앞의 마차를 탔고 나와 홈즈는 뒤의 마차를 탔다.

"이 사건의 범인은 두세 명은 될 거야. 그래서 존스 경감을 불렀지. 저 친구, 머리는 좋지 않지만 나쁜 사람은 아니거든. 특히 불도저

처럼 용감하고 끈질겨서 한번 물면 절대로 놓는 법이 없지. 이번에도 큰 도움이 될 걸세."

　말을 마친 홈즈는 의자에 몸을 기대고 콧노래까지 흥얼거렸다. 연주회에서 들었던 곡조를 흥얼거리고 있는 것이 분명했다. 마차는 가스등이 켜진 조용한 거리를 지나 패링턴 가로 접어들고 있었다. 하지만 나는 그때까지 그들이 나누던 대화를 알아듣지 못했으며 이 마차가 어디로 가는지도 알지 못한 채였다. 그중에서도 특히 내가 궁금했던 건 존스 경감이 잡게 될 거라는 범인이었다. 하지만 내가 묻기도 전에 마차가 서고 말았다.

　"다 왔군."

　마차가 멈춘 곳은 낮에 왔었던 번화한 거리였다. 우리는 마차를 보내고 메리웨더 씨를 선두로 해서 좁은 골목을 지나 어느 건물의 옆문 앞에 섰다. 메리웨더 씨는 가지고 있던 열쇠들 중에서 하나를 골라 그 문을 열었다. 곧바로 나선형의 계단이 있었고 그 끝에 다시 굳게 잠긴 철문이 나타났다. 잠겨 있는 철문은 그것이 전부가 아니었다. 두 번째 문을 지나 축축한 흙냄새가 물씬 풍겨 오는 통로를 내려가자 세 번째 철문이 또 우리 앞을 가로막았던 것이다. 그 문까지 열고 들어갔다. 안은 넓은 창고였는데 사방에 큼직한 나무 상자가 쌓여 있었다.

홈즈는 벽에 걸려 있던 등잔에 불을 붙이고는 주위를 살폈다.

"지금 온 통로나 위로는 침입이 불가능하겠군요."

홈즈의 말처럼 천장은 틈새 하나 없이 견고해 보였다.

"밑으로도 불가능할 겁니다."

메리웨더는 보란 듯이 지팡이로 바닥을 두드렸다.

쿵쿵거리는 소리가 창고 안에 울려 퍼졌다. 다음 순간 그의 얼굴이 하얗게 질렸다.

"소리가, 소리가 이상해!"

그는 당황한 듯 다급하게 외쳤다.

"조용히 하시오"

홈즈가 낮은 목소리로 그의 말을 막고 나섰다.

"시끄럽게 했다가는 모든 것이 허사로 돌아갈지도 모릅니다. 제발 부탁인데 저 나무 상자에 가만히 앉아 계십시오. 아무 소리도 내지 말고 말입니다."

내 친구의 목소리는 작았지만 거역할 수 없는 위엄이 느껴졌다. 메리웨더는 뭔가 불만이 있는 듯했지만 고분고분하게 시키는 대로 했다.

홈즈는 확대경을 꺼내 들고 돌이 깔려 있는 바닥의 틈새를 살피기 시작했다. 그 조사는 단 몇 초 만에 끝났다.

"됐습니다. 앞으로 한 시간은 기다려야 할 겁니다. 전당포 주인이 잠이 들어야 움직일 테니 말입니다. 그동안 제 친구에게 설명을 좀 해야 할 것 같군요. 이 친구는 아직 잘 모르고 있을 테니까요."

홈즈는 나를 보며 빙그레 웃었다.

"짐작하겠지만 지금 이곳은 메리웨더 씨가 점장으로 계시는 시티 앤 서버번 은행의 코버그 지점이네. 정확하게 말하면 지하 금고 안이지. 지금 런던의 내로라하는 범죄자들이 한껏 눈독을 들이고 있는 곳이고 말이야."

"왜?"

"그건 제가 설명하지요."

메리웨더였다.

"지금 이곳에는 60만 프랑이나 되는 금괴가 있기 때문입니다."

"60만 프랑?"

"네, 몇 달 전 프랑스 은행에서 차관해 온 겁니다. 지불 능력을 강화하지 않으면 안 됐거든요. 지금 제가 앉아 있는 이 상자만 해도 4만 프랑어치의 금괴가 들어 있지요. 그런데 포장도 뜯기 전에 이 지하 금고에 금괴가 있다는 소문이 나버렸습니다. 이 금괴를 탈취하겠다는 경고를 받은 것도 벌써 몇 번이나 됩니다. 이곳은 워낙에 안전한 곳이기 때문에 안심하고 있었는데 홈즈 씨가 위험하다고 하시더군요."

"범죄자들에게 있어 안전한 장소란 절대로 없지요."

홈즈가 말했다.

"자, 시간이 됐군요. 적을 맞을 준비를 해야겠지요. 먼저 등잔에 덮개를 씌우겠습니다."

"너무 어둡지 않소?"

메리웨더가 퉁명스럽게 말했다.

"어쩔 수 없습니다. 사실 메리웨더 씨를 위해 카드까지 한 벌 가지고 왔습니다만 이곳 상태를 보니 불을 켜놓는다는 건 아무래도 위험할 것 같군요. 그럼 이제 해야 할 일을 알려드리지요. 일단 각자 상자 뒤에 숨어 계십시오. 그러다 놈들이 나타나면 제가 불을 비출 겁니다. 바로 그때 재빨리 달려들어야 합니다. 왓슨, 만약 놈들이 총을 쏘거든 자네도 사정 보지 말고 쏘아 버리게. 자, 놈들은 아주 대담한 자들이니 모두 각별히 조심해야 합니다. 명심하십시오."

우리들은 모두 말없이 고개를 끄덕였다.

"소동이 있은 후 놈들이 달아날 길은 왔던 길을 되돌아 나가는 것뿐입니다. 바로 '자베즈 월슨 전당포'로 가게 되겠지요. 존슨 경감, 아까 부탁했던 일은 처리해 놓으셨겠지요?"

"물론이오. 전당포 앞에 경사 한 명과 건장한 경관 둘을 잠복시켜 놓았소."

"잘됐군요. 그럼 불을 끄겠습니다. 모두 조용히 하고 계셔야 합니다."

홈즈는 우리가 각자 상자 뒤에 자리를 잡기를 기다려 불을 껐다. 어둠 속에서의 시간은 평소보다 느리게 흐르는 것이 분명했다. 절대적인 암흑과 지하실의 축축한 냉기는 나를 조바심 나게 하기에 충분했다. 어느덧 한 시간이 지났다. 하지만 나는 뻣뻣해진 다리를 펼 생각도 하지 못한 채 무슨 소리가 나지 않는지에 온 신경을 집중했다. 드디어 뚱뚱한 존슨 경감의 거친 숨소리와 메리웨더의 가는 숨소리가 분명하게 구분될 정도로 예민해지기에 이르렀다.

그때였다. 갑자기 바닥에서 가는 불빛이 흘러나왔다. 모두 숨소리가 멎는 듯했다. 그 가는 불빛이 점차 밝아지더니 바닥이 갈라지면서 온 방을 밝힐 정도의 불빛으로 변했다. 바닥에 깔린 돌 하나가 모로 뒤집어지면서 커다란 구멍이 만들어졌다. 그 구멍으로 하얀 손이 불쑥 솟아올랐고 잇따라 소년같이 매끈한 얼굴이 슬그머니 나타났다. 분명히 전당포 점원, 빈센트 스폴딩이었다. 스폴딩은 날카로운 눈초리로 사방을 살펴보더니 구멍의 가장자리에 손을 대고는 반동을 이용해 위로 올라섰다. 재빠른 솜씨였다. 그의 뒤를 이어 올라온 자는 머리가 유난히 붉었다.

"아치, 끌하고 가방도 가지고 왔겠지?"

스폴딩이 낮은 목소리로 물었다.

"아, 가방을 안 가지고 왔어."

"맙소사, 정말 미치겠군. 지금 뭐 하자는 거야, 아치. 얼른 가서 가져와!"

아치라 불린 붉은 머리가 다시 아래로 내려가려 했다. 그 순간 홈즈가 번개같이 튀어나가 스폴딩의 목덜미를 붙잡았다. 곧이어 몸을 날린 존슨 경감은 붉은 머리의 옷을 붙잡았다. 그러나 옷이 찢어지면서 놈은 구멍 아래로 떨어졌고 그대로 달아나 버렸다.

"위험해, 홈즈!"

내 눈에 번쩍이는 권총이 눈에 띄었다. 스폴딩이 안주머니에서 권총을 꺼내고 있었던 것이다. 하지만 내가 권총을 겨누기도 전에 홈즈의 채찍이 공중을 갈랐다. 다음 순간 권총은 바닥을 굴렀다.

"포기해. 다 끝났다. 존 클레이."

홈즈는 여느 때와 다름없이 침착한 말투였다.

"흐흠, 그럴 것 같군."

그러나 홈즈에게 붙잡혀 있는 자는 더욱 침착한 목소리

였다. 얄미울 정도였다.

"하지만 다행스럽게도 내 친구는 붙잡지 못하겠군. 자네들한테는 유감스런 일이겠지만 말이야."

스폴딩, 아니 홈즈에게 존 클레이라고 불린 그자는 우리를 조롱하듯 키드득거리기까지 했다. 그러자 홈즈는 빙긋 웃으며 말했다.

"이거 미안하게 됐는걸. 자네 친구는 이미 수갑을 차고 있을 테니 말이야. 전당포 앞에 지키고 있는 경찰이 셋이나 되거든."

"저런, 빈틈없는 솜씨로군. 칭찬이라도 해줘야겠는걸."

"칭찬이라면 내가 해줘야겠지. 붉은 머리 연맹이라니…… 정말 누구도 생각하지 못할 기상천외한 작전이었어."

"자, 손을 내밀어. 달아난 네 친구는 곧 만나게 될 테니 걱정하지 말고."

곁에 있던 존스 경감이 수갑을 채우기 위해 클레이를 잡아끌자 범인은 거만하게 뿌리치며 말했다.

"그런 더러운 손이 내 몸에 닿지 않았으면 좋겠군."

이 거만한 범인은 수갑이 채워지는 동안에도 고개를 빳빳이 들고 경감을 노려봤다.

"자네가 잘 모르는 모양인데 내 몸엔 고귀한 영국 왕실의 피가 흐른다. 그러니 호칭과 말투에 각별한 예의를 차려줬으면 좋겠군."

"그렇게 하지요. 공작 전하."

존스 경감은 예의라고는 조금도 없는 태도로 키득키득 웃어가며 과장되게 허리까지 굽혀 인사를 했다.

"이제 경시청으로 모시고 갈 마차가 밖에서 기다리고 있으니 순순히 위층으로 올라가 주시겠습니까, 전하?"

존스 경감은 마지막 '전하'라는 호칭에 일부러 힘을 주어 말했다. 그것은 내가 보기에도 조롱하는 것이 분명했다. 그러나 클레이는 그렇게 생각하지 않는 듯했다.

"그러지."

존 클레이는 조금도 동요하지 않는 의연하고 거만한 태도로 대답했다. 그리고 우리 세 사람을 향해 가벼운 목례를 하고 수갑을 찬 채로 경감과 함께 유유히 계단을 올라갔다. 그가 시야에서 사라지자 은행장인 메리웨더가 홈즈의 손을 굳게 잡았다.

"뭐라 감사의 말씀을 드려야 할지 모르겠군요. 진심으로 감사드립니다. 홈즈 씨의 놀라운 능력이 아니었다면 꼼짝없이 저 귀중한 금괴를 모두 잃어버렸을 겁니다. 아, 생각만 해도 끔찍하군요. 홈즈 씨, 이 고마움을 어떻게 표현하면 좋을까요? 은행 차원에서 사례를 해드릴 테니 말씀만 하십시오."

"전 제 할 일을 한 겁니다. 개인적으로는 존 클레이에게 받아야 할 빚을 받은 것뿐이고 말입니다."

홈즈는 부드럽게 미소 지으며 말했다.

"아무튼 재미있는 사건이었습니다. 저로서는 이 기이한 사건에 참여한 것과 붉은 머리 연맹이라는 기발한 이야기를 들은 것만으로도 충분하군요."

7. 숨어 있던 진실

다음 날 아침 홈즈와 나는 베이커 가의 하숙집에서 마주 앉아 있었다. 홈즈는 위스키 잔을 앞에 놓고 담배를 피웠다. 나는 아직도 어제의 상황을 다 이해하지 못하고 있었다.

"홈즈, 존 클레이라는 자가 누군가? 자네는 잘 알고 있는 것 같던데?"

"그자는 전 영국을 통틀어 몇 손가락 안에 꼽히는 악당이라네. 살인, 절도, 화폐위조까지 안 해본 게 없을 정도지. 다른 거물급 범죄자들의 나이에 비하면 젊은 편이고 수법도 매우 창의적인 데가 있다고나 할까? 어쨌든 나는 오래전부터 그자를 찾고 있었네. 그런데 좀처럼 증거를 남기지 않는데다가 행동도 재빨라서 매번 아깝게 놓치고 말았지. 얼굴을 직접 본 것도 이번이 처음이야."

"그런데 고귀한 혈통이라고 거만하게 굴던데?"

"사실이라네. 그의 조부가 왕족의 피를 이어받은 공작이 거든. 그 역시 이튼 학교라 옥스퍼드 대학을 졸업한 수재지. 그는 이번 주에 스코틀랜드에서 금고를 털고 다음 주에는 콘월에서 고아를 위한 기금을 모으는 식의 이중적인 생활로 사람들 눈을 속여왔던 거야. 아주 영리한 자야."

"그 좋은 머리를 다른 곳에 썼으면 좋았을걸."

나는 안타까운 생각이 들었다.

"그래, 그랬다면 이번 사건같이 재미있는 일이 일어나지 않았겠지. 하여간 정말 기발한 상상력의 소유자인 것은 확실해. 그러지 않고서야 붉은 머리 연맹이라는 게 탄생할 수 없었을 테니 말이야."

"나는 아직도 잘 모르겠어. 자세히 설명 좀 해주게."

홈즈는 위스키로 목을 축이고 이야기를 시작했다.

"왓슨, 처음부터 범인들의 목적은 지하 금고 안에 있는 금괴였어. 하지만 자네도 보았겠지만 세 개나 되는 철문을 통과해서 금고로 가는 것은 불가능했네. 그가 눈독을 들인 건 은행과 등을 맞대고 있는 전당포였지. 그런데 마침 그 전 당포에서 점원을 모집하고 있는 거야. 그는 경쟁자들을 물리치고 점원으로 들어갔네. 그는 윌슨 씨의 머리가 붉은 것에 착안해서 계획을 짰어. 먼저 붉은 머리 연맹이라는 엉터리 단체의 이름으로 광고를 낸 후 아치라는 공범을 시켜 임시 사무실을 얻었고 클레이는 주인을 부추겼던 거야. 이렇게 해서 윌슨 씨는 8주 동안이나 하루에 네 시간씩 집을 비우게 되었지. 그러는 동안 범인들은 마음 놓고 땅을 팠던 거고 말이야. 1주일에 4파운드는 큰 돈이기는 하지만 60만 프랑을 손에 넣을 자들에게는 하찮은 금액일 뿐이었지. 결국 회원을 모집한다는 광고나 붉은 머리 연맹, 그리고 백과사전을 베끼는 일과 주당 4파운드의 급료는 모두 전당포 주인을 집 밖으로 끌어내기 위한 수단이었을 뿐이네."

"하지만 윌슨 씨의 설명만 듣고 그걸 어떻게 안 건가?"

"일단은 절반밖에 되지 않는 급료가 마음에 걸렸네. 그는 적은 급료를 감수하고라도 점원이 되기를 원했네. 필사적이었지. 그 이유가 무엇이었을까? 두 번째는 주인을 집 밖으로 내보내야 하는 이유에 대해 생각했네. 그가 무언가를 노리고 있다는 것은 분명했거든. 집 안에 여자가 있었다면 불륜을 생각했을 거야. 아니면 절도든가 말이네. 하지만 그럴 만한 여자도 없었고 부유한 집도 아니었지. 윌슨은 상처한 홀아비였고 전당포는 하루하루 근근이 연명하고 있었으니까 말이네. 난 틈만 나면 지하실로 달려간다는 말에 귀가 번쩍 뜨이더군. 게다가 윌슨 씨가 말해 준 스폴딩의 인상착의는 그동안 내가 수집해 놓은 클레이라는 자의 모습과 일치했던 거야. 거물급 범죄자가 한낱 전당포 점원이 되기 위해 필사적이었다? 그래, 해답은 지하실에 있었어. 왓슨, 그때 내가 떠올린 것은 바로 지하 통로였네.

삭스 코버그 광장의 전당포를 찾아가서 스트랜드가를 찾는 척하며 점원을 살폈네. 다행히 그자는 내 얼굴을 몰랐고 나 역시 마찬가지었어. 하지만 난 그의 얼굴을 보려고 했던 게 아니야. 어제도 얘기했지만 내가 궁금했던 것은 그의 무릎이었네. 내 예상대로 그의 무릎은 너덜거리고 허연 흙이 묻어 있더군. 사진 현상을 하는 데 무릎이 그렇게 더러워질 리는 없지 않겠나? 분명 무릎을 꿇고 땅을 팠던 것이 틀림없었어.

마지막 남은 문제는 그 지하 통로가 어디를 향해 가고 있는가였네. 왓슨, 전당포 앞에서 내가 지팡이로 도로를 두드렸던 것을 기억할 걸세. 나는 그때 지하 통로가 집 앞으로 뚫렸는지, 뒤로 뚫렸는지를 조사했던 거네. 소리로 보아 앞이 아닌 것은 확실했어. 그래서 가게 뒷길로 돌아가 봤지. 그런데 시티 앤 서버번 은행이 바로 그 전당포와 등을 맞대고 있었던 거야. 모든 의문이 풀렸지. 난 느긋한 마음으로 연주를 감상한 후 경시청과 메리웨더 은행장의 집을 찾아가 내 추리를 털어놓았네. 그 다음은 자네가 본 그대로야."

"하지만 어젯밤에 범행이 일어날 것이라는 건 어떻게 알아냈나?"

"어제 아침에 붉은 머리 연맹이 해산되지 않았나? 그것은 윌슨 씨를 더 이상 집 밖으로 내보낼 필요가 없었다는 뜻이지. 즉 지하 통로가 완성되었던 거야. 하지만 질질 끌었다가는 지하 통로가 발각될 수도 있었어. 게다가 또 어제는 토요일이었거든. 일요일에는 은행 직원들이 출근하지 않을 테니 적어도 월요일 아침까지는 발각될 염려가 없었지. 그들에게는 도난 사실이 늦게 발각될수록 피신할 시간을 버는 셈이니 그보다 더 좋은 날이 어디 있겠나?"

나는 저절로 탄성이 나왔다.

"정말 완벽한 추리로군. 아름답기까지 할 정도야."

홈즈는 늘어지게 기지개를 펴며 하품을 했다.

"덕분이라면 좀 이상하지만 어쨌든 모처럼 흥분되는 사건이었어. 하지만 벌써 또 권태롭기 시작하는군. 이런 진부

한 일상에서 벗어날 수만 있다면 이런 사건들은 언제든 환영이야."

"자네가 사건을 즐기는 것을 사람들이 안다면 뭐라고 할지 궁금하군. 하지만 일단은 자네에게 크게 감사할 거네."

"글쎄, 약간의 도움을 준 것에 지나지 않아. '중요한 것은 사람이 아니라 그 결과이다.'라는 말도 있지 않나? 나에게 감사할 일이 아니지."

홈즈는 어깨를 으쓱하며 멋쩍게 웃었다.

"하지만 홈즈, 그렇게 훌륭한 가문에 그 좋은 머리로 범죄만 일삼아 살아간다는 건 아무리 생각해도 애석한 일이군."

"그게 다 지나친 욕심 때문 아니겠나?"

홈즈는 잔에 남아 있던 위스키를 단숨에 들이켰다.

소포 상자

The Cardboard Box

수전 커싱

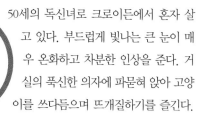

50세의 독신녀로 크로이든에서 혼자 살고 있다. 부드럽게 빛나는 큰 눈이 매우 온화하고 차분한 인상을 준다. 거실의 푹신한 의자에 파묻혀 앉아 고양이를 쓰다듬으며 뜨개질하기를 즐긴다.

친분 있는 사람이 많지 않아 손님이 찾아오는 일이나 우편물을 받는 일이 거의 없다. 어느 날, 끔찍한 소포를 받고 소스라치게 놀라 경찰에 신고하게 된다.

짐 브라우너

영국과 남아메리카를 왕복하는 기선의 선원으로 일하다가 커싱 자매의 막내 메리와 결혼한다. 결혼 이후 사랑하는 부인과 함께 있기 위해 리버풀과 런던을 오가는 배로 일자리를 옮긴다. 충동적이고 열정적인 성격이며 부인을 매우 사랑한다. 술을 많이 마셨으나 아내를 만난 이후 금주협회의 회원이 되며 성실하게 살아간다. 그러나 뜻밖의 일을 겪으며 다시 술에 의지하는 생활로 돌아간다.

사라 커싱

수전 커싱의 동생으로 세 자매 가운데 둘째이다. 독신이며 언니와 함께 살다가 성격이 잘 맞지 않아 따로 떨어져 살게 된다. 까만 머리에 키가 크고 날씬하다. 성격이 괄괄하고 눈치가 빠른데 주위 사람들에게 잔소리를 하며 몰아세우기도 한다. 리버풀의 동생 부부 집을 일주일간 방문했다가 동생 부부와 사이가 가까워져 아예 리버풀에서 살게 된다.

1917년 『홈즈의 마지막 인사』에 실린 「소포 상자」는 원래 『셜록 홈즈의 회상』에 실렸어야 하는 작품으로 『홈즈의 마지막 인사』에 수록되어 있는 작품들이 1908년부터 1917년까지 발표된 것에 비해 이 작품은 1893년에 발표되었다. 이 작품이 《셜록 홈즈의 회상》에 수록되지 못한 이유는 작품이 잔혹하고 불륜의 냄새가 지나치게 난다는 비난을 받았기 때문이었다. 그랬던 작품을 다시 1917년에 단편집에 수록한 이유는 무엇일까? 바로 '전쟁이 가져다 준 도덕의 해이'를 꼬집기 위해서였다. 즉, 이 작품은 『홈즈의 마지막 인사』에 수록함으로써 전통적인 가정의 정당성에 질문을 던진 것이다.

　작품 속 배경 연대는 1889년이다 .

1. 끔찍한 소포

이제까지 나는 내 친구 셜록 홈즈가 명쾌하게 해결한 사건을 기록할 때마다 그의 뛰어난 추리력을 잘 보여주는 전형적인 사건들 가운데 가능한 한 자극적 요소가 적은 것을 선별하려고 노력해 왔다.

하지만 불행히도 어떤 범죄 사건에 대해 이야기할 때 자극적인 부분을 완전히 삭제하기란 불가능하다. 따라서 기록하는 입장에서는 독자들의 심기를 배려해 사건의 자극적인 요소들을 생략함으로써 이야기를 변형시켜야 할지, 아니면 사건의 전말을 있는 그대로 전달해야 할지 선택해야 하는 곤란한 처지에 놓이기 마련이다. 기록자의 고민에 대한 이런 푸념은 그만 접고 아주 끔찍하고도 기이한 사건에 관한 이야기로 들어가야겠다.

한여름의 태양이 작열하던 8월 어느 날이었다. 베이커 가는 찜통처럼 후텁지근했고 한낮의 강렬한 햇살은 길가에 늘어선 노란 벽돌집들의 창문에 반사되어 눈을 따갑게 했다. 이 거리가 지난겨울, 두꺼운 안개에 묻혀 그렇게 우울하고 희미하게 보이던 바로 그곳이라고는 믿기 어려울 정도였다.

홈즈의 하숙집에 들어서니 그는 거실의 커튼을 반쯤 내리고 소파에 깊숙이 앉아 아침에 도착한 편지를 읽고 있었다. 나는 낮에도 나무 그늘의 기온이 섭씨 40도를 오르내리는 인도에서 군 복무를 한 탓에 더위에는 단련되어 추위보다 더위를 잘 견뎠다. 그런 내게 최고 기온이 32도 정도인 런던의 더위는 그리 대단치 않았다.

아침 신문에는 눈길을 끌 만한 기사가 없었다. 의회도 폐회 중이고 사람들은 모두 휴가를 떠나 런던은 조용한 도시가 되어버렸다. 나도 뉴포레스트의 울창한 숲이나 사우스시의 아름다운 해변으로 당장 달려가고 싶었지만 텅 빈 은행 잔고 때문에 휴가를 차일피일 미루고 있는 처지였다.

홈즈는 나와는 반대로 산이나 바다에 전혀 관심이 없었다. 대신 그는 5백만 명이 살아가는 이 도시 한복판에 남아 해결되지 못한 갖가지 범죄들을 직접 수소문하고 조사하기를 즐겼다.

홈즈에게는 화학실험, 바이올린 연주 등의 취미가 있었지만 자연을 감상하는 취미 따위는 애당초 없었다. 그가 여행을 떠나기 위해 짐을 꾸리는 것은 오직 이 도시의 범죄자들과 연관된 다른 지역의 범죄자들을 추적할 때뿐이었다.

홈즈는 거실에 들어선 내게 인사를 하는 체 마는 체하고 편지에만 온통 정신이 팔려 있었다. 그럴 때는 그에게 말을 건네도 소용없음을 알기에 나는 신문을 저만치 던져놓고 의자에 기대어 앉아 상념에 빠져들었다.

갑자기 침묵을 깨고 홈즈의 목소리가 들렸다.

"왓슨, 자네 생각이 옳다네. 분쟁을 해결하기 위해 그런 행동을 한다면 정말 어리석지."

"그럼, 물론이지."

나는 얼떨결에 대답하고 나서야 내 머릿속의 생각을 홈즈가 그대로 읽어냈음을 깨달았다.

"홈즈, 어떻게 내 생각을 알아낸 건가? 나로서는 도저히 그 방법을 추측할 수가 없군."

당황해서 어쩔 줄 모르는 나를 보며 홈즈가 낄낄거렸다.

　"자네도 아마 기억하고 있을걸. 며칠 전 내가 에드거 앨런 포의 단편에서 주인공 뒤팽이 논리적인 추리로 친구의 생각을 알아내는 대목을 읽어주었을 때 자넨 그저 작가의 놀라운 상상력일 뿐이라며 가볍게 넘겼지. 나에게도 뒤팽과 같은 면이 있는데 말일세."

　"아니, 그건 아니라네."

　"자네가 입 밖에 내어 말하지는 않았어도 의심하는 듯한 눈빛이었거든. 그래서 나는 조금 전 자네가 신문을 내던지고 생각에 잠기는 것을 보고는 지금이 자네의 생각을 읽어낼 좋은 기회라고 판단한 거라네."

　하지만 나는 여전히 이해할 수 없었다.

　"자네가 읽어준 대로라면 뒤팽은 주인공의 특정한 행동을 통해 그의 생각을 알아냈지. 하지만 나는 그저 조용히 의자에 앉아 있었을 뿐이었네. 자네에게 단서가 될 어떤 행동도 하지 않았네."

　"이보게, 인간의 얼굴에는 갖가지 감정이 담겨 있네. 특히 자네 얼굴은 그 감정을 고스란히 드러내는 편이라 할 수 있지."

　"내 얼굴에서 생각을 읽었다는 말인가?"

　"그렇다네. 특히 자네 눈에서. 자네는 조금 전의 몽상이

어떻게 시작되었는지 모르고 있군."

"전혀."

"그럼 말해 주지. 자네는 일단 신문을 내던졌네. 그러고
는 약 30초쯤 멍하니 앉아 있더니 새 액자에 끼워 걸어둔 고

든 장군의 초상화를 유심히 보더군. 그때 나는 표정이 바뀌는 자네 얼굴에서 어떤 생각이 시작되었다는 것을 알 수 있었지.

하지만 자네의 그 시선은 오래 지속되지 않았네. 자네는 다시 책 무더기 위에 놓인 헨리 워드 비처의 초상화를 바라보았어. 그 다음에는 벽을 잠깐 보았는데 그 행동의 의미는 아주 명확하지. '비처의 초상화도 액자에 끼워 고든 장군의 초상화와 함께 벽에 걸어둔다면 잘 어울릴 텐데.'라고 생각한 거야."

"아주 정확하군!"

내가 큰 소리로 외쳤다.

"여기까지의 내 이야기는 맞을 걸세. 그런데 자네 생각이 다시 비처에게로 옮겨갔네. 자네는 미간을 찡그리고 눈을 가늘게 뜨고 그의 초상화를 뚫어져라 보았지. 깊은 생각에 잠긴 표정이었어. 자네는 비처가 겪은 파란만장한 일들을 회상했겠지. 나는 자네가 남북전쟁 시기에 비처가 북부를 대표해서 맡았던 임무에 대해 생각한다는 것을 알 수 있었어. 왜냐하면 영국의 몇몇 과격분자들이 비처를 비난하자 자네가 격분했던 일을 기억하고 있기 때문일세. 잠시 후 자네는 초상화에서 눈을 떼더니 두 주먹을 불끈 쥐더군. 나는 처음에는 자네가 분명 남북전쟁에 참전한 용사들에 대해 생각 중이라고 결론 내렸지. 하지만 자네가 차츰 슬픈 표정을 짓더니 고개를 좌우로 저었어. 수많은 생명을 앗아간 전쟁의 비극에 대해 생각한 거겠지. 그러더니 씁쓸하게 웃으며 자네가 예전에 부상당한 부위를 슬쩍 만지더군. 그 행동은 국제적인 분쟁을 해결하기 위해 전쟁을 벌이는 것이 어리석다는 데에 생각이 미쳤음을 보여주었네. 그리고 바로 그 순간 나는 자네의 생각에 대한 동의를 표한 것일세."

"아주 정확하군. 그저 놀라울 뿐이네. 자네의 설명을 들었지만 여전히 놀랍다네."

홈즈가 씩 웃더니 말했다.

"왓슨, 이 정도의 추리는 별것 아니라네. 지난번에 자네가 내 말을 못 믿는 듯 보여 잠깐 자네 생각을 알아낸 것뿐이네. 하지만 지금 내가 맞닥뜨린 사건은 좀처럼 풀기 어려울 것 같아. 크로이든의 크로스 가에 사는 미스 커싱에게 참으로 괴이한 소포가 배달되었다는 기사를 신문에서 읽었나?"

"아니, 전혀 못 보았네."

"이런, 신문을 대충 보았군. 잠깐 그 신문을 이리 줘보게. 그래, 여기 경제난 바로 아래에 있네. 큰소리로 한번 읽어 보게."

나는 홈즈가 건넨 신문을 받아 들고 그가 말한 기사를 읽었다. 제목은 '끔찍한 소포'였다.

크로이든의 크로스 가에 사는 미스 수전 커싱에게 아주 불쾌하고 이상한 일이 발생했다. 현재로서는 누군가의 짓궂은 장난이라고 판단되며 이 일이 범죄와 관계가 있는지 여부는 아직 밝혀지지 않았다.

어제 오후 2시쯤 미스 커싱은 집배원에게서 갈색 종이로 포장된 작은 소포를 받았다. 소포 상자 안에는 굵은 소금이 가득차 있었다. 미스 커싱은 상자에서 소금을 쏟아내다가 사람의 귀 두 개를 발견하고는 소스라치게 놀랐다. 귀는 잘라낸 지 얼마 되지 않은 것이 분명해 보였다.

소포는 그 전날 아침 벨파스트 우체국에서 발송된 것이었으며 발송자가 누구인지는 적혀 있지 않았다. 더욱더 이상한 사실은 미스 커싱이 쉰 살의 독신녀로 조용히 살고 있으며 친분 있는 사람이 많지 않아 우편물을 받는 일이 드물다는 것이다. 그런데 미스 커싱은 몇 년 전 펜지에서 살 때 세 명의 의대생에게 방을 세놓았다가 그들이 너무나 소란스럽고 생활도 불규칙해서 내쫓은 일이 있다고 말했다. 이에 경찰은 그 의대생들이 사건을 저질렀을 가능성에 초점을 두고 수사를 진행하고 있다. 미스 커싱에게 원한을 품은 의대생들이 그녀를 놀라게 하기 위해 해부용 시체에서 귀를 잘라 보냈으리라 추측하고 있기 때문이다. 의대생들 중 북아일랜드의 벨파스트 출신이 있었다는 미스 커싱의 말은 이 가설의 신빙성을 더해 주고 있다. 사건은 현재 런던 경찰청의 수뇌부인 레스트레이드 경감의 지휘 아래 조사 중이다.

"〈데일리 크로니클〉은 그 정도면 됐네."

내가 기사를 다 읽고 나자 홈즈가 말했다.

"다음은 우리 레스트레이드 경감 차례네. 오늘 아침 그가 편지를 보냈지.

내가 읽겠네.

'홈즈 씨가 흥미를 느낄만한 사건이 발생했습니다. 아주 복잡한 사건은 아니지만 단서를 찾는 데 어려움이 있습니다. 벨파스트 우체국에는 이미 연락해 보았습니다. 그러나 하루에 접수되는 소포가 워낙 많아서 특정한 소포를 확인할 방법이 없고 발송자가 누구인지도 기억할 수 없다고 합니다.

상자는 허니듀honeydew(감로) 담배의 반 파운드들이 상자로 별다른 단서가 될 만한 것이 발견되지 않았습니다. 나는 의대생들이 가장 유력한 용의자라고 생각합니다. 홈즈 씨가 잠시 시간을 내주신다면 정말 감사하겠습니다. 나는 오늘 미스 커싱의 집이나 경찰서에 있을 예정입니다.'

어떤가, 왓슨? 찌는 듯한 더위지만 나와 함께 크로이든으로 가겠나? 아마 자네의 사건 기록에 큰 도움이 될 수 있을 걸세."

나는 신문을 내려놓고 의자에서 일어섰다.

"잘됐네. 할 일이 없어 심심하던 참이었거든."

"그럼 자네에게 할 일을 하나 주겠네. 벨을 울려서 사람을 불러 마차를 준비시키라고 이르게. 나는 외출복으로 갈아입고 담배 상자를 채운 뒤에 곧 내려 오겠네."

2. 두 개의 귀

기차를 타고 가는 동안 세찬 소나기가 내려 서인지 크로이든에 내릴 즈음엔 더위가 꽤 누그 러져 있었다.

홈즈가 출발 전 미리 보낸 전보를 받은 레스트 레이드 경감이 역에서 우리를 기다리고 있었다. 마른 체구 에 말쑥하게 차려 입은 그는 날카로운 눈매가 인상적이었으 며 한눈에 민첩한 경찰임을 알 수 있는 사람이었다. 우리는 역을 빠져나와 5분 정도 걸어 미스 커싱이 산다는 크로스 가에 도착했다.

크로스 가에 들어서니 길 양편으로 죽 늘어선, 흰 돌계단 이 있는 깨끗하고 단정한 2층 벽돌집들이 가장 먼저 눈에 들어왔다. 그리고 앞치마를 하거나 장바구니를 든 여자들

서너 명이 계단에 모여 수다를 떠는 모습도 볼 수 있었다. 레스트레이드 경감은 거리의 중간쯤에 자리한 집 앞에 이르러 걸음을 멈추고 문을 두드렸다. 그러자 자그마하고 앳된 하녀가 문을 열어 주더니 우리를 거실로 안내했다. 미스 커싱은 낡았지만 커다랗고 푹신해 보이는 소파에 앉아 있었다. 그녀는 부드럽게 빛나는 큰 눈 때문에 매우 온화하고 차분해 보였다. 미스 커싱의 무릎 위에는 한창 뜨개질 중인 의자 덮개가, 소파 옆 작은 의자 위에는 알록달록한 털실이 가득한 바구니가 놓여 있었다.

"아, 오셨군요. 그 소름 끼치는 물건은 창고에 넣어두었어요."

레스트레이드 경감을 보자마자 미스 커싱이 말했다.

"경감님, 그 소포를 제발 가져가주실 수는 없나요?"

"곧 그렇게 하지요, 미스 커싱. 당신이 있을 때 그 물건을 홈즈 씨에게 보여드려야 해서 아직 여기에 그대로 둔 것뿐입니다."

"아니, 그걸 보는데 왜 제가 꼭 같이 있어야 하나요?"

"홈즈 씨가 미스 커싱에게 몇 가지 질문을 할 수도 있습니다."

"그 물건에 대해 저는 전혀 아는 것이 없다고 이미 말씀드렸을 텐데요? 그런데도 또 질문을 하시겠다고요?"

"그렇게 생각하시는 것도 당연합니다, 미스 커싱."

홈즈가 나지막한 목소리로 달래듯 말했다.

"이 일 때문에 많이 귀찮으셨겠습니다."

"정말 성가셔요. 저는 조용하게 살고 있는 사람이에요. 제 이름이 신문 지면에 오르내리고 집에 경찰이 드나드는 건 난생 처음이랍니다. 다시는 그 물건을 집안에 들여놓고 싶지 않군요. 아니, 그 물건에 대해 더 이상 생각하기도 싫어요. 레스트레이드 경감님, 보고 싶다면 창고에 가서 봐주세요."

좁은 뒤뜰 한 귀퉁이에 허름하고 작은 창고가 있었다. 레스트레이드 경감이 안으로 들어가 노란 종이 상자, 구겨진 갈색 포장지, 시커먼 끈을 들고 나왔다. 우리는 화단 옆의 벤치에 걸터앉았다. 홈즈가 조끼 호주머니에서 확대경을 꺼내 경감이 건네준 물건들을 하나씩 자세히 관찰했다.

"허, 이 끈이 아주 흥미롭군."

홈즈는 끈을 엄지손가락과 집게손가락으로 집어들더니 밝은 햇빛에 비추어보고 냄새까지 맡아보았다.

"이 끈에 대해 어떻게 생각합니까, 레스트레이드 경감?"

"타르가 칠해져 있어 검게 보이는 노끈이군요."

"그렇습니다. 보시다시피 타르 칠을 한 노끈입니다. 매듭이 너무 단단해서 미스 커싱이 포장을 풀기 위해 가위로 끈을 잘랐다고 했지요? 양끝의 올이 풀려 있는 걸 보니 사실이군요. 이 끈은 사건을 푸는 데 아주 중요한 열쇠입니다."

"뭐가 중요하다는 건지 저는 잘 모르겠습니다만……."

레스트레이드 경감이 이상하다는 듯 홈즈를 바라 보았다.

"매듭이 온전히 남아 있는데 그 매듭의 형태가 매우 독특하다는 것, 이 점이 중요하지요."

"끈이 아주 깔끔하고 단단하게 묶여 있었다는 건 저도 이미 발견했습니다. 미스 커싱을 처음 방문했을 때 메모해 두었으니까요."

경감이 흐뭇해하며 말했다.

"자, 끈은 이 정도면 됐습니다."

홈즈는 씩 웃으며 끈을 내려놓았다.

"다음은 포장지를 볼까요? 커피 향이 살짝 풍기는 갈색 종이군요. 아니, 커피 향을 못 느꼈다고요? 분명히 향긋한 커피 향이 납니다. 그리고 발송자는 비뚤비뚤한 글씨로 주소를 썼습니다. 'S. 커싱, 크로스 가, 크로이든.'

굵은 펜을 사용했는데 아마 J펜일 겁니다. 번진 자국을 보니 잉크는 질이 나쁜 싸구려입니다. 그리고 '크로이든 Croydon'의 'y'를 'i'로 썼다가 고친 흔적이 있군요. 힘껏 눌러 쓴 각진 글씨는 이 주소를 쓴 사람이 남자임을 말해 줍니다. 그는 교육을 많이 받지 못했고 크로이든을 잘 모르는 사람입니다. 지금까지 증거물을 관찰한 성과는 아주 좋군요!

이제 마지막으로 상자를 살펴봅시다. 상자는 노란색 반 파운드들이 담배 상자고 바닥의 왼쪽 구석에 엄지손가락 지문이 두 개 있는 것 외에는 별다른 특징이 없습니다. 가죽을 보관할 때나 상업용으로 흔히 사용되는 굵은 소금으로 상자를 채운 다음,

그 속에 이상한 물건을 넣었군요."

홈즈가 뜰에서 찾은 나무판자 위에 상자에서 꺼낸 귀 두 개를 올려놓고 세밀히 검토했다. 홈즈를 사이에 두고 양옆에 앉은 나와 레스트레이드 경감은 고개를 쑥 빼고는 끔찍한 귀와 생각에 잠겨 있는 홈즈의 얼굴을 번갈아 쳐다보았다. 얼마나 시간이 지났을까. 홈즈는 귀를 다시 상자에 넣고 뚜껑을 조심스레 닫더니 목석처럼 앉아 생각에 열중했다.

"물론 경감도 알고 있겠지만 두 귀는 같은 사람의 것이 아닙니다."

드디어 홈즈가 말을 꺼냈다.

"물론 알고 있습니다. 하지만 해부실을 마음대로 드나드는 것이 가능한 짓궂은 곳은 의대생들이라면 두 사람의 귀를 보내는 것쯤은 식은 죽 먹기일 겁니다."

"그렇긴 하지만 이 소포는 단순한 장난이 아닙니다."

"홈즈 씨, 그게 정말입니까?"

"의대생들의 장난이라는 견해에는 문제점이 많습니다. 해부학 실습에 쓰이는 시체라면 클로로포름과 같은 방부제가 주입되어 있지요. 하지만 이 귀는 방부제로 처리한 게 아닙니다. 또 자른 지 얼마 되지 않은데다가 여러 번의 칼질을 한 흔적도 보입니다. 의대생들이라면 날카로운 메스로 단번에 잘랐겠지요. 또 이런 굵은 소금이 아니라 석탄산이나 정제 알코올 보존제를 사용했을 겁니다. 다시 말하지만 이것은 철없는 의대생들의 단순한 장난이 아닙니다. 우리는 중대한 범죄를 조사하는 중입니다!"

무섭도록 굳은 홈즈의 얼굴을 보니 나는 갑자기 등골이 오싹했다. 이 끔찍한 사건 뒤에는 어떤 불가사의하고 끔찍한 동기가 숨어 있는 것 같았다. 그러나 레스트레이드 경감이 반신반의하는 얼굴로 홈즈를 한참 바라보다가 고개를 저었다.

"장난이라는 견해에 대한 반대 의견도 있긴 합니다. 하지만 이 사건은 그저 장난에서 비롯되었다는 견해가 더 설득력이 있습니다. 미스 커싱은 펜지와 여기 크로이든에서 최근 20년간 조용히 살아온 정숙한 숙녀입니다. 여행으로 집을 비운 적도 없을 정도입니다. 그런 사람에게 도대체 어떤 범죄자가 범행의 증거를 보냈겠습니까? 또 미스 커싱이 완벽한 연기를 펼치는 배우가 아니라면 그녀 역시 그 일에 대해 전혀 모르고 있는 것이 틀림없지 않습니까?"

경감의 말이 끝나자마자 홈즈가 확신에 찬 목소리로 말했다.

"그게 바로 우리가 해결해야 할 문제입니다. 내 추리가 정확하다면 두 사람이 살해되었다는 가정 아래 조사를 해야 합니다. 하나는 여자의 귀입니다. 작고 섬세한 생김새와 귀고리를 하기 위해 뚫은 구멍을 보면 알 수 있습니다. 나머지 하나는 남자의 귀인데, 햇볕에 그을려 갈색이 되었고 역시 귀고리 구멍이 있지요. 이 두 사람은 아마도 사망했을 겁니다. 아직 살아 있다면 귀가 잘린 그들에 대한 소식을 우리가 벌써 들었을 테니까요.

오늘은 금요일이고 소포는 목요일 아침에 부쳐졌지요. 그렇다면 사건은 수요일이나 목요일 이전에 발생했다고 보아야 합니다. 두 사람이 살해되었다면 살인자 말고 누가 범죄의 증거를 미스 커싱에게 보냈겠습니까? 소포의 발송인은 우리가 찾는 범인일 겁니다.

범인이 소포를 미스 커싱에게 보낸 데는 분명 무슨 이유가 있겠지요. 아마 살인을 했다는 사실을 미스 커싱에게 알리거나 괴롭히기 위해서일 겁니다. 흔히 이런 경우라면 소포를 받은 사람은 누구의 짓인 줄 알고 있게 마련입니다. 그런데 미스 커싱은 범인이 누군지 알고 있을까요? 우리가 보았다시피 아닌 것 같습니다. 알았다면 경찰을 부르진 않았겠지요. 귀를 다른 사람 눈에 안 띄게 감추는 것이 가장 현명한 처사일 테니까요. 범인을 숨기려고 했다면 당연히 그렇게 했을 겁니다.

하지만 범인을 숨겨줄 생각이 아니기 때문에 미스 커싱은 즉시 경찰에 신고했지요. 그것이 바로 우리가 풀어야 할 문제입니다."

홈즈는 정원 울타리를 무표정하
게 바라보며 날카로운 목소리로 빠
르게 말하더니 갑자기 벌떡 일어섰다.

"미스 커싱에게 몇 가지 물어봐야 할
것 같습니다."

레스트레이드 경감도 일어서며 말
했다.

"그렇다면 저는 먼저 가겠습니다. 오늘
안으로 처리해야 할 일이 있어서 말입
니다. 저는 더 이상 미스 커싱에게서 새
로운 이야기를 듣긴 어렵다고 생각합니다. 그럼 크로이든의
경찰서에서 뵙겠습니다."

"나중에 역으로 가는 길에 경찰서에 들르겠습니다."

홈즈가 대답하고는 집으로 걸어갔다.

3. 세 자매

나와 홈즈는 거실로 다시 돌아왔다. 미스 커싱은 여전히 담담한 얼굴로 소파에 앉아 의자 덮개를 뜨고 있었다. 그녀가 뜨개질감을 내려 놓은 다음 고개를 들어 맑고 파란 눈으로 우리를 쳐다보았다.

"이 사건은 뭔가 확실히 잘못된 겁니다. 소포는 저에게 보낸 것이 아니니까요. 경찰청에서 나온 그 경감에게 여러 번 말했지만 대수롭지 않다는 듯 웃기만 하더군요. 제가 아는 한 그토록 저를 증오할 만한 적은 세상에 없어요. 그런데 누가 무엇 때문에 이런 괴이한 장난을 치겠어요?"

"저도 같은 생각입니다."

미스 커싱 옆에 앉으며 홈즈가 부드럽게 말했다.

"그 소포가 미스 커싱에게 보낸 것이 아니라고……."

홈즈가 갑자기 말을 멈추는 바람에 나는 매우 놀랐다. 그는 입술을 굳게 다문 채 부인의 옆얼굴을 뚫어져라 보고 있었다. 무언가에 열중한 홈즈의 얼굴에 놀라움과 안도감이 나타났다.

하지만 미스 커싱이 무슨 일인지 의아해하며 돌아보자 그는 다시 원래의 침착한 표정을 지었다. 나 역시 미스 커싱의 단정하게 틀어 올린 희끗희끗한 머리, 작고 동그란 금귀고리, 얌전한 얼굴 등을 열심히 살펴 보았으나 홈즈가 무엇 때문에 그렇게 놀랐는지는 도무지 알 수 없었다.

"몇 가지 질문이 있습니다."

"이제 질문이라면 아주 진저리가 납니다!"

미스 커싱이 손사래를 치며 외쳤다.

"당신에게는 여동생이 두 분 있지요?"

"아니, 어떻게 아셨나요?"

미스 커싱은 큰 눈을 더욱 크게 뜨고 물었다.

"거실에 들어설 때 벽난로 선반에 놓여 있는 사진을 보았습니다. 세 명의 숙녀분이 함께 찍은 사진 말입니다. 그 중 한 분은 틀림없이 미스 커싱이었는데 다른 두 분은 당신과 아주 닮았더군요. 그래서 자매일 거라고 생각했지요."

"정확히 맞히셨어요. 제 동생 사라와 메리랍니다."

"그리고 이 탁자 위의 사진은 당신의 여동생과 한 남자가 리버풀 항구에서 찍은 것으로 보입니다. 제복을 보니 남자는 선원 같군요. 이때 부인의 여동생은 아직 반지가 없으니 결혼 전이고요."

"정말 대단한 관찰력이군요!"

"무엇이든 관찰하는 것이 바로 제 직업이지요."

홈즈가 빙그레 웃음을 지었다.

"홈즈 씨 말이 맞습니다. 이 사진을 찍고 며칠 뒤 막내 동생 메리는 사진 속의 남자, 짐 브라우너와 결혼했습니다. 결혼할 당시 그는 남아메리카를 왕복하는 배에서 일했지만 동생을 너무 사랑한 나머지 리버풀과 런던을 왕복하는 배로 일자리를 옮겼답니다. 사랑하는 아내와 오래 떨어져 있는 걸 견딜 수 없어서 말이지요."

"그렇다면 정복자 호에 승선하겠군요?"

"아닙니다. 지난번에 들으니 메이데이 호를 탄다고 하더군요. 짐이 크로이든에 찾아온 적이 한 번 있었습니다. 그때는 그가 술을 끊기로 한 약속을 아직 잘 지키고 있을 때였지요. 하지만 그 후 육지에 있을 때는 항상 술을 마셨고 술만 마시면 완전히 제정신이 아니었어요. 다시 술을 마신 후로는 좋지 않은 일만 일어났지요.

술 때문에 저는 짐과 상종을 하지 않게 되었고 그 후 사라

도 그와 크게 다뤘다고 들었어요. 이제는 메리의 편지도 끊겨 동생 부부가 요즘 어떻게 사는지도 모른답니다."

미스 커싱의 목소리가 가늘게 떨리더니 잦아들었다. 쓸쓸히 홀로 살아가는 사람들이 으레 그렇듯이 그녀도 처음에는 낯선 우리에게 말을 아꼈으나 점점 이야기가 길어졌다.

여동생의 남편에 대해 여러 가지 이야기를 하더니 전에 하숙했던 의대생들의 이야기로 화제를 바꿨다.

미스 커싱은 그들의 무질서한 생활을 잘 드러내주는 온갖 사례들을 끊임없이 늘어놓았다. 이야기 끝에는 의대생들의 이름과 병원도 알려주었다. 홈즈는 처음부터 끝까지 경청하며 가끔 질문을 던지기도 했다.

"둘째 동생 사라 양도 독신인데 왜 함께 살지 않으시나요?"

"홈즈 씨가 사라에 대해 아신다면 제가 사라와 따로 사는 것을 당연하게 생각하실 거예요. 제가 크로이든에 왔을 때부터 사라와 쭉 같이 살다가 두 달 전에 헤어졌답니다. 내 동생에 대해 험담을 하고 싶지는 않지만 사라는 항상 다른 사람의 일에 일일이 간섭하기 좋아하는 데다 성격이 괄괄하고 까다로운 면이 있어요."

"사라 양이 리버풀에 사는 브라우너 씨와 싸운 적이 있다고 아까 말씀하셨지요?"

"그렇습니다. 한때 그들은 가장 좋은 친구였어요. 그래서 사라가 그들과 가깝게 지내기 위해 리버풀로 이사를 갈 정도였답니다. 그런데 지금은 브라우너에 대해 아주 심한 말만 하지요. 여기서 살았던 지난 6개월간 사라는 브라우너의 술버릇에 대한 험담만 늘어놓곤 했어요. 사라가 짐의 술버릇에 대해 잔소리를 하니까 브라우너가 참지 못해서 결국 싸우게 된 것이 아닌가 생각합니다."

"수사에 도움이 될 만한 이야기들을 해주셔서 감사합니다, 미스 커싱."

홈즈가 일어나 정중하게 인사했다.

"미스 사라 커싱이 월링턴의 뉴 스트리트에 산다고 말씀하셨지요? 그럼, 안녕히 계십시오. 부인 말씀대로 부인과는 관계가 없는 일로 불편을 끼쳐드려서 정말 죄송합니다."

마침 우리가 거리로 나섰을 때 마차 한 대가 집 앞을 지나고 있었다. 홈즈는 마차를 불러 세웠다.

"여기서 월링턴까지 거리가 얼마나 되오?"

"2킬로미터도 안 됩니다."

"잘됐군. 왓슨, 어서 타게. 쇠뿔도 단김에 빼라고 했네. 어려운 사건은 아니지만 이 사건과 관련된 몇 가지 아주 흥미로운 사실을 알아봐야겠어. 마부, 전신국에 잠깐 들러주시오."

　전신국에서 전보를 한 통 보내고 난 후 홈즈는 마차를 타고 가는 내내 몸을 등받이에 기대고 여유롭게 앉아 있었다. 뜨거운 햇빛을 가리기 위해 챙이 좁은 모자를 콧등까지 내린 채였다. 이윽고 마차가 어느 작은 2층집 앞에 멈춰 섰다. 홈즈가 마부에게 기다리라고 말한 후 문고리로 손을 뻗었다. 그때 갑자기 문이 열리더니 반짝이는 새 모자를 쓰고 검은 옷을 말쑥하게 빼입은 젊은 신사가 밖으로 나왔다.

"미스 사라 커싱은 집에 있습니까?"

홈즈가 신사에게 물었다.

"미스 커싱은 매우 아픕니다. 어제부터 심한 고열과 두통으로 고생하고 있습니다. 저는 그녀의 주치의입니다. 현재 사라는 절대 안정이 필요하기에 아무도 만날 수 없습니다. 열흘쯤 후에 다시 방문하시기 바랍니다."

그는 장갑을 끼더니 문을 닫고 거리로 내려갔다.

"뭐, 의사가 안 된다니 할 수 없지."

홈즈는 어깨를 으쓱해 보이더니 말했다.

"그렇게 병세가 심하다면 미스 사라 커싱을 만났더라도 큰 도움이 안 됐을 거네."

"그녀에게서 중대한 단서를 얻으려고 찾아온 건 아니었네. 단지 그녀 얼굴을 보려던 것뿐이었어. 어쨌든 내가 원하는 건 거의 다 얻은 것 같군. 마부, 이 근방에 어디 괜찮은 호텔이 없을까? 근사한 요리를 맛볼 수 있는 호텔로 우리를 안내해 주시오. 왓슨, 점심을 먹은 뒤 경찰서에 들러 레스트레이드 경감을 만나야겠네."

우리는 프랑스식 레스토랑에서 간단히 점심을 먹었다. 식사하는 내내 홈즈는 즐거워하며 바이올린에 대한 이야기를 들려주었는데 스트라디바리우스를 우연히 아주 싸게 구입했던 일화를 특히 신나게 말했다. 최소한 500기니는 돼

보이는 바이올린을 토튼햄 코트 거리에 있는 늙은 유대인의 전당포에서 겨우 55실링에 샀다는 것이다. 식후에는 차가운 포도주 한 병을 마시며 음악가에 대해 이야기를 나눴다. 홈 즈는 기분좋게 잔을 기울이며 명지휘자 파가니니의 괴팍한 성격, 뜨거운 열정에 대해 쉴 새 없이 말했다.

어느덧 오후가 거의 다 지나고 뜨겁기만 하던 햇살이 한결 부드러워졌을 때쯤 우리는 경찰서로 찾아갔다. 레스트레이드 경감이 문에서 우리를 기다리고 있었다.

"홈즈 씨, 당신에게 전보가 왔습니다."

"오, 답장이 왔군!"

홈즈는 봉투를 급히 뜯어 전보를 한눈에 훑어 읽더니 주머니에 아무렇게나 구겨 넣었다.

"이것으로 모두 끝났군."

레스트레이드 경감이 물었다.

"뭔가 알아냈습니까?"

"사건의 전말이 드러났습니다."

"뭐, 뭐라고요? 설마 농담은 아니시지요?"

레스트레이드 경감은 입을 떡 벌리고 홈즈를 바라보았다.

"경감, 난 아주 진지합니다. 무서운 범죄가 발생했고 이제 내가 모든 사실을 밝혀냈습니다."

"그럼 범인을 알아냈다는 말이십니까?"

홈즈는 명함을 꺼내 뒷면에 몇 자 휘갈겨 쓰더니 레스트레이드 경감에게 건넸다.

"여기 범인의 이름이 있습니다. 그런데 빨라야 내일 저녁에나 체포할 수 있을 겁니다. 아, 내가 이번 수사에 개입했다는 사실이 밝혀지지 않길 바랍니다. 나는 미궁에 빠진 사건에만 관여하고 싶습니다. 그만 가세나, 왓슨."

홈즈에게 건네받은 명함을 기쁜 얼굴로 들여다보는 레스트레이드 경감을 뒤로하고 우리는 역으로 향했다.

4. 소포의 수신인

 그날 저녁, 베이커 가의 하숙집에서 홈즈와 나는 담배를 피우며 이야기를 나누었다.

"이 사건은 말일세, 자네가 《주홍색 연구》, 《네 개의 서명》이라는 제목으로 기록한 사건들처럼 결과에서부터 추리를 시작해 원인을 찾아야 하는 사건이라네.

아직은 상세히 밝혀지지 않았지만 레스트레이드 경감이 범인을 잡게 되면 모든 사실이 드러날 걸세. 범인을 잡으면 우리에게도 알려달라고 부탁했네. 레스트레이드 경감이 머리가 조금 둔하긴 하지만 일단 표적을 발견하면 불도그처럼 물고 늘어지기 때문에 문제없이 범인을 체포할 걸세. 사실 그 끈질김 때문에 경찰청에서 최고로 인정받고 있지."

홈즈는 만족스러운 듯 눈을 가늘게 뜬 채 담배 연기를 길게 내뿜었다.

"그렇다면 소포 상자 사건이 아직 완전히 해결되지 않은 건가?"

"중요한 부분은 완전히 밝혀졌네. 이 끔찍한 일을 벌인 사람이 누구인지 알아냈거든. 하지만 피해자 중 한 명이 누구인지가 아직 밝혀지지 않았네. 자네는 사건을 지켜보며 나름대로 어떤 추리를 했나?"

"홈즈 자네는 리버풀 항구의 선원 짐 브라우너가 범인이라고 확신하고 있지 않은가?"

"맞네. 그가 확실한 범인이지."

"하지만 말일세, 아직 뚜렷한 증거는 없는 것 같네만……."

"그 반대네. 불을 보듯 아주 분명하게 드러난 사건이지. 자, 처음부터 하나씩 살펴보세. 자네도 알다시피 우리는 아무런 정보 없이 이 사건의 조사에 착수했네. 사전 정보 없이 수사에 착수하는 편이 언제나 유리하지. 선입견 없이 사건을 있는 그대로 객관적으로 볼 수 있거든.

우리는 어떤 가설도 세우지 않았네. 단지 미스 커싱의 집에 가서 소포 상자에 대한 조사를 시작하고 그 조사를 바탕으로 추리를 하게 되었지. 우리가 그 집에서 처음 무엇을 보았나? 전혀 감추는 게 없어 보이는 아주 온화하고 얌전한 미스 커싱, 그녀에게 두 여동생이 있다는 사실을 알려주는 사진을 한 장 보았어. 사진을 보는 순간, 문제의 상자가 미스 커싱의 여동생과 관련 있을지도 모른다는 생각이 문득 들더군.

하지만 본격적인 조사 전에 편견을 가질 수 있는 생각은 우선 접어두기로 했네. 그리고 뒤뜰로 가서 노란 종이 상자에 담긴 흉측한 내용물을 보았지. 그 소포 상자를 묶은 끈은 배에서 선원들이 돛을 꿰맬 때 사용하는 것이었네. 그래서 이 사건이 선원과 관련되었다는 걸 금방 알 수 있었지. 또 매듭은 선원들이 일반적으로 사용하는 방식으로 묶여 있었고 소포는 항구가 있는 곳에서 발송되었어.

소포 안에 들어 있던 남자의 귀에는 귀고리를 한 흔적이 있었는데 귀고리를 하는 남자는 육지보다 배에서 더 흔히 볼 수 있지. 따라서 범인은 선원이라는 확신이 들었네.

소포 포장지를 보니 수신인이 '미스 S. 커싱'이라고 쓰여 있더군. 미스 커싱의 이름이 수전이니 'S' 자로 시작되지만 그녀의 동생 사라도 이름이 'S' 자로 시작되네. 그러니 우리는 미스 커싱의 동생에게 초점을 맞추고 새롭게 조사를 시작해야 했어. 그래서 미스 사라 커싱에 대해 좀 더 확실히 알아보려고 다시 집으로 돌아갔지. 그리고 이번 사건은 뭔가 잘못되었다고 미스 커싱에게 말하려던 참이었지. 그런데 내가 갑자기 말을 멈췄던 걸 기억하겠나? 아주 놀랄 만한 것을 보았기 때문이었네. 그로 인해 조사의 폭은 상당히 좁혀졌지.

자네는 의사니까 잘 알고 있을 걸세. 귀처럼 사람마다 제각기 다르게 생긴 신체 기관은 드물지. 사람들의 귀마다 다른 특징이 있으니 말일세. 작년 인류학 관련 학술지를 찾아보면 귀의 특성에 대해 내가 기고한 소논문을 두 편 볼 수 있다네. 나는 상자 안에 들어 있던 귀를 전문가의 시각으로 검토하며 크고 작은 해부학적인 특징들을 세세하게 기억해 두었다네. 아니, 그런데 미스 커싱의 귀를 보니 내가 조금 전 관찰했던 여성의 귀와 거의 똑같이 생긴 것이 아닌가? 그러니 내가 깜짝 놀란 것도 당연하지. 단지 우연이 아니었어. 귓바퀴가 짧고 귓불이 넓은 것도 같았고 귓바퀴 안의 연골 조직이 동일한 나선형을 그리고 있는 점도 같았다네. 이처럼 여러 특징들이 일치하니 똑같은 귀라고 결론 내렸지.

나는 바로 그게 무얼 의미하는지 알았네. 피해자가 미스 커싱과 아주 가까운 혈연관계라는 사실이었지. 미스 커싱에게 가족에 대해 묻자 그녀는 곧 우리에게 중요한 이야기들을 해주었어.

첫째, 바로 밑의 동생 이름이 사라이며 최근까지 크로이든에서 같이 살았다는 말을 해주었네. 따라서 그 소포가 누구에게 발송된 것인지 명백히 드러났지. 둘째, 막내 동생과 결혼한 선원에 대한 이야기도 들었지. 사라가 한때는 동생부부와 아주 친했기 때문에 리버풀로 이사까지 가서 동생부부의 집 근처에서 살았다는 걸 알았네. 하지만 나중에는 사라가 브라우너와 크게 싸워서 사이가 틀어졌다고 했어. 그 싸움으로 몇 달 동안 서로 소식이 끊겼으니 브라우너가 사라에게 소포를 보내려 했다면 분명히 크로이든의 옛 주소로 보냈겠지.

자, 여기까지 추리하니 저절로 사건의 실마리가 풀리지 않나? 우리는 충동적이고도 아주 열정적인 그 선원의 생활 방식에 대해 들었네. 그가 사랑하는 여인과 가까이 있기 위해 수입이 훨씬 더 좋은 일자리를 선뜻 포기했다는 걸 기억하지? 또 때때로 술을 감당하지 못할 만큼 퍼마셨다고 했어. 그의 부인은 살해되었고 뱃사람이라 추측되는 한 남자도 함께 살해되었을 거라고 생각되네. 물론 눈을 멀게 하는 질투심이 비극적인 범죄의 동기겠지.

그런데 범인은 왜 범죄의 증거를 사라 양에게 보냈을까? 아마 그녀가 리버풀에서 살던 시절에 브라우너에게 이 살인 사건의 원인을 제공했기 때문일 걸세. 브라우너가 승선한 메이데이 호는 벨파스트, 더블린, 워터포드를 거쳐 가네. 따라서 그가 살인을 한 즉시 배에 탔다고 가정한다면 문제의 소포를 부칠 수 있는 첫 번째 장소는 벨파스트이지 않겠나.

그런데 이 과정에 대해 또 다른 가설도 가능하다네. 나는 이 가설이 진실일 가능성은 희박하다고 생각했지만 조사를 더 진행하기 전에 그 문제를 확인해 보기로 했지. 브라우너의 부인에게 버림받은 애인이 브라우너 부부를 죽였으며 남자의 귀는 짐 브라우너의 것일 수도 있다는 생각이었네. 이 가설이 성립하려면 여러 가지 걸림돌이 있긴 했어. 하지만 고려해 볼 가치는 있더군. 그래서 리버풀 경찰서에 있는 친구에게 전보를 보내서 브라우너 부인이 집에 있는지, 브라우너가 메이데이 호를 타고 떠났는지를 좀 확인해 달라고 부탁했네. 그 다음 우리는 사라를 만나러 월링턴으로 갔던 거라네.

무엇보다도 나는 사라의 귀가 다른 가족들과 얼마나 닮았는지 궁금했네. 물론 그녀가 우리에게 새로운 정보를 줄지도 모를 일이었어. 하지만 사실 그러리라고는 별로 기대하지 않았네. 크로이든이 온통 그 사건으로 떠들썩했으니까 사라도 전날 그 사건에 대해 들었겠지. 그리고 소포가 원래 누구에게 발송된 것인지는 그녀만이 알 수 있었을 걸세. 사라가 만약 경찰에 도움을 요청할 생각이었다면 벌써 연락해야 했지만 그녀는 경찰에 알리지 않았어. 그렇지만 그녀를 만나는 게 우리가 해야 할 일이니까 찾아간 거라네.

소포에 대한 소식을 들은 다음 심하게 앓아누운 걸 보니 그 소식이 사라 양에게는 매우 큰 충격이었음을 알 수 있네. 이 점으로 미루어 그녀가 소포 안에 들어 있던 두 개의 귀가 무엇을 뜻하는지 잘 알고 있다는 게 분명해졌고 우리가 그녀의 직접적인 도움을 받기 위해서는 열흘 이상 기다려야 한다는 것도 확실해졌지.

그러나 우리는 굳이 그녀의 도움을 받을 필요가 없었네. 왜냐하면 리버풀의 내 친구가 보낸 답변이 크로이든 경찰서에 이미 도착해 있었기 때문이지. 내가 친구에게 그리로 연락을 하라고 했다네. 그 답변이 사건해결에 아주 결정적인 역할을 했어. 브라우너의 집은 3일 이상 굳게 닫혀 있었는데 이웃들은 브라우너 부인이 친척을 만나기 위해 남부로 갔을 것이라고 말했다는 내용이었네.

또한 선박 회사 사무실에 확인한 바에 따르면 브라우너

는 메이데이 호를 타고 떠났다고 하더군. 내일 밤이면 그 배가 템스 강에 다다를 걸세. 그가 도착하면 머리는 조금 둔하지만 밀어붙이는 힘이 무서운 레스트레이드 경감을 만날 테고 그러면 모든 사실이 시원하게 밝혀지겠지."

5. 범인의 진술서

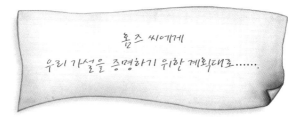

　　홈즈가 예상한 대로였다. 이틀 후 홈즈는 레스트레이드 경감이 쓴 간단한 편지와 타이프로 친 여러 장의 서류가 든 두꺼운 봉투를 받았다.

　　"아, 드디어 레스트레이드 경감이 범인을 잡았군."

편지를 읽던 홈즈가 잠깐 고개를 들어 나를 보았다.

　　"자네도 경감이 뭐라고 썼는지 궁금하지? 내가 읽을테니 들어 보게."

홈즈 씨에게

우리 가설을 증명하기 위한 계획대로……

"허, '우리의 가설'이라니? 정말 웃기는군. 왓슨, 안그런가? 아무튼 계속 읽겠네."

어제저녁 6시에 앨버트 선착장으로 가서 리버풀, 더블린, 런던 기선 회사 소유의 메이데이 호에 올랐습니다. 탐문 수사 결과, 짐 브라우너라는 선원이 승선하고 있음을 확인했으나 그가 이번 항해 중에 이해할 수 없는 행동들을 해서 선장이 일을 하지 못하게 했다는군요.

브라우너의 방으로 찾아갔더니 그는 나무 상자 위에 걸터앉아 머리를 두 손으로 감싸쥔 채 고통스러운 신음 소리를 내며 몸을 계속 앞뒤로 흔들고 있었습니다. 크고 건장한 체구에 말끔히 면도를 했으며 이전의 세탁물 사건에서 우리를 도왔던 알드리지처럼 피부가 햇볕에 구릿빛으로 그을려 있었습니다. 제가 체포하겠다고 외치자 그는 용수철처럼 튀어 일어났습니다. 그래서 나는 메이데이 호에 함께 승선한 해양 경찰 두 명을 부르기 위해 호루라기를 입으로 가져갔습니다. 하지만 그는 저항할 생각이 없는 듯 고개를 떨구고 고분고분하게 수갑을 찼습니다. 브라우너를 태동하고 배에서 내릴 때, 증거가 될 만한 것이 안에 있을까 하는 생각에 그의 소지폐이 들어 있던 나무 상자도 가지고 왔습니다. 하지만 상자를 열어보니 선원이라면 누구나 갖고 다니는 커다랗고 날카로운 칼 외에는 특별한 것이 없었습니다.

그러나 우리에게는 더 이상 증거가 필요하지 않았습니다. 경찰서에 도착한 후 브라우너가 몽고메리 경위에게 조사받을 때 진술서 작성을 원했기에 그의 진술을 속기사가 받아 적도록 했습니다. 타이프로 친 3부의 진

술서 복사본 가운데 1부를 보냅니다. 제가 예상했던 것처럼 사건은 아주 간단한 것이었습니다. 그래도 크로이든에 기꺼이 방문해 주시고 수사에 협조해 주셔서 감사합니다. 안녕히 계십시오.

G. 레스트레이드

　"뭐라고? 아주 간단한 사건이라고? 처음 나에게 도움을 청했을 때는 그렇게 생각하지 않았을 텐데 말이야. 어쨌든 그건 그렇고, 브라우너가 뭐라고 진술했는지 궁금하군. 이 서류가 바로 몽고메리 경위 앞에서 작성한 진술서란 말이지? 브라우너가 한 말을 하나도 빠뜨리지 않고 그대로 기록해서 그의 말을 직접 듣는 것 같군그래. 내가 소리 내어 읽어 보겠네.

　끔찍한 죄를 지은 사람이 무슨 할 말이 있냐고요? 네, 아주 많습니다. 이제 모두 말씀드리겠습니다. 저를 사형대로 보내든지 어두운 독방에 처넣든지 마음대로 하십시오. 어떤 처벌을 내리든 상관없습니다. 그 일 이후 전 단 하루도 제대로 못 잤습니다. 아마 그 일이 벌어지기 전으로 되돌아가지 않는 한 다시는 편히 잠들 수 없을 겁니다. 눈을 감으면 때로는 그의 얼굴도 보이지만 대부분은 아내의 얼굴이 떠올라 잠을 이룰 수 없습니다. 그 두 사람의 얼굴이 제 눈앞에서 떠나지 않습니다. 그는 얼굴을 일그러뜨리고 분노에 가득한 표정을 지었습니다. 하지만 순하고 여린 심성의 아내는 깜짝 놀란 얼굴이었지요. 아, 가엾은 사람! 전에는 사랑만이 가득하던 내 얼굴에서 살기를 느끼고는 당연히 너무도 놀랐을 겁니다.

하지만 모든 건 사라의 잘못입니다. 지옥의 심연에 떨어져 버린 남자의 저주를 그녀에게 내려주소서! 그녀의 모든 혈관의 피가 썩어 고통 속에서 죽어가게 하소서! 제 죄를 변명하려고 늘어놓는 말이 아닙니다. 제가 다시 술을 입에 대기 시작해 짐승이 되어버렸다는 걸 잘 압니다. 그래도 아내는 제게 용서를 베풀었을 겁니다. 그 마녀 같은 여자가 우리 앞길을 방해하지 않았더라면 아내는 그림자처럼 여전히 제 곁에 꼭 붙어 있었을 겁니다.

사라 커싱이 저를 사랑했다는 것이 사건의 발단이지요. 그러나 제가 진흙길에 찍힌 아내의 발자국을 사라의 몸과 마음보다도 더 사랑스럽게 여긴다는 걸 알게 되자 사라의 사랑은 악의에 찬 증오로 바뀌었습니다!

그들은 세 자매입니다. 첫째 수전은 마음씨가 좋은 사람이고, 둘째 사라는 악마이며, 셋째인 저의 아내 메리는 천사였습니다. 제가 메리와 결혼할 때 사라는 33세, 메리는 29세였습니다. 메리와 함께 살게 되자 저는 꿈만 같은 행복한 나날에 마냥 행복했습니다. 눈을 씻고 봐도 리버풀에서 아내보다 아름다운 여성은 찾을 수 없었답니다. 신혼 시절, 메리는 사라를 일주일간의 일정으로 초대했습니다. 그러나 그 일주일이 한 달이 되고 다시 석 달이 되더니 마침내 사라는 우리와 함께 살게 되었습니다. 그 당시 저는 블루 리본(금주협회의 회원이라는 표식)을 달고 있었으며 알뜰한 아내와 함께 조금씩 돈을 모으는 재미도 느끼고 있었지요. 우리 부부의 앞날은 밝기만 했습니다. 그런데 맙소사! 이런 비극이 생기고 우리 행복이 산산조각 날것이라고 누가 상상이나 했겠습니까?

저는 주중에는 승선하지만 될 수 있으면 주말에는 집에 있으려고 해왔습니다. 때때로 선박이 화물을 선적하기 위해 정박하게 되면 일주일 내내 집에 있기도 했습니다. 그러다 보니 사라와 자주 마주치게 되었지요. 까만 머리에 날씬하고 키가 큰 사라는 눈치가 빠르며 사람을 몰아세우듯 닦달하는 사람이었습니다. 항상 고개를 빳빳이 들고 다녀 거만해 보였고 특히 불꽃이 일듯 반짝이는 눈빛이 매우 날카로웠습니다. 하지만 메리와 함께 있을 때 한 번도 사라에 대해 생각한 적은 없다고 신에게 맹세합니다!

때로는 사라가 저와 단둘이 있고 싶어 하거나 자신과 산책을 나가자고 꾀는 것 같기도 했습니다. 그러나 저는 그럴 생각이 전혀 없었기에 관심도 보이지 않았지요. 그러던 어느 날 밤, 저는 사실을 알게 되었습니다. 항구에서 돌아왔더니 집에 아내는 없고 사라만 있었습니다. 겉옷을 벗어 걸고 소파에 앉으며 제가 물었지요.

'메리는 어디에 갔소?'

'식료품점에 계산할 것이 있다며 나갔어요.'

사라는 대답하며 제 곁에 바짝 다가와 앉더군요. 저는 조바심이 나서 벌떡 일어나 방을 왔다 갔다 했습니다.

그런 저를 잠시 쳐다보던 사라가 슬픈 표정으로 말했습니다.

'짐, 메리가 눈앞에 없으면 그렇게 불안한가요? 잠시라도 나랑 있는 건 불편해서 견디기 힘들다는 뜻이군요. 난 짐과 있으면 마음이 편안하고 즐거운데······.'

'아, 그런 게 아니오.'

당황한 저는 말하면서 그녀에게 손을 부드럽게 내밀었습니다. 그러자 사라가 두 손으로 제 팔을 꽉 잡았습니다. 그녀의 손은 불덩이 같았지요. 순간, 사라의 눈을 보고 그녀가 무엇을 원하는지 알았습니다. 말이 필요 없었지요. 저도 모

르게 인상을 쓰며 사라를 힘껏 뿌리치고 말았습니다. 그러자 그녀는 얼어붙은 듯 잠시 서 있다가 파르르 떨리는 손으로 제 어깨를 두드렸습니다.

'오늘을 절대 잊지 않겠어요, 짐!'

그녀가 소름끼치게 웃더니 밖으로 뛰쳐나갔습니다.

그날 이후부터 사라는 저를 죽일 듯이 증오했지요. 그런데도 사라가 계속 우리 집에 머무르게 하다니 제가 정말 어리석었습니다. 하지만 메리에게는 그 일에 대해 아무 말도 하지 않았습니다. 사실을 알면 언니를 사랑하는 메리가 몹시 충격 받을 테니까요.

처음에는 모든 게 전과 다름없었습니다. 그러나 시간이 흐르면서 메리에게 어떤 변화가 나타나기 시작했습니다. 착하기만 한 그녀는 사람을 의심할 줄 모르는 여자였습니다. 그런데 언젠가부터 의심이 많아지면서 마치 의부증에 걸린 것처럼 제가 어디에 있었는 지, 누구와 만나 무엇을 했는지, 제 선원복 호주머니에 무엇이 들어 있는지 등등 쓸데없이 모든 것들을 알고 싶어 했습니다.

시간이 지날수록 메리의 의심이 심해지고 신경질까지 늘어 우리는 사소한 일로도 끊임없이 말다툼을 했습니다. 저는 메리가 왜 그렇게 변해 가는지 그 이유를 도무지 알 수 없었습니다. 사라는 그 일이 있은 후부터 저와는 눈도 안 마주치려 하고 메리와는 아주 단짝이 되어 늘 붙어 다녔지요. 나중에서야 사라가 계획적으로 아내의 마음이 저에게서 멀어지도록 이간질했다는 사실을 알게 되었습니다. 하지만 당시 저는 눈 뜬 장님처럼 무슨 일이 일어나고 있는지 전혀 알 수 없었습니다.

저는 일에도 집중할 수 없어 근무도 소홀히 하게 되고 괴로움을 잊기 위해 다시 술을 입에 대기 시작했습니다. 그러나 메리가 변하지 않았다면 다시 술에 의지하는 일 따위는 없었을 겁니다. 제가 매일같이 술에 취해 있자 메리는 저를 혐오하게 되었고 우리 사이는 점점 더 벌어지게 되었지요. 더군다나 그때 알렉 페어베언이 나타나면서 일이 더더욱 걷잡을 수 없이 악화되었습니다.

페어베언이 우리 집에 드나들게 된 것은 사라를 만나기 위해서였습니다. 하지만 타고난 이야기꾼인 데다 외모도 깔끔한 그는 처음 만난 사람과도 곧 스스럼 없는 사이가 되는 부류였기에 곧 우리와도 친해졌습니다. 페어베언은 재치 있으며 자랑하길 좋아하는 남자였습니다. 세계 여러 곳을 여행한 사람인지라 경험한 일들을 생생하고 재미있게 들려주곤 했지요. 뭐 그는 괜찮은 친구였습니다. 그건 저도 인정합니다. 거친 선원치고는 아주 예의가 발라서 승객들에게도 평이 좋았으니까요. 한 달가량 그는 제 집을 들락거렸는데 저는 그의 싹싹하고 사교성 좋은 성격이 해를 끼치리라고는 한 번도 생각하지 않았습니다. 그러던 중 뭔가 미심쩍은 일이 일어났고 그날 이후 제 마음의 평화는 영원히 사라지게 되었습니다.

사실 그리 대단한 일은 아니었습니다. 어느 날인가 화물 선적이 예정보다 훨씬 일찍 끝났습니다. 점심이 조금 지났을 무렵 집에 돌아와 문을 열고 들어서자 소파에 앉아 있던 아내가 아주 반기는 표정으로 일어섰습니다. 그러나 제 얼굴을 보자마자 반가운 기색은 싹 사라지고 실망한 얼굴로 인사도 없이 앉더군요. 어떤 말도 없었지만 그걸로 충분했습니다. 저의 발소리를 페어베언의 것으로 착각했던 게 분명했습니다. 아마 그날 그를 만났다면 바로 죽여버렸을 겁니다. 저는 한번 화가 나면 미친 사람처럼 되어 앞뒤를 가리지 않으니까요. 살기로 이글거리는 제 눈을 보더니 메리가 겁먹은 얼굴로 달려와 제 팔을 잡았습니다.

'오, 안 돼요! 짐, 제발 진정해요!'

메리가 다급하게 말했습니다.

'사라는 어디 있지?'

'주방에서 차를 준비하고 있어요.'

메리가 대답했습니다.

'사라!'

주방으로 들어가면서 저는 소리쳤습니다.

'페어베언 그 자식이 다시는 내 집에 발을 들여놓지 못하게 하시오.'

'왜 안 되죠?'

'내가 그렇게 하라면 그냥 하면 되는 거요.'

'맙소사! 내 친구가 이 집에 들어올 수 없다면 나도 마찬가지겠군요.'

'당신 마음대로 하시오. 하지만 페어베언이 다시 여기 나타난다면 그 놈의 한쪽 귀를 잘라 당신에게 보내겠소.'

분노로 일그러진 제 얼굴을 보고 사라는 겁에 질렸습니다. 그러고는 아무 말 없이 그날 밤 바로 제 집을 떠났지요.

지금 생각해도 사라가 단지 우리 부부를 괴롭히려 했던 건지, 아니면 아내가 부정한 짓을 하도록 만들어서 제가 사라에게 관심을 갖게 하려던 건지는 알 수 없습니다.

어쨌든 사라는 우리 집 근처에 집을 얻더니 선원들에게 방을 빌려주기 시작했습니다. 페어베언은 그곳에 묵게 되었고요. 그러자 메리는 언니를 만나 다과를 나눈다는 핑계로 사라의 집을 뻔질나게 드나들며 페어베언까지 만났습니다. 누가 보면 메리도 사라의 집에 함께 사는 줄 알 정도로 그렇게 매일 찾아갔습니다.

그러던 어느 날 제가 사라의 집으로 가는 메리를 미행해서 갑자기 문을 열고 들어서자 페어베언은 겁쟁이처럼 잽싸게 뒷마당 담을 넘어 도망갔습니다. 그날 저는 다시 그와 함께 있는 걸 본다면 둘 다 죽여버리겠다고 아내에게 다짐했습니다. 그리고 새파랗게 질린 채 울기만 하는 아내를 끌고 돌아왔지요. 우리 사이에 사랑이라곤 남아 있지 않았습니다. 아내는 저를 증오했고 두려워하며 피했습니다. 견디기 힘든 저는 술을 더 많이 마셨고 그런 저를 아내가 더욱 경멸하게 되는 악순환이 되풀이되었지요.

사라는 세를 놓는 것만으로는 생활이 어렵게 되자 리버풀을 떠나 크로이든으로 돌아가서 언니와 함께 살았습니다. 사라가 떠난 뒤에도 아내와 제 사이는 여전히 냉랭했지요. 그리고 지난주에 그 비극이 일어나고 말았습니다.

6. 안개 속의 참변

저는 일주일간의 항해 예정으로 메이데이 호에 올랐는데 기관에 큰 고장이 났습니다. 배를 수리하기 위해 다시 항구로 돌아와 반나절 정박할 수밖에 없었지요. 배에서 내린 다음, 아내가 떠난 줄 알았던 저를 보면 깜짝 놀랄 거라고 생각하며 집으로 돌아왔습니다. 솔직히 저를 반갑게 맞이해 주기를 기대했습니다. 그런 생각을 하며 집 근처까지 왔는데 마차 한 대가 제 옆을 스쳐 지나갔습니다. 그런데 마차 안에는 아내가 페어베언과 함께 앉아 무슨 이야기가 그리 즐거운지 소리 높여 웃고 있는 게 아니겠습니까! 제가 바로 곁에서 자기들을 노려보며 서 있을 거라곤 전혀 생각하지 못했을 겁니다.

그때부터 저는 질투와 분노에 눈이 뒤집혀 제정신이 아

니었습니다. 지금 생각해 보면 그날 있었던 모든 일이 꿈처럼 희미하기만 합니다. 저는 그날도 아침부터 술을 퍼마셨습니다. 그래서 아직 술이 덜 깬 상태에서 그들을 발견하고는 완전히 미쳐버렸습니다. 지금 제 머리는 누군가 망치로 계속 두드리고 있는 것처럼 울립니다. 하지만 그날 아침에는 커다란 해머로 내려치는 듯 머리가 울리고 귀까지 윙윙거렸습니다.

극도로 흥분한 저는 얼른 마차를 쫓아갔습니다. 손에는 길에서 주운 제법 무거운 참나무 막대기를 들고 있었지요. 그들이 눈치채지 못하게 따라가려고 약간 거리를 두었습니다. 곧 그 마차는 기차역에서 멈췄습니다. 매표소는 사람들로 붐벼서 그들 가까이까지 다가갈 수 있었습니다. 그들이 뉴브라이튼행 표를 사서 2번 칸에 타길래 저도 같은 기차표를 사서 5번 칸에 탔습니다.

뉴브라이튼에 내리자 그들은 광장을 따라 걸었고 저는 일정한 거리를 유지하며 그들의 뒤를 밟았습니다. 그들은 해변가에 도착하더니 보트를 빌려서 바다로 배를 저어 나갔습니다. 더운 날이었으니 배를 타면 더 시원할 거라고 생각했겠지요.

바다 위에서라면 제 손아귀에 들어온 거나 마찬가지였습니다. 그날따라 안개가 짙어서 50미터 앞도 잘 보이지 않았

습니다. 저도 배를 하나 빌려 뒤를 쫓았습니다. 희미하게 그들의 배를 볼 수 있었지만 그 배도 제가 탄 배와 비슷한 빠르기로 나아가고 있어 해변에서 한참 벗어나서야 겨우 따라잡을 수 있었지요. 안개의 장막에 둘러싸인 바다 위에는 오직 우리 셋이 탄 보트 두 척만이 있었습니다.

오, 하느님! 안개를 헤치며 가까이 다가오는 배에서 저를 발견하고는 소스라칠 듯 놀라던 그들의 얼굴을 제가 어떻게 잊을 수 있겠습니까? 메리는 유령이라도 본 것처럼 비명을 질러댔습니다. 내 눈에 비친 살의를 보았는지 페어베언은 미친 놈처럼 욕을 퍼붓더니 노를 들어 저를 향해 내리쳤습니다. 저는 노를 피하면서 참나무 막대기로 그놈의 머리를 부숴버렸습니다. 그러자 메리가 쓰러지는 페어베언을 안고는 '알렉'이라고 부르며 울부짖더군요. 제가 아무리 제정신이 아니었어도 메리가 그러지만 않았으면 그녀를 살려줬을 겁니다. 저는 다시 막대기를 휘둘렀고 그녀는 페어베언 옆에 쓰러졌습니다. 저는 피를 맛본 맹수처럼 미쳐 날뛰었던 겁니다. 아마 사라도 거기 있었다면 같이 때려 눕혔을 겁니다. 그리고 저는 나이프를 꺼냈습니다.

이 정도면 충분하겠지요. 사라가 자신 때문에 벌어진 비극의 증거를 보면 어떤 기분일까 생각하니 희열이 느껴지더군요. 시체를 배에 묶고 배에 구멍을 낸 뒤 서서히 가라앉는 것을 지켜보았습니다. 저는 핏자국을 바닷물에 씻은 후 해변으로 돌아와 아무 일도 없었다는 듯이 메이데이 호에 승선했습니다. 그리고 그 날 저녁 사라에게 보낼 소포를 준비해서 다음 날 벨파스트에서 보냈습니다.

자, 여기까지가 사건의 전부입니다. 교수형을 선고하든 말든 마음대로 하셔도 좋습니다. 이미 저는 벌을 받고 있으니까요. 눈만 감으면 저를 쳐다보는 두 명의 얼굴이 보입니다. 제 배가 안개를 헤치며 나타났을 때 저를 바라보던 그들의 얼굴 말입니다. 저는 단번에 그들을 죽였지만 그들은 저를 서서히 말려 죽이고 있습니다. 그 얼굴들이 떠올라 잠을 설치는 그런 밤이 하루만 더 계속되면 저는 아침이 오기 전에 미치거나 죽을 겁니다. 저를 독방에 가두는 건 아니지요? 오, 제발 그러지 마십시오! 그렇게 하면 당신도 언젠가는 나와 같은 고통을 당하게 될 겁니다.

"이 사건에서 무얼 느꼈나, 왓슨?"

탁자 위에 서류를 내려놓으며 홈즈는 진지하게 말했다.

"살인과 폭력이 반복되는 불행에는 도대체 어떤 목적이 있단 말인가? 이 사건이 존재하는 데는 어떤 설명하기 힘든 이유가 있는 것 같군. 그렇지 않다면 이 세상의 일들이 의미 없이 그저 우연히 일어난다는 것인데……. 그건 아닐 걸세. 그렇다면 어떤 이유냐고? 이 사건은 인간의 이성으로는 그 이유를 영원히 밝혀 낼 수 없는 어떤 것이 존재함을 말하고 있다네."

어느 기술자의 엄지손가락

The Engineers Thumb

해더리

돈을 벌기 위해 라이샌더 스틱 대령의 요구를 들어주려다 엄지손 가락이 잘려 나간 수력기사. 그리니치에 있는 유명한 회사에서 견습공으로 일한 뒤 빅토리아 가에서 사업을 시작했으나 성과 없이 무의미한 시간을 보내다 스틱 대령의 이상한 제안을 받아들인다.

엘리제

위험에 처한 해더리를 구해주기 위해 위험을 무릅쓰고 도와준 부인.

라이샌더 스틱 대령

목적을 위해서라면 어떤 잔인한 행동도 서슴지 않는 냉혈한. 위조 화폐를 만들기 위해 사건이 있던 1년 전 수력기사 한 사람을 살해 한 혐의도 있다. 고장 난 기계를 고치기 위해 해더리를 유인한다.

작품 속 배경 연대가 1889년인 「어느 기술자의 엄지손가락」은 1892년 3월 〈스트랜드 매거진〉에 발표되었고 『셜록 홈즈의 모험』에 실렸다.

　저자 아서 코난 도일은 『셜록 홈즈의 모험』이 출판되기 1년 전인 1891년 11월 11일에 자신의 어머니에게 보낸 편지를 통해 '앞서 발표한 다섯 작품은 초기 작품 수준으로 좋은 책이 될 것'이라고 밝히고 있는데 여기에서 '다섯 편'은 「푸른 카벙클」, 「얼룩무늬 끈」, 「독신자 귀족」, 「에메랄드 왕관」 그리고 바로 이 작품 「어느 기술자의 엄지손가락」이다.

　한편 도일은 철학자 니체를 싫어해서 작품 곳곳에 니체와 관련된 인물들을 악당으로 배치하곤 했는데 이 작품에 나오는 '엘리제'는 독일어로 '엘리자베스'의 애칭으로 바로 니체의 여동생이기도 하다.

1. 잘려나간 엄지손가락

해더리 씨의 엄지손가락 사건과 워버튼 대령의 사건은 내게 다른 사건들보다 더욱 특별하게 기억된다. 그 이유는 홈즈가 해결한 수많은 사건 가운데 내가 그에게 직접 소개해 준 것은 이 두 건뿐이기 때문이다. 두 사건 가운데 아마도 워버튼 대령 사건이 복잡하고 규모도 커서 까다로운 사건일수록 흥미를 느끼는 홈즈에게는 더 의미가 있었을 것이다. 해더리 씨 사건은 기이한 발단과 전혀 예기치 못한 진행 과정으로 인해 사건 해결 과정에서 논리적이고 체계적인 추리를 즐기는 홈즈에게는 평이한 사건이었을지도 모른다.

그러나 색다른 사건을 접하고 싶어 하는 독자들을 고려할 때 워버튼 대령의 사건보다 해더리 씨 사건을 기록할 가치가 더 크다고 생각한다. 신문사들이 예전에 이 사건을 몇 차례 기사화했으므로 아마 어렴풋하게나마 기억하는 사람도 있을 것이다. 하지만 이런 종류의 사건이라면 흔히 그렇듯 사건의 진상을 밝히기에는 터무니없이 적은 지면을 할애받아 간략하게 소개되었을 뿐이다. 그러므로 갖가지 사건이 시간 순서에 따라 펼쳐지고 단서가 발견될 때마다 진실에 한 발씩 다가서며 이러한 전개 과정을 거쳐 얽혀 있던 수수께끼가 조금씩 풀려나가는 회고록이 짧은 기사에 비해 사건의 전모를 알리는 데 효과적이다. 사건이 발생한 지 2년이나 지났지만 그때 받았던 깊은 인상은 아직도 선명하게 남아 있다.

내가 이야기하려는 사건은 1889년 여름에 일어났다. 그 무렵은 내가 막 결혼을 하고 개인 병원을 열었을 때였다. 자연스럽게 베이커 가 하숙집에 홈즈를 남겨두고 떠나게 되었지만 그 후로도 나는 그를 자주 찾아갔으며 가끔은 그가 우리 부부를 찾아오도록 설득하기도 했다. 내 병원은 작았지만 찾아오는 환자가 차츰 늘어났다. 병원이 패딩턴 역 바로 옆에 자리하고 있었으므로 단골 환자 중에는 역무원들도 많았다. 그 가운데 오랫동안 고질병에 시달려오던 한 남자는 내 치료를 받고 씻은 듯이 회복되었다. 그러자 그가 나에 대해 여기저기 소문을 내주는 한편, 자기 주변에 환자가 생기면 내가 왕진을 가도록 소개하기도 했다.

어느 날 아침, 하녀가 방문을 두드리는 소리에 잠이 깼다. 시계를 보니 아직 7시 전이었다. 패딩턴 역에서 온 두 남자가 진찰실에서 기다리고 있다는 것이다. 그 동안의 경험을 통해 철도 사고는 심각한 부상을 남긴다는 사실을 잘 알고 있었기에 서둘러 옷을 갈아입고 아래층으로 내려갔다. 환자 대기실에는 우리 병원에 대해 소문을 내고 다니는 그 역무원이 있었다. 그는 나를 보더니 진찰실 문을 쾅 닫았다.

"안에 있습니다."

그가 팔을 뻗어 진찰실 문을 가리키며 나지막한 목소리로 말했다.

"뭐 심각한 것 같진 않습니다."

"진료실에 대체 누가 있나요?"

그의 별난 행동이 마치 진찰실에 야수라도 잡아놓은 듯 보여 그렇게 물었다.

"이 병원에 처음 온 환자입니다. 내가 직접 데리고 와야 할 것 같아서요. 그렇지 않으면 아마 도중에 도망갔을 겁니다. 어쨌든 그가 살아 있는 채 데려왔습니다. 그럼 선생님,

이만 가보겠습니다. 나도 할 일이 많은 사람이니까요."

환자를 데려온 역무원은 내가 인사를 하기도 전에 재빨리 나가버렸다.

진찰실 문을 조심스레 열고 들어가 보니 트위드 양복을 단정하게 입은 젊은 신사가 책상 앞에 앉아 있었다. 책상 위에는 부드러운 천으로 만든 모자가 놓여 있었다. 그는 한 손에 손수건을 감고 있었는데 거기서 피가 붉게 배어 나와 있었다. 스물다섯 살이 채 안되어 보였으며 남자답게 생긴 얼굴은 핏기 하나 없이 초췌했다. 심한 정신적 충격을 받았는지 거의 패닉 상태라는 것을 알 수 있었다.

"병원이 문을 열기도 전에 불쑥 찾아와 죄송합니다."

청년이 천천히 입을 열었다.

"하지만 지난 밤 저는 큰 사고를 당했습니다. 아침에 패딩턴 역에 도착해서 병원을 찾았더니 어떤 친절한 분이 여기까지 데려다주셨지요. 하녀에게 명함을 건넸는데 저쪽 탁자 위에 올려놓더군요."

나는 명함을 소리 내어 읽었다.

> 빅터 해더리
>
> 수력기사
>
> 빅토리아 가 16 A(4층)

"많이 기다리셨다면 미안합니다."

나는 진찰 의자에 앉으며 말했다.

"밤차를 타고 오셨겠군요. 무척 지루하고 답답하셨지
요?"

"지난밤은 그다지 지루하지 않았습니다. 이런 일을 겪었
으니까요."

청년은 손수건으로 칭칭 감은 한쪽 손을 들어 보이더니
갑자기 웃기 시작했다. 성악가의 노래처럼 우렁차고 높은
소리였다. 그는 허리를 한껏 젖히더니 어깨를 들썩이며 숨
이 넘어갈 듯 웃어댔다. 나는 그가 심각하게 병적인 정신 상
태임을 직감했다.

"이제 그만 진정하세요."

그를 달래듯 말하고 컵에 찬물을 따라 마시게 했다. 그러
나 효과는 없었다. 이것은 강인한 정신력으로 위기를 견딘

사람이 긴장이 풀렸을 때 흔히 겪는 신경질적인 발작 증상이었다. 잠시 후 그는 원래의 침착한 모습으로 돌아왔으나 기진맥진한 듯 얼굴이 새하얘졌다.

"이런 모습을 보여 죄송합니다."

청년이 가쁘게 숨을 몰아쉬었다.

"괜찮습니다. 자, 이걸 좀 마셔요."

물에 브랜디를 조금 섞어 건넸다. 잠시 후 그의 얼굴에 혈색이 돌아오기 시작했다.

"기분이 좀 나아졌습니다."

그가 말했다.

"선생님, 이제 엄지손가락을, 아니 엄지손가락이 있던 자리를 한번 봐주십시오."

그는 손수건을 풀더니 손을 내밀었다. 그러자 심한부상을 보는 데 단련된 나 같은 의사도 절로 몸서리쳐지는 상처가 드러났다. 네 손가락 옆, 그러니까 엄지 손가락이 있어야 할 곳은 섬뜩하도록 새빨갰다. 엄지 손가락이 뿌리부터 바짝 잘리거나 찢겨나갔는지 스펀지처럼 송송 구멍이 뚫린 조직이 다 드러나 있었다.

"세상에! 끔찍하군!"

나도 모르게 외쳤다.

"심각한 상처입니다. 출혈이 심했겠군요."

　"맞습니다. 이 일을 당했을 때 저는 한참 동안 정신을 잃고 쓰러져 있었습니다. 얼마 후 의식이 돌아왔지만 피가 좀처럼 멈추지 않아 손목을 손수건으로 동여 매고 작은 나뭇가지를 댔습니다."

　"훌륭한 응급처치입니다. 외과의사 못지않은 실력입니다."

　"출혈도 일종의 수력학 문제이니 제 전공과 통합니다."

　"엄지손가락이 무겁고 날이 선 칼로 단번에 잘렸습니다."

　나는 상처를 자세히 들여다보았다.

"고기를 써는 칼 같았습니다, 선생님."

"사고가 났나 보군요?"

"아닙니다."

"누가 일부러 잘라낸 겁니까?"

"맞아요. 하마터면 죽을 뻔했습니다."

"정말 믿을 수 없는 일이군요."

상처를 깨끗하게 닦아내고 약을 바른 다음, 거즈를 대고 석탄산으로 소독한 붕대를 감았다. 환자는 말없이 의자에 몸을 기댄 채 고통을 참아냈는데 가끔 입술을 꽉 깨무는 것으로 그 통증을 짐작할 따름이었다.

"자, 치료가 끝났습니다. 기분은 좀 어떻습니까?"

나는 붕대와 거즈 등을 정리하며 물었다.

"아주 좋아졌습니다. 이제는 힘이 좀 납니다. 워낙 크게 놀랐으니까요."

"그 이야기라면 하지 마세요. 또 흥분하면 상처에 좋지 않습니다."

"네, 알겠습니다. 경찰을 찾아가 이야기해야겠지요. 그런 데 말입니다. 상처라는 확실한 증거가 없다면 경찰이 과연 제 말을 믿어줄지 의심스럽습니다. 워낙 이상한 사건인 데 다 증거나 목격자도 없으니까요. 운이 좋아 경찰이 저를 믿어준다 해도 단서를 찾아내기 어려울 겁니다. 과연 이런 짓을 저지른 자를 법정에 세울 수 있을지도 의문입니다."

"저런, 안타까운 상황이군요."

나는 진심으로 말했다.

"그런 까다로운 문제라면 경찰을 만나기 전에 내 친구 셜록 홈즈와 이야기해 보면 어떻겠습니까?"

"아, 그분에 대해서는 들어본 적이 있습니다. 물론 경찰도 찾아가 봐야겠지만 그 분이 이 사건을 조사해 주신다면 정말 마음이 놓일 것 같습니다. 그분을 소개해 주시겠습니까?"

"내가 지금 홈즈에게 안내해 주겠습니다."

"그렇게 해주신다니 정말 고맙습니다."

"마차를 부를 테니 타고 갑시다. 바로 출발하면 함께 아침식사를 할 수 있겠군요. 그런데 좀 움직여도 괜찮겠습니까?"

"그럼요. 그분에게 제가 겪은 일을 다 이야기하기 전에는 마음이 편해지지 않을 것 같습니다."

"마차를 부르도록 하인을 보내겠습니다."

나는 하인을 불러 심부름을 보낸 후 위층으로 올라가 아내에게 간단히 설명을 했다. 5분 후 청년과 나는 이륜마차를 타고 베이커 가로 향했다.

2. 이상한 거래

홈즈는 아침이면 늘 그렇듯이 편안한 실내복 차림으로 거실 소파에 앉아 〈타임스〉를 읽고 있었다. 입가에는 파이프가 물려 있었는데 아침이면 그는 전날 피운 담배 찌꺼기를 모아 벽난로 선반에서 잘 말린 것을 파이프에 꾹꾹 채워 넣었다.

평상시와 다름없이 부드럽고 친절한 홈즈의 환대를 받은 다음, 식탁에 둘러앉아 베이컨과 달걀로 간단하지만 훌륭한 식사를 했다. 식사가 끝나자 그는 청년을 소파에 편히 눕도록 한 후 머리맡에 푹신한 쿠션을 대주고 브랜디를 한 잔 권했다.

"해더리 씨, 당신이 충격적인 일을 겪었다는 걸 알고 있

습니다."

즈가 말했다.

"부디 편안히 누워 안정을 취하십시오. 사건의 세세한 부분까지 이야기해 주셔야 하지만 힘들면 언제든 말을 멈추고 브랜디를 마시도록 하십시오. 그럼 기운이 좀 날 겁니다."

"배려에 감사드립니다. 왓슨 선생님의 치료를 받고 기운을 차렸는데 맛있는 아침식사까지 먹었으니 완전히 회복된 듯한 기분입니다. 바쁘신 분들의 시간을 뺏지 않도록 지금부터 사건에 대해 이야기하겠습니다."

홈즈는 졸린 것처럼 눈을 반쯤 감고 커다란 안락의자에 몸을 묻었다. 그 자세는 홈즈가 긴장하고 있다는 걸 감출 때마다 보이는 표정이었다. 나도 홈즈의 맞은편 의자에 앉아 청년의 기이한 이야기에 귀를 기울였다.

　"저에 대해 우선 말씀드릴 것은 양친은 이미 돌아가셨고 저는 아직 독신이라 런던에서 혼자 하숙을 하고 있다는 사실입니다. 수력기사로 일하고 있는데 그리니치에 있는 유명한 베너 앤 매디슨 사에서 7년간 견습공으로 일하며 경력도 꽤 쌓았지요. 2년 전 견습 기간을 마칠 무렵 아버지가 돌아가시게 되어 유산을 물려받았습니다. 그 돈으로 사업을 하려고 빅토리아 가에 작은 사무실을 차렸습니다.

　누구나 사업을 시작한 초기에는 많은 고생을 한다고들 말하지만 저는 특히 잘 풀리지 않았습니다. 2년 동안 제가 맡은 일이라곤 상담 세 번, 작은 규모의 일 한 번뿐이었습니다. 총수입은 27파운드 10실링에 그쳤지요. 아침 9시부터 오후 4시까지 작은 사무실에 우두커니 앉아 있는 것이 하루 일과였기 때문에 나중에는 심각하게 고민했습니다. 사업이란 만만치 않구나, 다른 회사에 취직을 하면 어떨까 하고 생각하기에 이르렀지요.

　그런데 어제였습니다. 사무실 문을 닫으려는데 직원이 들어오더니 한 신사가 일과 관련된 상담을 하고자 찾아왔다고 했습니다. 그가 내민 명함에는 '육군 대령 라이샌더 스틱'이라고 적혀 있더군요. 직원을 따라 그가 들어왔습니다. 키는 조금 큰 편이었고 비쩍 마른 남자였는데, 제가 이제껏 만난 사람 가운데 가장 마른 사람이었습니다. 뾰족한 코와 턱이 두드러진 얼굴이었는데 볼에는 살이 전혀 없어 광대뼈 윤곽이 그대로 드러나 보였습니다. 하지만 마른 것은 체질 때문인 듯 그는 무척 건강해 보였지요. 생기 넘치는 눈빛, 힘찬 걸음걸이, 그리고 당당한 태도가 그 증거였습니다. 수수하지만 깔끔한 옷차림이었고 마흔 살 쯤 되어 보였습니다.

'해더리 씨?'

그는 딱딱한 독일식 억양이 느껴지는 말투로 물었습니다.

'당신은 노련한 기술자이고 신중하고 입이 무거운 분이란 말을 듣고 찾아왔소.'

칭찬을 들으니 기분이 좋긴 하더군요. 그러나 겸손한 태도로 정중히 인사했습니다.

'실례지만 어떤 분이 저를 추천해 주셨습니까?'

'뭐, 그건 중요하지 않소. 당신은 부모가 없고 독신이고 런던에서 혼자 산다고 들었는데 맞소?'

'네, 그렇습니다. 하지만 그것이 일과 어떻게 관계되는지 잘 모르겠군요. 제게 일을 의뢰하려고 오신게 아닙니까?'

'그건 맞지만 특별한 이유가 있어 확인을 하려는 거요. 일 때문에 당신을 찾아왔지만 한 가지 조건이 있소. 이 일에 대해 반드시 비밀을 지켜야 한다는 조건이지. 절대 비밀을 지켜야 하오. 그래서 가족이 있는 사람보다는 혼자 사는 사람을 찾고 있다오.'

'전 한 번 약속한 것은 무슨 일이 있어도 지킵니다.'

말하는 동안에도 그는 눈동자를 이리저리 굴리며 저를 자세히 훑어보았는데 그렇게 불안스러워하고 경계하는 얼굴은 처음 보았습니다.

'그럼 약속하는 거요?'

한참 후에야 그가 말했습니다.

'약속합니다.'

'그 약속은 지금부터 일을 모두 마친 후에도 유효하오. 이 일에 대해 결코 입을 열지 않겠다고 구두나 문서로 약속하시오. 비밀을 지키는 것이 이 일에서 가장 중요하니까.'

'분명히 약속할 수 있습니다.'

'그렇다면 좋소.'

대령이 갑자기 의자에서 일어서더니 문을 향해 쏜살같이 달려가 문을 벌컥 열었습니다. 복도는 조용했습니다.

'이제 됐소.'

대령은 다시 의자에 앉으며 말했습니다.

'대개 직원들이란 쓸데없는 호기심이 많아 엿듣기도 잘하지. 하지만 이제 마음 놓고 이야기하겠소.'

그는 의자를 당겨 제 앞으로 바싹 다가와 앉았습니다. 그러더니 여전히 의심스러워하는 눈으로 제 얼굴을 뚫어지도록 바라보기만 했습니다. 저는 그 남자의 기이한 행동 때문에 당황스럽기도 하고 혐오감과 공포감마저 느꼈습니다. 모처럼 찾아온 손님을 놓치면 안 된다고 생각했지만 순간적으로 짜증스러운 마음을 드러내고 말았지요.

'자, 이제 용건이나 말씀해 주시겠습니까? 더 이상 시간을 낭비하고 싶지는 않습니다.'

저는 마지막 말을 주워 담고 싶었지만 이미 뱉어낸 말을 후회할 수밖에 없었지요.

'하룻밤만 일해 주면 되고 50기니를 주겠소.'

그가 드디어 말했습니다.

'네, 좋습니다.'

'하룻밤이라고는 했지만 사실 당신 같은 기술자라면 한

시간만 일해도 충분할 거요. 작동하지 않는 수력 압착기를 살펴봐 주면 된다오. 어디가 잘못됐는지 알려주기만 하면 고치는 건 우리가 하지. 어떻게 생각하오?'

'일은 간단한데 보수가 많군요.'

'그렇소. 오늘 밤 막차로 와주면 좋겠는데 어떻습니까?'

'어디로 가면 됩니까?'

'버크셔의 아이포드. 옥스퍼드 주의 변두리 지역인데 레딩에서 10킬로미터 조금 넘을 거요. 패딩턴 역에서 막차를 타면 아이포드에 11시 15분쯤 도착할 수 있지.'

'알았습니다.'

'마차로 마중 나가겠소.'

'역에서 얼마나 더 가야 합니까?'

'우리는 외진 곳에서 살고 있소. 아이포드 역에서 10킬로미터 정도 더 들어가야 하오.'

'그렇다면 일을 마치고 기차로 바로 돌아올 수는 없겠군요. 하루 묵어야 할 것 같습니다.'

'침대는 준비할 수 있소.'

'너무 번거로운데 낮에 가면 안 될까요?'

'우린 기술자를 밤늦게 부르는 것이 가장 좋다고 생각하오만. 이런 불편함을 감안해서 보수를 책정한 거요. 사실 당신처럼 이름 없는 젊은이에게는 과분한 보수지. 정 내키지

않는다면 거절해도 좋소.'

저는 순간 50기니로 할 수 있는 일들을 생각해 보았습니다.

'아, 아닙니다. 하겠습니다.'

제가 얼른 말했지요.

'오늘 밤에 가겠습니다. 하지만 제가 할 일에 대해 좀 더 알고 싶습니다.'

'당연히 궁금하겠지. 비밀을 지켜달라고 강조했으니 당신이 이상하게 여길 만도 하오. 나도 설명도 없이 무턱대고 일을 맡길 생각은 없소. 그런데 우리 대화를 누가 엿듣고 있진 않나?'

'안심하셔도 좋습니다.'

'그럼 말하겠소. 탈색 작용이 있는 백토는 값도 매우 비싸고 영국에서는 두세 곳에서만 캐낼 수 있는 귀한 자원이지.'

'저도 알고 있습니다.'

'최근 나는 레딩에서 15킬로미터 정도 떨어진 곳에 아주 작은 땅을 샀소. 그런데 운 좋게도 그 땅에 백토 층이 있다는 걸 알아낸 거요. 그러나 좀 더 자세히 알아본 결과, 매장량은 보잘것없는 데다 단지 내 땅의 좌우로 펼쳐진 커다란 층을 연결하는 부분에 불과했소. 백토가 많이 매장된 땅이 이웃 사람의 소유라는 게 문제지. 그들은 자기 땅에 금광만큼이나 귀한 백토 층이 있다는 것을 아직 모르오. 그들이 그 사실을 알아내기 전에 그 땅을 내가 살 수만 있다면 엄청난 부자가 되겠지만 유감스럽게도 지금 내게는 그럴 돈이 없다오.

고민만 하다가 가까운 친구에게 의논했더니 이웃들 모르게 내 땅에 있는 백토를 파내서 땅을 매입할 자금을 만들라고 권하더군. 그래서 얼마 전부터 그 작업을 해오고 있는데 작업 속도를 올리기 위해 수력 압착기를 설치했소. 그런데 이 압착기가 아까 말씀드렸다시피 말썽을 일으켜서 당신을 찾아왔소. 왜 이 일에 대해 절대 말하지 말라고 부탁하는지 이제 이해하시겠소? 수력기사를 부른 걸 이웃들이 알면 이상하게 생각하고 그 이유를 알아내려 할 거요. 만에 하나 비밀이 탄로 나면 땅을 살 수 없게 되지. 그래서 부득이하게 오늘 밤 와달라는 것이오. 이제 모든 의문이 풀렸소?'

'네, 그렇습니다. 그런데 좀 이해하기 힘든 부분이 있습니다. 백토를 땅속에서 파내야 할 텐데 그 과정에 수력 압착기가 왜 필요합니까?'

'우리가 독특한 채굴 방법을 선택했기 때문이지.'

대령은 대수롭지 않다는 듯 말했습니다.

'백토를 벽돌처럼 압축해서 누가 보더라도 그게 뭔지 알아볼 수 없게 만들어 운반하는 방법이라오. 그저 작업상의 한 방법일 뿐이지. 내 이야기는 끝났소. 그럼 11시 15분에 아이포드에서 만납시다.'

'네, 그때 뵙겠습니다.'

'이 일에 대해서는 아무에게도 발설해서는 안 되오.'

그는 탐색하는 듯한 눈빛으로 저를 다시 한 번 훑어 보더니 땀이 배어 축축한 손으로 악수를 하고 황급히 사무실을 나갔습니다.

대령이 나간 후 곰곰이 생각해 보니 갑자기 제가 맡은 일이 너무나 기묘하게 느껴졌습니다. 아마 두 분도 그때 제 심정을 이해하시겠지요. 하지만 오랜만에 많은 돈을 벌게 되었다는 기쁨에 들떴습니다. 짧은 시간에 간단한 일을 하고 통상적인 보수의 열 배 정도 더 벌게 되었고 이 일을 계기로 앞으로 일이 들어올 수도 있다고 생각했기 때문입니다. 한편 대령의 외모나 태도에서 느껴진 불쾌감이 남아 있었고 백토에 대한 설명만으로는 왜 꼭 한밤중에 일을 해야 하는지, 또 이 일을 비밀로 하기 위해 그렇게 노심초사하는 건 왜인지 도무지 이해가 되지 않았습니다. 그러나 불안 따위는 잊어버리고 저녁을 먹은 다음 마차를 타고 패딩턴 역으로 갔습니다. 물론 비밀에 대한 약속은 지켰습니다.

레딩에 내린 다음 아이포드로 가는 막차를 잡아탔습니다. 그리고 마침내 11시가 조금 넘어서야 컴컴한 역에 도착했습니다. 그 역에서 내린 승객은 저 한 사람뿐이었고 졸린 얼굴로 랜턴을 들고 있는 짐꾼이 보일 뿐이었습니다. 두리

번거리며 역을 막 벗어나자 어둠 속에서 기다리고 있는 대령을 발견했습니다. 그는 말없이 제 팔을 잡더니 마차에 태웠습니다. 그가 뒤따라 올라탄 다음 마차 문을 닫자 마차는 쉬지 않고 바람처럼 달렸습니다."

"말은 한 마리였습니까?"

홈즈가 갑자기 물었다.

"네, 한 마리였습니다."

"무슨 색의 말이었나요?"

"올라탈 때 언뜻 보았는데 밝은 갈색이었습니다."

"지쳐 있는 것 같던가요, 아니면 기운이 넘치던가요?"

"털도 반질반질하고 기운이 넘쳐보였습니다."

"알겠습니다. 말을 끊어서 미안합니다. 이야기가 무척 흥미롭군요. 계속하시지요."

"마차는 한 시간 넘게 계속 달렸습니다. 대령은 11킬로미터쯤 가면 된다고 했지만 마차의 속도와 걸린 시간을 생각하면 20킬로미터는 족히 되는 것 같았습니다. 대령은 묵묵히 옆에 앉아 있었는데 저는 그가 제게서 눈을 떼지 않고 있다는 것을 느낄 수 있었습니다. 아이포드 쪽은 길이 몹시 나쁜지 마차가 옆으로 기울기도 하고 심하게 흔들렸습니다. 바깥 풍경을 내다보고 싶어도 창문이 너무 흐려서 가끔 지나가는 흐린 불빛 이외에는 그 무엇도 볼 수 없었습니다. 불편한 침묵을 참기 힘들어 대령에게 말을 걸어봤지만 그가 마지못해 단답식으로 대답하는 바람에 대화가 되지 않았습니다. 한참 뒤에 거친 시골 길이 끝나고 마차는 잘 닦인 자갈길을 부드럽게 달리다가 멈췄습니다. 대령은 마차에서 훌쩍 뛰어내렸고 뒤따라 내린 제 팔을 잡아끌더니 눈앞에 열려 있는 현관문 안으로 데리고 들어갔습니다. 마차가 현관문 바로 앞에 섰고 저는 마차에서 내리자마자 현관 안으로 이끌려 들어갔기 때문에 외관이 어떻게 생긴 집인지 살펴볼 틈도 없었습니다. 제가 문지방을 넘어선 순간 문이 소리를 내며 닫히더니 멀어지는 마차 바퀴 소리가 들렸습니다.

불이 모두 꺼진 집 안은 한 치 앞도 볼 수 없을 만큼 어두웠습니다. 대령은 뭐라고 중얼거리며 손을 뻗어 성냥을 찾았습니다. 그때 갑자기 맞은편 문이 열리더니 노란 불빛이 나타났습니다. 빛이 점점 커지더니 램프를 높이 들고 얼굴을 내밀어 우리를 찬찬히 살피는 어떤 부인이 보였습니다. 우아하고 아름다운 부인이었습니다. 램프 불빛을 반사하며 빛나는 검은 드레스도 고급스러운 천으로 만들어졌음을 알 수 있었지요.

그녀는 제가 모르는 외국어를 사용해 질문하는 듯한 말투로 몇 마디 했습니다. 그러자 대령이 무뚝뚝하게 한마디로 답했는데 그 말에 부인은 소스라치게 놀랐습니다. 대령은 부인에게 다가가 뭐라고 속삭인 후 부인을 방으로 다시 들여보냈습니다. 그런 다음 램프를 들고 제게 걸어왔습니다.

'잠깐만 여기서 기다려주겠소?'

그가 다른 방문을 열었습니다. 그러자 작고 검소한 방이 보였습니다. 방 한가운데 둥근 탁자 위에는 독일어 책 서너 권이 놓여 있었습니다. 대령은 램프를 문 옆의 오르간 위에 놓더니 '금방 돌아오겠소.'라고 말한 다음 방을 나갔습니다.

저는 탁자 위의 책을 펼쳐 보았습니다. 독일어는 전혀 모르지만 한 권은 과학에 관련된 내용이고 다른 한 권은 시집이라는 건 알았습니다. 답답하기도 하고 바깥이 궁금해 창문을 보았지만 참나무로 만든 덧문이 닫혀 있고 빗장까지 걸려 있었습니다. 사람이 사는 곳이라고 믿기 힘들 만큼 고요한 집이었습니다. 복도 어딘가에서 시계 바늘이 재깍거리는 작은 소리 말고는 아무 소리도 들리지 않아 마치 무덤 속에 있는 듯한 느낌이었습니다. 불안감이 서서히 커졌습니다. 이곳에 있는 독일인들은 누구일까? 이렇게 외지고 조용한 곳에서 무엇을 하는 것일까? 여기는 어디일까? 마차에서의 느낌으로는 아이포드에서 20킬로미터쯤 떨어진 곳 같은데 그 방향이 동서남북 중 어디인지는 도저히 짐작할 수 없었습니다. 레딩이나 다른 도시가 근방 어딘가에 있을 테니 생각보다 아주 외진 시골은 아닐지도 모르지만 이렇게 조용하니 역시 외딴곳일 수도 있다고 생각했습니다. 불안감을 떨치기 위해 방 안을 서성거리기도 하고 기운을 내기 위해 콧노래를 부르기도 하면서 조금만 더 참으면 50기니를 벌 수 있다고 스스로를 위로했습니다.

그런데 별안간 방문이 소리도 없이 천천히 열렸습니다. 아까 본 부인이 음산한 어둠 속에서 나타나 문앞에 서 있었습니다. 탁자 위의 램프 불빛이 긴장으로 딱딱하게 굳은 그녀의 아름다운 얼굴을 비추었습니다. 그녀가 커다란 공포에 휩싸여 있다는 것을 한눈에 알 수 있었는데 그녀의 공포는 제게도 전해져 등골이 서늘해졌습니다. 부인은 가늘게 떨리는 집게손가락을 세워 입술에 대더니 서툰 영어로 몇 마디 빠르게 속삭였습니다. 그녀는 말하는 동안에도 두려움에 가득한 눈으로 뒤를 자꾸만 돌아보았지요.

'나, 떠나요.'

그녀는 떨리는 목소리를 가다듬어 침착하게 말하려고 애를 썼습니다.

'나, 떠나요. 당신, 떠나야 해요. 그 일 하지 마세요.'

'그렇지만 부인, 제가 할 일은 하고 가겠습니다. 기계를 본 다음 돌아갈 것입니다.'

제가 천천히 또박또박 말했습니다.

'그럴 필요 없어요.'

부인은 말을 계속했습니다.

'이 문으로 나가요. 아무도 못 볼 거예요.'

제가 난처하다는 표정으로 미소 지으며 고개를 젓자 부인은 단호한 얼굴로 방 안으로 들어오더니 두 손을 마주잡았습니다. 그리고 '이봐요, 정말 부탁이에요.' 하고 낮은 목소리로 말했습니다. '어서 가요, 지금이 아니면 늦어요!'

그러나 전 고집이 센 편이라 하지 말라는 일일수록 기어코 해내는 성격입니다. 50기나 되는 큰 돈을 불편하고 지루한 여행, 낯선 곳에서 하룻밤 묵어야 한다는 생각 때문에 포기할 수는 없었습니다. 한밤중에 여기까지 왔는데 그만둔다는 건 있을 수 없다. 누군가의 추천으로 찾아온 의뢰인에게서 약속된 보수도 받지 않고 도망갈 이유는 없다. 보기와달리 이 여자는 신경질적이고 예민한 사람인지도 모른다 등등의 생각 끝에 그대로 있기로 결심했습니다. 무엇 때문인지 공포에 질려 있는 부인 때문에 사실 겁이 나긴 했지만 고집을 꺾지 않고 일을 마칠 때까진 여기 있겠다고 확실하게 말했지요. 부인이 다시 입을 열려고 하는데 머리 위에서 거칠게 문 닫는 소리가 나더니 계단을 내려오는 무거운 발소리가 들렸습니다. 그녀는 석상처럼 잠시 가만히 있더니 어쩔 수 없다는 듯 두 팔을 벌려 보이고는 방문 앞에 나타났을 때처럼 소리 없이 순식간에 사라졌습니다.

잠시 후 대령이 들어왔는데 축 처진 이중 턱에 쥐 같은 수염을 기른 남자와 함께였습니다. 대령은 키가 작고 뚱뚱한 그를 퍼거슨이라고 소개했습니다

'이 사람은 비서 겸 지배인이요. 내가 문을 닫고 간 것 같은데 문이 열려 있군.'

'아, 방이 좀 답답해서 잠깐 문을 열었습니다.'

대령은 의심이 깃든 눈빛으로 저를 흘낏 보았습니다.

'시간이 늦었으니 바로 일을 시작할까? 퍼거슨과 함께 기계가 있는 곳으로 안내하겠소.'

'잠깐만요, 모자를 좀 찾아봐야겠습니다.'

'모자는 필요 없을 거요. 기계는 집 안에 있소.'

'네? 그럼 집 안에서 백토를 채굴하나요?'

'그건 아니지. 집 안에서는 단지 퍼낸 흙을 압착할 뿐이오. 하지만 당신이 신경 쓸 일은 그게 아니지 않소. 기계를 점검해서 어디가 어떻게 고장 났는지 알려 주기만 하면 일은 끝날 거요.'

램프를 든 대령이 앞장서고 그 뒤에는 퍼거슨 씨와 제가 뒤따라 가며 계단을 올라갔습니다. 미궁을 떠오르게 하는 좁고 구불구불한 복도가 있는 오래된 집이었습니다. 긴 복도, 좁은 나선형 계단, 낮고 작은 문 등을 지나쳤는데 그 문의 문지방은 오랜 세월을 못 이겨 움푹하게 닳아 있었습니

다. 위층에는 나무 바닥이 그대로 드러나 있었고 가구가 하나도 보이지 않았습니다. 벽을 칠한 회반죽도 다 벗겨져 있었고 습기로 인한 검푸른 얼룩들이 가득했습니다. 전 불안을 애써 감추려 아무렇지 않은 표정을 지으려고 노력했지요. 그러나 조금 전 진심어린 표정으로 떠나라고 말하던 부인의 모습이 떠올라 두 남자에 대한 경계를 늦추지 않았습니다. 퍼거슨은 말수가 적고 퉁명스러운 사람인데 그의 말 몇 마디를 듣고 그가 영국인임을 알 수 있었습니다.

얼마 후 대령은 어떤 문 앞에 멈추더니 열쇠로 열었습니다. 정방형의 방인데 세 사람이 함께 들어갈 수 없을 만큼

비좁았습니다. 퍼거슨이 문밖에 서 있고 대령이 나와 함께 방으로 들어갔습니다.

'지금 당신은 수압기 내부에 들어와 있소. 만일 이대로 기계를 조작하면 큰일 날 거요. 이 방의 천장이 곧 커다란 피스톤의 밑면인데 수압기를 켜면 천장이 내려와 몇 톤의 엄청난 압력으로 이 방의 바닥을 누르게 되지. 방의 바깥에는 가늘고 긴 수관이 몇 개 있어서 가해진 수압을 전달하는데 그 구조와 원리는 당신도 이미 잘 알겠지. 기계가 움직이긴 하지만 어딘가 이상이 있어 압력이 충분히 나오지 않소. 기계를 자세히 조사해서 어디를 고쳐야 하는지 설명해 주시오.'

저는 대령이 건넨 램프를 받아 들고 기계를 면밀하게 조사했습니다. 매우 거대한 수력 압착기였는데 엄청난 압력이 나올 것 같았습니다. 그런데 방 바깥으로 나가 운전용 레버를 움직여보니 쉬익 하고 바람 빠지는 소리가 났습니다. 어딘가에서 물이 새어 그 물이 실린더의 어느 곳에선가 역류하기 때문이었지요. 검사해 보니 구동축의 끝에 붙어 있는 고무 밴드가 다 닳아 소켓 사이에 생긴 틈을 발견했습니다. 문제의 원인을 찾아냈기에 두 사람을 불러 말해 주었습니다. 그들은 아주 진지한 얼굴로 설명을 들으며 메모도 하더니 어떻게 고쳐야 하는지도 물었지요. 전 기계에 대해 전혀 모르는 사람이라도 알아들을 수 있게끔 자세히 설명했습니다. 그런 다음, 호기심 때문에 다시 압착기 내부로 들어가 자세히 보았습니다. 백토에 대한 대령의 이야기가 모두 거짓이었음을 금방 알 수 있었습니다. 단순히 그런 목적을 위해 이렇게 강력한 힘을 내는 기계를 사용하는 사람은 없으니까요. 방의 벽은 나무판인데 바닥은 철판이었습니다. 좀 더 주의 깊게 보니까 바닥 전체에 얇은 금속 부스러기들이 깔려 있었습니다. 대체 그게 뭔지 궁금해져서 쪼그리고 앉아 금속 부스러기를 만져보고 있는데 독일어로 낮게 외치는 소리가 들려왔습니다. 올려다보니 대령이 흙빛이 된 얼굴로 저를 무섭게 노려보고 있었습니다.

'당신, 지금 뭐 하는 거지?'

그가 사납게 물었습니다. 저도 그가 거짓말을 했다는 사실에 화가 났습니다.

'당신의 거짓말에 감탄하고 있었습니다. 이 기계의 용도를 정확하게 알려줬다면 좀 더 도움이 됐을지도 모릅니다.'

말을 내뱉은 순간, 저의 부주의함을 원망했습니다. 대령의 얼굴이 섬뜩하게 일그러지더니 눈이 번들거렸습니다.

'무슨 기계인지 궁금한가? 그렇다면 이 기계의 용도를 직접 체험하도록 해주지.'

그는 잰 걸음으로 뒤로 물러나 방을 나가더니 작은 문을 닫고 얼른 열쇠를 돌려 잠갔습니다. 문손잡이를 힘껏 잡아

당겼으나 꼼짝도 하지 않았습니다. 문을 아무리 발로 차고 밀어보아도 아무 소용없었지요.

'이봐요! 이봐요! 제발 여기서 꺼내주세요!'

정신없이 소리를 질렀습니다. 그 순간 정적을 깨고 어떤 소리가 들려와 저는 깜짝 놀랐습니다. 레버를 덜컥 당기는 소리, 물이 새는 사이드 실린더에 물이 지나가는 소리였습니다. 대령이 수압기를 작동시킨 거였지요. 램프는 아까 금속 부스러기를 살펴보려고 내려놓았던 곳에 그대로 있었습니다. 그 불빛에 검은 천장이 천천히 내려오는 모습이 보였지요. 어마어마한 압력으로 내려오는 천장이 곧 제 몸을 짓누를 것이고 납작하게 만들 거라는 사실을 너무나도 잘 알고 있었습니다. 저는 미친 듯이 비명을 외치며 온몸으로 문을 들이받고 열쇠구멍을 손톱으로 쑤셔보기도 했습니다.

그러나 아무리 목이 터져라 외쳐도 천장이 덜컹거리며 내려오는 소리에 묻혀버릴 뿐이었습니다. 천장은 이제 머리 바로 위까지 내려온 상태여서 손을 뻗으면 천장의 금속 표면에 닿았습니다. 순간 머리를 스치는 생각이 있었습니다. 우습게도 자세에 따라 천장에 눌리는 고통이 달라지지 않을까 하는 것이었지요. 바닥에 엎드려 있으면 압력 때문에 척추 뼈가 으스러지는 소리가 날 것이라 상상하니 저도 모르게 몸이 떨렸습니다. 하지만 바닥에 똑바로 누워 있는 것 보

다는 그 편이 나을 것 같았습니다. 반듯하게 누워 저를 향해 천천히 다가오는 시커먼 천장을 가만히 보고 있기란 불가능했으니까요. 무릎을 굽히고 서 있어야 할 만큼 천장이 내려왔을 때 불현듯 한 줄기 희망이 다가왔습니다.

조금 전 말씀드렸다시피 방의 천장과 바닥은 철제인데 벽은 모두 목재였습니다. 다가오는 죽음의 그림자를 느끼며 물에 빠진 사람이 지푸라기라도 잡는 심정으로 사방을 두리번거렸지요. 그때 한쪽 벽의 판자틈으로 새어 들어오는 희미한 노란 불빛을 보았습니다. 천장의 압력으로 그 판자가 자꾸 구부러지게 되자 틈새는 점점 넓어졌습니다. 죽음이 눈앞에 다가온 순간, 뜻밖에 탈출구를 발견하다니 꿈만 같았습니다. 저는 사력을 다해 그 벽으로 몸을 던졌고 탈출에 성공했습니다. 거의 정신을 잃은 채 방 밖으로 떨어지고 말았지요. 그렇게 쓰러져 있는데 방 안에서는 램프가 부서지는 소리, 천장과 바닥의 철판이 부딪치는 육중한 소리가 났습니다. 조금만 더 늦었더라면 제가 어떻게 됐을지는 너무도 뻔했습니다.

그런데 누군가 제 손목을 잡아당기는 것이었습니다. 상황을 파악하기 위해 정신을 가다듬었습니다. 좁은 복도 바닥에 제가 널브러져 있고 한 여자가 옆 에 서 있더군요. 그녀는 왼손으로 제 손목을 잡아당기고 오른손에는 촛불을 든 채 내려다보고 있었습니다. 고집스러운 제게 얼른 도망가라고 말해 준 그 친절한 부인이었지요.

'자, 이쪽으로! 곧 그들이 돌아와요. 당신이 없어졌다는 걸 금방 알아채겠지요. 서둘러요! 빨리 따라와요!'

그녀가 숨이 넘어갈 듯 다급히 소리쳤습니다. 이제 그녀의 충고를 따라야 한다는 걸 너무나 잘 알았지요. 휘청거리며 가까스로 일어나 부인을 따라 복도 끝까지 간 다음 계단을 뛰어 내려갔습니다. 그러자 넓은 복도가 나타났는데 달려오는 발소리와 두 남자의 외침이 들려왔습니다. 한 사람은 우리가 있는 층에서, 또 한 사람은 아래층에서 서로를 향해 소리를 질러댔습니다. 부인은 우뚝 서더니 난감해하며 사방을 둘러보았지요. 그러더니 갑자기 어떤 방의 문을 열었습니다. 넓은 침실인데 큰 창문으로 달빛이 들어와 방 안이 환했습니다.

'도망갈 방법은 이것 뿐이에요.'

그녀가 간절하게 말했습니다.

'높긴 하지만 뛰어내려야 해요.'

그때 복도 끝에서 불빛이 비치더니 대령이 모습을 드러냈습니다. 한 손에는 램프, 다른 한 손에는 정육점에서나 쓸 법한 커다란 식칼을 들고 달려오는 모습이 정말 섬뜩했지요. 선택의 여지가 없기에 침실로 달려 들어가 창문을 활짝

열고 아래를 내려다보았습니다. 창문은 땅에서 9미터 정도의 높이였고 아래쪽에는 달빛에 하얗게 빛나는 조용하고 아름다운 정원이 펼쳐졌습니다. 주저하지 않고 창틀에 올라섰습니다. 그런데 불현듯 떠오른 어떤 생각 때문에 잠시 주춤했습니다. 저를 구해 주기 위해 위험을 감수하는 부인과 죽이려고 달려드는 대령이 어떤 대화를 나누는지 들어야 한다는 것이었지요. 성난 대령이 혹시라도 제 생명의 은인인 부인을 해치려 한다면 당장 달려가 구해내겠다고 마음먹은 겁니다. 하지만 그 순간, 대령은 문을 지나 방으로 들어왔고 부인의 앞을 막 지나치려 했습니다.

'프리츠! 프리츠!'

부인은 대령의 옷소매에 매달리며 짧은 영어로 외쳤습니다.

'나와 약속했잖아요. 다시는 그런 일이 없을 거라고 했잖아요. 이 사람은 반드시 비밀을 지킬 거예요. 당연히 그럴 거예요.'

'엘리제, 당신 지금 제 정신이오?'

대령은 팔을 마구 흔들어 옷자락에 매달린 그녀를 떼어내려 했습니다.

'당신은 우리가 끝장나길 원하오? 저자는 모든 걸 봤소. 다른 방법은 없단 말이오. 어서 비키시오!'

그는 우악스럽게 여자를 밀쳐내더니 창문으로 달려왔습니다. 그러고는 칼을 힘껏 내리친 것입니다.

저는 언제라도 뛰어내릴 수 있게 창틀을 잡고 매달려 있었는데 미처 피하지도 못하고 당하고 말았습니다. 불에 덴 듯한 통증이 손에 느껴지자 저는 창문 밑으로 떨어졌지요.

충격을 받긴 했지만 다행히 잔디밭에 떨어져 크게 다친 곳은 없었습니다. 그러나 대령이 곧 무기를 들고 금방이라도 나타날 것만 같았습니다. 얼른 일어나 정원의 관목숲 속으로 숨어 들어갔지요. 그곳에서 멀어지기 위해 관목과 장미 덤불을 헤치며 죽을힘을 다해 달렸습니다. 그러나 얼마 달리지도 못하고 멈춰야 했습니다. 심한 어지럼증과 구토를 참을 수 없었기 때문이지요. 손이 욱신욱신 쑤셨습니다. 그때서야 제 엄지손가락이 완전히 잘려 나간 것을 알았습니다. 상처에서는 계속해서 피가 흘렀습니다. 손수건을 꺼내 상처를 동여매려고 했으나 귓속에서 위잉 하고 귀 울음이 들리더니 눈앞이 흐려지며 장미 덤불에 쓰러지게 됐습니다.

그렇게 쓰러진 채로 얼마나 있었는지는 기억나지 않습니다. 아무튼 꽤 오랫동안 정신을 잃고 있었을 겁니다. 눈을 떠보니 어느새 밤이 지나고 동이 터 오고 있었으니까요. 겉옷은 이슬에 흠뻑 젖어 있고, 소맷자락은 상처에서 흐르는 피로 흥건히 젖어 있었습니다. 격심한 통증과 함께 간밤

에 겪은 일들이 차례로 떠오르기 시작했습니다. 그렇게 잠시 멍하니 누워 있다가 아직 그 집을 벗어나지 못했나 싶어 몸서리치며 벌떡 일어났지요. 주변을 열심히 둘러봤지만 그 음산하던 집과 정원은 눈에 띄지 않았습니다. 제가 이른 아침까지 길가에 있는 생나무 울타리 옆에 쓰러져 있었다는 걸 알았지요. 길을 따라 20분쯤 걸어가니 멀리 낮고 긴 건물이 하나 보였습니다. 그래서 다가가 보았더니, 세상에! 그곳이 바로 아이포드 역이지 않겠습니까? 이 손에 남은 흉측한 상처만 없었다면 그 공포스러운 모험을 그저 하룻밤의 악몽이라 여겼을 겁니다. 제정신이 아닌 채 터덜터덜 역으로 걸어 들어가 역무원에게 첫차가 언제 출발하는지 물어보았습니다. 한 시간쯤 후에 레딩 행 기차가 있다고 하더군요. 기차표를 사고 돌아서는데 마침 어젯밤 보았던 그 짐꾼이 일하고 있는 모습이 눈에 들어왔습니다. 그에게 혹시 라이샌더 스틱 대령을 아는지 물어봤지만 잘 모른다고 대답하더군요. 지난밤 역 앞에 대기해 있던 마차에 대해서도 말해 봤지만 역시 보지 못했다는 말만 들었습니다. 가장 가까운 경찰서가 어디 있는지도 물었는데 5킬로미터나 떨어진 곳에 있다고 했습니다.

기진맥진한 상태로 5킬로미터를 걸어갈 수는 없었기에 런던으로 돌아가서 경찰을 찾아가기로 결정했습니다. 기차는 6시가 조금 넘어 런던에 도착했지요. 먼저 상처를 치료하려고 병원으로 갔더니 의사 선생님이 친절하게도 직접 홈즈 씨에게 안내해 주신 겁니다. 홈즈 씨가 이 사건을 해결해 주시길 바랍니다. 저는 지금도 뭐가 뭔지 하나도 모르겠습니다. 진실을 밝히기 위해서라면 무슨 일이든 다 하겠습니다."

3. 위조 화폐

청년이 이야기를 끝내자 거실에는 잠깐 침묵
이 흘렀다. 의자에서 몸을 일으킨 홈즈가 서가 쪽
으로 걸어가더니 두꺼운 스크랩북 하나를 꺼냈다.

"해더리 씨, 당신이 관심을 가질 만한 광고를
찾았습니다."

빠르게 페이지를 넘기던 홈즈가 말했다.

"1년 전 모든 신문에 개재됐던 광고인데 읽어보겠
습니다. '실종, 이달 9일, 제레마
이어 헤일링, 26세, 수력기사. 밤
10시에 외출 나간 후 연락 두절.'
끝까지 다 읽을 필요는 없겠지요?
아, 이 광고 덕에 대령이 수압기를 점검

한 날짜를 알 수 있군요."

"맙소사! 이제야 그 부인이 한 말의 뜻을 알겠습니다! 그러고 보니 저는 운이 좋았군요."

소파에 축 처져 있던 해더리가 상체를 일으키며 부르짖었다.

"당신 말이 맞습니다, 해더리 씨. 스틱 대령은 잔인하기 짝이 없는 냉혈한입니다. 습격한 배의 승객은 하나도 살려두지 않는 무서운 해적처럼 자기 사업에 걸림돌이 될 수 있는 사람은 누구든 제거해버리는 작자입니다. 우리는 어서 움직여야 합니다. 기운을 좀 차렸다면 떠날 준비를 서두릅시다. 경찰청에 먼저 들러야겠군요."

세 시간 후, 우리는 버크셔에 있는 시골 마을로 가기 위해 레딩에서 기차를 탔다. 홈즈와 수력기사, 경찰청의 브래스트리트 경감, 사복형사, 그리고 나였다. 경감은 좌석에 앉자마자 커다란 지도를 펼쳐놓더니 컴퍼스를 이용해 아이포드를 중심으로 하는 원을 그렸다.

"자, 보십시오. 마을을 중심점으로 잡고 지름이 30킬로미터 정도 되는 원을 그렸습니다. 우리가 찾는 장소는 이 원둘레 근처에 있어야 합니다. 이 정도면 될까요, 해더리 씨?"

"아마 그럴 겁니다. 마차로 적어도 한 시간은 갔으니까요."

"당신이 심한 부상을 입고 기절했을 때 그들이 당신을 사건 현장에서 옮겨놓기 위해 그만큼의 거리를 되돌아왔다고 추측하시지요?"

"네, 맞을 겁니다. 기운을 차린 후 기억을 더듬어보니 쓰러져 있는 저를 누군가 들어 올려 옮긴 것이 어렴풋하게 생각납니다."

"그런데 이해하기 어려운 점이 있습니다. 그들이 정신을 잃은 무방비 상태의 해더리 씨를 정원에서 발견했는데 왜 살려뒀을까요? 아름다운 여인의 간청에 잔인한 대령은 마음이 약해진 걸까요?"

모두를 향해 내가 물었다.

"곧 모든 게 밝혀지겠지요."

브래스트리트 경감이 어깨를 으쓱해 보이더니 말했다.

"대령 일당이 여기 원의 어느 부근에 있는지를 먼저 알아내야겠지요."

"그들이 있는 곳을 지도에서 찾아 보여드릴 수 있습니다."

홈즈가 여유롭게 말했다.

"정말입니까? 홈즈 씨는 벌써 추리를 끝내셨나 보군요. 하지만 아직 말하진 마십시오. 우리 각자가 생각을 말할 테니 당신과 생각이 같은 사람이 누구인지 말해 주십시오. 저는 남쪽이라고 생각합니다. 그쪽 길이 한적하니까요."

브래스트리트 경감이 자신 있게 말했다.

"제 생각은 다릅니다. 동쪽이 아닐까요?"

청년이 얼른 말했다.

"저는 서쪽입니다. 그쪽 길에는 언덕이나 산이 없으니까요. 해더리 씨는 마차가 오르막길을 지났다고 하지는 않았습니다."

사복형사가 조심스럽게 말했다.

"그렇다면 나는 북쪽을 택하겠습니다. 왜냐하면 거기엔 언덕이 없거든요. 해더리 씨는 시골길의 상태가 나빴다는 말은 했지만 오르막길이나 내리막길에 대해선 말하지 않았으니까요."

내가 홈즈를 향해 말했다.

"흠, 점점 재미있게 되어가는 군."

홈즈가 눈을 빛내며 빙긋 웃었다.

"의견이 완전히 갈렸군요. 여러분도 보다시피 네 명이 각각 다른 방향을 가리켰습니다. 홈즈 씨는 이 가운데 누구의 추리가 맞다고 생각하십니까?"

호기심 어린 표정으로 경감이 물었다.

"모두 잘못 생각하셨습니다."

"네? 그게 무슨 말입니까? 도저히 이해할 수 없군요."

"하지만 사실입니다. 나는 바로 여기에 그들이 있다고 생각합니다."

내 친구가 손가락으로 원의 중심을 가리켰다.

"놈들은 틀림없이 이곳에 있을 겁니다."

"하지만 마차가 쉬지 않고 한 시간을 달렸습니다. 그건 똑똑히 기억납니다."

해더리가 항변했다.

"10킬로미터를 조금 넘게 갔다가 그대로 되돌아왔다면 어떻습니까? 해더리 씨, 마차에 탈 때 말들을 봤는데 털에 윤이 나고 힘이 넘쳤다고 했지요? 울퉁불퉁한 길을 20킬로미터가 넘게 달려왔다면 불가능하지 않을까요?"

"흠, 홈즈 씨 의견도 그럴듯합니다. 위치를 속이기 위해선 그 방법도 좋지요. 대령 일당은 그럴 만큼 충분히 교활하고 야비하니까요."

브래스트리트 경감이 심각한 얼굴로 말했다.

"네, 경감의 말대로 꽤 교활한 놈들입니다. 그들은 위조화폐를 대량으로 만들고 있었습니다. 해더리 씨가 본 기계는 은과 비슷한 합금을 제조하기 위한 거지요."

"경찰 측에서도 위조화폐를 정교하게 만들어내는 일당이 있다는 사실은 이미 알고 있었습니다."

경감이 말했다.

"위조범들은 반 크라운짜리 가짜 은화를 수천 개나 만들어 유통시켰습니다. 그들을 레딩까지는 추적했는데 그만 흔적을 놓치고 말았지요. 추적망을 빠져나간 실력을 보니 어리숙한 놈들은 결코 아닙니다. 이제 드디어 하늘이 벌을 내려 그들을 잡아들이게 되나 봅니다."

하지만 경감의 예상은 보기 좋게 빗나가고 말았다. 그들 일당은 절대 순순히 체포될 놈들이 아니었다. 우리가 아이포드 역에 도착했을 때 근처의 작은 숲에서 시커먼 연기가 뭉클뭉클 솟아오르더니 그 일대를 먹구름처럼 온통 뒤덮고 있었다.

"저런, 불이 났나 보군요."

우리가 내린 후 기차가 다시 서서히 움직이기 시작할 때 브래스트리트 경감이 역장에게 물었다.

"네, 맞습니다."

"불이 언제 났습니까?"

"지난밤에 어떤 집에서 불이 났는데 불길이 빠르게 번져 근방의 나무들이 다 타버렸다고 합니다."

"불이 난 집에는 누가 살고 있었습니까?"

"베커 의사입니다."

"실례지만 그 의사는 비쩍 마른 독일인이 맞습니까? 코가

길고 턱이 뾰족한 남자 말입니다."

해더리가 갑자기 끼어들었다.

"베커 의사가요?"

역장은 소리 높여 웃었다.

"그 반대입니다. 그는 영국인이며 이 근방에서 가장 풍채가 좋은 사람 중 한 명이지요. 아, 그 집에는 의사 말고도 외국인 환자가 있었는데 당신이 말하는 사람은 아마 그 환자인 것 같군요. 그는 매일 한 끼도 제대로 먹지 않는 사람처럼 앙상했습니다."

역장이 말을 채 끝내기도 전에 우리는 연기가 피어오르는 방향으로 내달렸다. 작은 언덕에 올라서자 회벽칠을 한 하얗고 큰 집이 한 채 보였다. 창문마다 성난 불길이 높이 치솟고 있었는데 그 기세로 보니 정원의 소방펌프 세 대로는 진화하기 어려울 것 같았다.

"그래, 맞아! 이 집이에요! 이 집이라고요!"

무척이나 흥분한 해더리가 떨리는 목소리로 외쳤다.

"자갈을 촘촘하게 깔아 만든 마차길! 내가 쓰러졌던 장미 덤불! 뛰어내렸던 저기 저 창문!"

"의도한 건 아니지만 당신은 멋지게 복수를 했군요. 해더리 씨, 당신이 바닥에 내려놓았던 램프가 수압기의 압력을 이기지 못해 부서지면서 나무 벽에 옮겨붙은 불이 화재로 번진 겁니다. 그들은 당신을 뒤쫓는 데만 신경을 썼기에 불이 났는지도 몰랐습니다. 저기 몰려 서서 불구경하고 있는 사람 중에 어젯밤에 본 사람이 있는지 주의 깊게 살펴보시지요. 어젯밤 그들이 바로 도망쳤다면 이곳에 없겠지만 말입니다."

불행하게도 홈즈의 예상은 적중했다. 그날 이후 선량하고 아름다운 부인, 바싹 마르고 인상이 고약한 독일인, 무뚝뚝하고 땅딸막한 영국인에 대한 소식은 전혀 듣지 못했다. 마을 사람들을 대상으로 탐문수사를 벌인 결과, 그날 아침 일찍 네댓 명의 남자들이 커다란 궤짝 몇 개를 마차에 싣고 질풍처럼 레딩 쪽으로 달려가는 것을 한 농부가 목격한 사실을 알아냈다.

그러나 더 이상의 단서는 찾을 수 없었다. 홈즈가 아무리 명석한 두뇌를 자랑한다 해도 단서가 발견되지 않으니 더 이상 수사를 진척시키는 것은 불가능했다.

간신히 불길을 잡은 후 소방수들은 집 안의 이상한 기계를 보더니 매우 놀랐다. 하지만 3층의 침실 창틀에서 잘린 지 얼마 안 된 엄지손가락을 발견했을 때는 더더욱 놀란 것 같았다. 소방수들이 소방펌프를 쉬지 않고 가동한 덕분에 얼마 지나지 않아 불이 완전히 꺼졌다. 그러나 지붕이 허물어져 내리고 벽은 흔적도 없이 사라져 잿더미만 남았을 뿐이다. 가엾은 청년을 죽음의 문 앞에 이르게 한 수압기도 구부러진 원통과 쇠파이프 몇 개만 겨우 남았을 뿐, 본래의 모습은 전혀 짐작할 수 없게 전소되었다. 창고에서 많은 양의 니켈과 주석이 나왔지만 동전은 하나도 발견되지 않았다. 아침에 농부가 보았다는 큰 궤짝에 무엇이 들어 있었는지 알 수 있었다.

정신을 잃고 정원에 쓰러졌던 수력기사를 누가 어떻게 그날 아침 그가 깨어난 장소까지 운반했는가? 이 문제는 영원한 수수께끼로 남을 뻔했으나 이에 대한 답은 정원의 부드러운 흙이 제공해 주었다. 흙 위에는 두 사람의 발자국과 바퀴 자국이 뚜렷하게 남아있었다. 아마 손수레를 이용해 해더리를 옮겨놓은 듯 했다. 발자국 중 하나는 아주 작았고 다른 하나는 무척 컸다. 아마도 독일인 동료만큼 무자비하지 못했던 영국인이 그 부인에게 힘을 빌려줬을 것이다. 그들이 피를 흘리며 기절해 있는 청년을 안전한 곳으로 옮겨다 놓은 것으로 보인다.

"아, 이렇게 허무할 수가."

기차를 타고 런던으로 돌아올 때 수력기사가 혀를 차며 말했다.

"돈을 벌겠다는 생각에 이렇게 멀리 왔지만 결국 손해만 잔뜩 봤군요. 멀쩡하던 엄지손가락을 잃었고 50기니라는 보수도 놓쳤지요. 제게 왜 이런 불행이 닥친 걸까요?"

"당신은 귀중한 경험을 얻었습니다."

홈즈가 따뜻한 미소를 지었다.

"이 경험은 앞으로 당신 인생에 큰 도움이 될 겁니다. 사업과 관련된 사람들에게 이 경험을 이야기해 준다면 많은 이들에게서 좋은 평판을 듣게 되겠지요. 큰 고난을 잘 견뎠으니 앞으로 사업을 해나가며 어떤 고충을 겪어도 잘 이겨 낼 겁니다."

굴태의 코안경

The Golden Pice-Nez

스탠리 홉킨스

홈즈에게 여러 차례 도움을 받은 적이 있는 형사로 나이가 채 서른이 안 되었지만 성실하고 믿음직해서 홈즈의 신뢰를 얻고 있다. 윌로비 스미스의 죽음을 열심히 조사하지만 살해 동기와 범인의 행방을 도무지 알아내지 못한다. 결국 욕슬러 관의 도면과 스미스가 쥐고 있던 금테 코안경을 가지고 홈즈에게 도움을 청한다.

안나 부인

러시아에서 정부에 대항하는 혁명군 활동을 하다 동료의 배신으로 10년 동안 시베리아에서 유형 생활을 했다. 억울한 동료를 구하기 위해 중요한 서류를 갖고 있는 코람 교수의 집에 몰래 숨어들었다가 예기치 못한 일에 부딪힌다.

코람 교수

학식이 높은 70대의 노교수로 몸이 좋지 않아 남의 도움 없이는 아무 데도 갈 수 없는 처지다. 자신의 연구를 돕던 비서, 윌로비 스미스가 갑작스럽게 죽자 자살로 결론지으려 한다. 그러나 홈즈의 놀라운 추리력으로 사건의 전말이 밝혀지면서 교수의 숨겨 왔던 과거가 적나라하게 드러난다.

「금테 코안경」은 6월 〈스트랜드 매거진〉에 발표되고 1905년 『셜록 홈즈의 귀환』에 실렸다. 이 작품의 원고는 저자 아서 코난 도일이 다른 사람에게 증정한 유일한 원고다. 따라서 작품 첫머리에는 다음과 같이 쓰여 있다.

　'셜록 홈즈 원고,

　아서 코난 도일이 H. 그린하우 스미스에게.

　20년 동안의 협력을 기념하며.

　1916년 2월 8일. '

　원고는 4절지 53페이지 분량으로 1934년 3월 14일 런던 경매에서 120파운드에 낙찰되었다.

　그러나 현재는 소재가 불분명하다. 작품 속 배경 연대는 1894년이다.

1. 욕슬러 관 살인 사건

 홈즈가 1894년에 활동을 기록한 세 권 분량의 원고에는 흥미진진한 사건 소재가 가득하다. 끔직한 죽음들과 혐오스러운 이야기들, 비극적인 사건들과 기이한 물건들에 대한 이야기는 보는 이들의 심장을 옥죌 만큼 긴장감이 넘친다. 그가운데서 내 절친한 친구의 탁월한 재능을 돋보이게 하는 사건을 하나만 고르기란 정말이지 쉽지 않은 일이다. 그래도 가장 기이하고 흥미로운 사건을 골라야 한다면 나는 망설임 없이 욕슬러 관 사건을 꼽겠다. 이 사건은 윌로비 스미스라는 청년의 비극적인 죽음으로부터 출발하는데 그 뒤에 밝혀지는 일들이 어느 한순간도 긴장을 늦출 수 없을 만큼 기묘하기만 하다.

거센 비바람이 몹시도 휘몰아치던 11월의 늦은 밤이었다. 아침부터 퍼붓던 비는 밤이 되자 심한 폭풍우로 바뀌어 있었다. 홈즈와 나는 저녁 내내 각자의 일에 몰두하고 있었다. 그는 고배율 확대경으로 필사본 양피지의 지워진 글자를 판독하는 작업에 빠져 있었고 나는 수술에 대한 최신 논문에 정신을 쏟고 있었다.

비바람이 창문을 때리는 소리가 시끄럽게 울리자 홈즈가 혼잣말처럼 중얼거렸다.

"바람이 정말 거세군. 오늘 같은 날에는 이렇게 따뜻한 난롯불 옆에서 지내는 게 상책이지."

홈즈는 피곤한 얼굴로 확대경을 탁자에 던지듯 내려놓더니 손가락으로 눈 주위를 비볐다.

"이제 그만 해야겠네. 눈이 너무 피로하군."

"판독은 다 한 건가?"

"웬걸. 15세기 후반에 씌어진 어느 대성당의 보고서인데 별로 재미있는 내용도 아닌 데다 판독하기 어려워서 애를 먹는 중이라네."

나도 읽던 논문을 덮고 자리에서 일어나 창가로 다가갔다. 거리에는 인적이 완전히 끊겨 있었고 드문드문 서 있는 가로등만이 진흙탕이 되어 있는 도로를 비추고 있었다. 거대한 자연의 힘 앞에서 대도시 런던도 무기력하게 당하고만 있는 것을 보니 자못 겸허한 마음이 들었다.

그때 옥스퍼드 가 쪽에서 마차 한 대가 물보라를 일으키며 달려오고 있는 것이 보였다.

"이런 날에도 돌아다니는 사람이 있군."

그런데 윙윙거리는 바람 속에서도 규칙적으로 들리던 말발굽 소리가 우리 집 앞에서 잦아드는가 싶더니 문 앞에서 뚝 끊겼다. 그리고 한 남자가 코트 깃을 세우며 서둘러 마차에서 내렸다.

"홈즈, 우리 집을 방문하려는 사람이 있군. 이 늦은 밤에 웬일일까?"

"설마 이 밤에 나를 데리고 가려는 것은 아니겠지?"

홈즈의 말에 아래를 내려다보니 남자를 내려놓은 마차가 다시 달리기 시작했다.

"걱정 말게. 마차는 그냥 돌아가는군."

"왓슨, 미안하지만 내려가서 문을 열어주게. 허드슨 부인은 이미 잠자리에 들었을 텐데 깨우면 곤란하지 않겠나."

내가 계단을 내려가 조용히 문을 열자 비에 젖은 레인코트를 입은 사내가 미안한 얼굴로 서 있었다. 현관 불빛에 드러난 얼굴을 보니 사내는 다름 아닌 스탠리 홉킨스 경위였다. 사건 해결을 위해 홈즈에게 몇 차례 도움을 받은 사람이었다. 홈즈는 그가 채 서른도 안 된 젊은이지만 성실하고 머

리가 좋아서 믿음이 간다고 말하곤 했었다.

"늦은 시간에 죄송합니다. 지금 홈즈 선생을 만나뵐 수 있을까요?"

그러자 위층에서 홈즈가 소리쳤다.

"홉킨스 경위, 어서 올라오게."

홉킨스는 다행이라는 듯 안도의 한숨을 내쉬더니 계단을 빠르게 뛰어 올라갔다. 그 뒤를 따라 방 안으로 들어간 나는 그가 흠뻑 젖은 레인코트를 벗는 것을 도왔다. 그 사이 홈즈는 장작불을 쑤시며 불을 키웠다.

"어서 난롯가로 와서 몸을 녹이게. 신발도 말리고."

난로 앞 의자에 앉은 홉킨스의 입술은 새파랗게 질려 있었다. 홈즈가 말했다.

"왓슨, 따끈한 레몬차 한 잔을 손님에게 대접해 주게."

춥고 비 오는 밤에 제격인 레몬차를 준비해 홉킨스에게 가져다주자 그는 차를 조금씩 불어 마시며 흡족한 표정을 지었다.

"고맙습니다. 이렇게 따뜻한 차를 마시니 몸이 녹는 것 같군요."

"홉킨스, 이렇게 심한 폭풍우를 뚫고 온 걸 보면 무슨 중요한 문제가 발생했나 보군."

홈즈가 묻자 그제야 입술색이 본래대로 돌아온 홉킨스는

멋쩍은 웃음을 지으며 말했다.

"약속도 없이 늦은 시간에 불쑥 찾아와서 죄송합니다. 그런데 혹시 오늘 석간신문에 실린 욕슬러 관 살인 사건 기사를 보셨습니까?"

"오늘은 15세기에 쓰인 양피지만 들여다보느라고 신문 볼 시간이 없었어."

"그렇군요. 하지만 신문을 보지 않으셨다고 해도 상관없습니다. 신문 기사에는 실제와 다른 내용이 워낙 많으니까요. 대신 제가 이 사건에 대해 자세히 설명해도 되겠습니까?"

홈즈는 흥미가 끌리는지 미소를 지으며 고개를 끄덕였다. 홉킨스는 심각한 표정으로 입을 열었다.

"이번 사건은 그동안 제가 경험했던 어떠한 사건보다도 복잡합니다. 사실 처음에는 아주 간단한 사건으로 보였기 때문에 쉽게 해결할 수 있으리라 예상했습니다. 그런데 아무리 조사를 해봐도 살해 동기를 찾을 수가 없었습니다. 처참하게 살해당한 그 청년은 절대 누구에게 원한을 살 만한 사람이 아니었습니다. 저는 지금 뜬구름을 잡으려는 사람처럼 허탈한 심정입니다. 그러니 홈즈 선생께서 빛나는 추리력을 발휘해서 저를 도와주셨으면 합니다."

홈즈는 담배에 불을 붙이고 의자에 최대한 깊숙이 몸을

묻었다.

"알겠네. 일단 사건을 처음부터 자세하게 설명해 보게."

애타게 홈즈만 바라보고 있던 홉킨스는 홈즈가 관심을 보이자 서둘러 설명하기 시작했다.

"사건이 일어난 곳은 켄트 주에 속하는 욕슬러 마을로 채덤 시에서 11킬로미터, 기찻길에서 5킬로미터 떨어진 곳입니다. 저는 오후 3시 15분에 사건에 관한 전보를 받고 곧바로 욕슬러로 가서 조사를 시작했습니다."

"욕슬러는 작은 마을이지?"

"네, 매우 평화롭고 조용한 마을이지요. 그런데 이런 곳에서 살인 사건이 일어났으니 마을 주민들이 얼마나 놀랐겠습니까. 어쨌거나 이 마을에는 '욕슬러 관'이라는 낡은 저택이 있는데 몇 년 전에 코람이라는 늙은 학자가 사들였다고 합니다. 사건은 바로 이 저택에서 일어났습니다. 저택의 서재에서 코람 교수의 비서인 윌로비 스미스라는 청년이 죽은 채로 발견된 것입니다."

"윌로비 스미스는 어떻게 죽었나?"

"날카로운 것에 목이 찔려 죽었습니다."

"흠, 그와 관련된 이야기는 잠시 후에 듣기로 하고 우선 코람 교수에 대한 이야기부터 해주게."

"그는 그 지역에서는 학식이 높은 사람으로 유명합니다.

일에만 파묻혀 지내느라 바깥 출입은 거의 하지 않는다고 합니다."

"코람 교수의 건강은 어때 보이던가?"

"나이가 일흔 즈음인 데다 지병이 있어서 대부분의 시간을 침대 위에서 보내고 있습니다. 침대 밖에서 돌아다닐 때는 다리가 불편해서 지팡이를 짚거나 휠체어를 타야만 합니다."

"마을 사람들의 평판은 어떤지 조사해 봤나?"

"물론입니다. 그의 집에 방문해 본 적이 있는 사람들은 한결같이 그를 좋은 사람으로 평가했습니다. 교수를 잘 모르는 사람들도 휠체어를 타고 평화롭게 정원을 도는 그의 모습에 호감을 갖고 있더군요."

"그 집에 살고 있는 사람들은 또 누가 있나? 교수의 가족이 있나?"

"교수에게 가족은 한 명도 없습니다. 다만 집안일을 하는 사람들만 몇 명 있지요. 나이 많은 가정부인 마커 부인은 매우 기품이 있는 데다 부드러운 인상이었습니다. 이제 열여덟 살이 된 하녀 수전 탈턴은 매우 영특하고 쾌활한 아가씨였고요. 이들은 코람 교수가 그 집으로 이사 오면서부터 같이 살기 시작했다고 하더군요. 그리고 정원사 모티머는 교수의 휠체어를 밀며 산책을 돕는 일을 하고 있는데 매우 충직하고 우직한 성격이었습니다. 크림 전쟁에 참전한 경험이 있어서 육군 연금을 받는 그는 저택 안에서 살지는 않고 정원 맨 끝에 있는 방 세 칸짜리 오두막에서 지내고 있습니다."

홈즈는 홉킨스의 이야기를 경청하며 수첩에 자세히 기록하고 있었다.

"이제 윌로비 스미스에 대해 이야기해 보게."

"약 1년 전에 코람 교수는 학술 서적의 집필을 도울 비서가 필요했습니다. 스미스에 앞서 두 사람의 비서가 있었는데 교수는 그들의 실력이나 태도가 불만스러워 모두 해고해 버렸습니다. 결국 세 번째로 스미스가 채용되었는데 그는 처음부터 교수의 마음에 쏙 들었답니다. 갓 대학을 졸업한 신출내기였는데도 일 처리가 꼼꼼하고 확실했기 때문이지요. 오전에는 교수가 구술하는 내용을 잘 정리했고 오후에는 다음 날 작업에 필요한 참고 서적과 인용문을 찾는 등 연구에 큰 보탬이 되었답니다."

"코람 교수에게 직접 들었나?"

"그렇습니다. 교수가 말하기를 스미스는 캠브리지 출신으로 원래부터 성실하고 말수가 적었다고 합니다. 게다가 무슨 일이건 될 때까지 노력하고 추진하는 능력이 뛰어났고요. 대학에서 보낸 추천서와 성적표도 봤는데 약점이라고는 전혀 없는 사람이더군요."

홉킨스가 말하는 사이 바람은 점점 더 거세져서 창문까지 심하게 흔들렸다. 홈즈와 나는 벽난로 가까이로 바짝 다가앉았고 홉킨스는 레몬차를 홀짝이며 이야기를 계속했다.

"아무튼 코람 교수와 스미스, 두 사람 모두 바깥출입을 거의 하지 않은 채 일에만 파묻혀 살았습니다. 아마 영국 전체를 다 뒤져봐도 그 사람들처럼 외부와 교류하지 않는 사람들은 찾기 힘들 정도였답니다."

2. 증언과 단서

"그럼, 이제 스미스의 시신을 처음 발견한 사람의 증언을 전해 주게."

"최초의 목격자는 하녀인 수전 탈턴입니다. 그런데 그전에 사건 현장을 그린 이 도면을 잘 봐주십시오. 이걸 보시면 좀 더 이해하기 쉬울 겁니다."

홉킨스는 주머니에서 도면을 꺼내 홈즈 앞에 펼쳤다. 그것은 코람 교수의 저택을 간략하게 그린 약도였다. 나는 자리에서 일어나 홈즈 뒤에 서서 그의 어깨 너머로 도면을 들여다보았다. 홉킨스는 손가락으로 도면을 하나하나 가리키며 설명했다.

"이것은 최대한 간략하게 그린 것이기 때문에 자세한 것은 직접 저택에 가서서 확인하시기 바랍니다. 일단 스미스

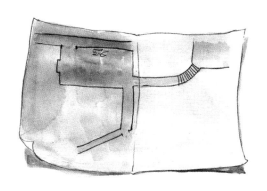

의 시신은 서재의 책상과 창문 사이에서 발견되었습니다. 여기를 보면 코람 교수의 서재와 침실은 동서로 나뉘어 있고 두 공간은 복도로 연결되어 있습니다. 교수는 한낮까지 침대에서 지내다가 오후에 정원사 모티머의 부축을 받아 서재로 갑니다. 침실 앞 계단을 내려간 뒤 복도를 거쳐서 말이지요. 만약 범인이 내부의 인물이라면 이쪽 복도를 통해서 서재로 들어갔을 가능성이 크지요. 물론 외부에서 서재로 들어갈 수 있는 방법도 있습니다. 집 밖에서 범인이 침입했다면 정원의 작은 길과 뒷문을 잇는 복도를 지나서 서재로 들어갔을 겁니다."

흡족한 얼굴로 도면을 꼼꼼히 살피던 홈즈가 빙그레 웃으며 말했다.

"이렇게 도면을 만들어 온 것은 매우 잘한 일이네. 수사에 큰 도움이 될 걸세."

홈즈의 칭찬에 홉킨스는 쑥스러운 듯 머리를 긁적이더니 다시 입을 열었다.

"또 서재에는 2층으로 올라갈 수 있는 계단이 있습니다. 서재 바로 위의 2층에는 하녀 수전의 방이 있고 그 옆은 마커 부인의 침실입니다. 그리고 그 옆방이 바로 스미스의 방이지요."

"이제 저택의 내부 구조를 대략 알았으니 시신을 발견한 당시의 이야기를 들려주게."

"사건은 오늘 오전 11시에서 12시 사이에 일어났습니다. 날씨가 안 좋은 탓이었는지 코람 교수는 그때까지도 침대 밖으로 나오지 않고 있었습니다. 마커 부인은 집 뒤쪽에서 물일을 하고 있었고 수전은 자기 방에서 커튼을 달고 있었습니다. 그때 스미스가 수전의 방 앞을 지나 서재로 통하는 계단을 내려갔답니다."

"수전이 스미스를 직접 보았다고 하던가?"

"아니오. 직접 보지는 못했지만 빠르고 정확하게 걷는 소리로 미루어 볼 때 스미스가 분명하다고 했습니다."

"사람에게는 자기만의 독특한 걸음걸이가 있으니 발소리로 사람을 분별하는 것도 가능한 일이지."

"수전은 서재 문이 닫히는 소리를 정확히 듣지는 못했습니다. 그런데 약 1분 후 서재에서 끔찍한 비명 소리가 들려 왔답니다."

"비명 소리라고?"

홈즈의 눈빛이 반짝 빛을 발하는 것으로 보아 이미 홉킨스의 이야기에 흠뻑 빠져 있는 것이 확실했다.

"네, 아주 소름끼치는 소리였답니다. 남자 목소리 같기도 하고 여자 목소리 같기도 한 이상한 비명이었다고 하더군요. 그리고 거의 동시에 쿵 하고 무거운 것이 땅에 떨어지는 소리가 온 집 안에 울렸습니다. 수전은 너무 놀라서 온몸이 벌벌 떨리고 발이 떨어지지 않는 것 같았지만 그래도 용기를 내서 아래층 서재로 최대한 빨리 뛰어갔습니다."

"서재에서 누군가가 싸운 흔적 같은 게 있었나?"

"아닙니다. 서재는 평상시와 똑같은 모습이었습니다. 창문과 책상 사이에 스미스가 쓰러져 있었던 것만 빼면 말입니다."

"스미스는 어떻게 누워 있었나?"

"그는 천장을 보고 쓰러져 있었습니다. 수전은 처음 그를 발견했을 때 일을 너무 많이 한 나머지 과로로 쓰러진 것이라고 생각했답니다. 그냥 봐서는 상처가 전혀 보이지 않았으니까요. 그래서 스미스를 일으켜 세우려는데 목 뒤쪽에서 피가 솟구치고 있었고 깜짝 놀란 수전은 그 자리에서 완전히 얼어붙어버렸습니다."

"그럴 법도 하지. 그 상처에 대해 자세히 설명해 주게."

"스미스의 목에 난 상처는 겉으로 보기에는 작은 편이었지만 속으로는 깊게 패여 있었습니다. 날카로운 칼이 스미스의 목으로 들어가 경동맥을 절단하는 바람에 출혈량이 많았고 결국 사망에까지 이른 것 같습니다."

"흠, 흉기가 칼이라고 단정 짓는 이유가 있나?"

홈즈가 묻자 홉킨스는 주머니에서 헝겊으로 싼 길쭉한 물건을 그에게 건넸다.

"시신이 있던 곳에서 약 2미터 정도 되는 곳에 이것이 떨어져 있었습니다."

홈즈가 헝겊을 펼치자 그 안에는 약 20센티미터 정도 길이에 손잡이를 상아로 만든 칼이 들어 있었다. 그는 칼을 들고 이리저리 살펴보며 말했다.

"이것은 책장이나 편지 봉투를 자를 때 사용하는 칼이로군. 그런데 이런 칼은 거의 대부분 책상 위에 놓고 쓰지 않나."

"맞습니다. 이것 역시 코람 교수

가 책상 위에 놓고 사용하던 것입니다. 매일 서재를 청소하는 수전이 똑똑히 기억하고 있어서 확인하기 쉬웠습니다."

그러자 홈즈가 손바닥으로 의자 팔걸이를 탁탁 치며 흥미롭다는 듯 말했다.

"그렇다면 범인은 흉기를 소지하지 않고 서재로 들어갔다가 우발적으로 살인을 저지른 모양이군. 어쨌거나 이처럼 날카로운 칼로 경동맥을 찔렸으니 살아남기가 힘들었겠군. 그러면 스미스는 수전이 발견했을 때 이미 사망한 상태였나?"

"아닙니다. 잠깐 동안 넋이 나가있긴 했지만 곧 정신을 차린 수전은 혹시나 하는 마음으로 주전자의 물을 따라 스미스의 얼굴에 조금씩 뿌렸습니다."

"그랬더니?"

"죽은 줄로만 알았던 스미스가 힘겹게 눈을 뜨더니 매우 고통스럽게 '교수님께 그 여자였다고……'라고 말했습니다. 그리고 또 무슨 말이 하고 싶은 듯 입술을 움직였지만 더 이상 소리는 나오지 않았습니다. 그는 몹시 괴로운 얼굴로 가슴을 쥐어뜯더니 이내 숨이 끊어지고 말았습니다."

집중해서 이야기를 듣던 홈즈는 나지막하게 '교수님께 그 여자였다고……'라고 중얼거렸다.

"그 사이에 가정부인 마커 부인이 달려왔습니다. 그녀 역시 비명 소리와 쿵 하고 쓰러지는 소리를 듣고 쫓아온 거라고 하더군요. 하지만 그녀는 스미스의 마지막 말이나 죽는 장면을 보지는 못했습니다. 부인은 매우 침착한 사람이라 일단 너무 놀라 정신을 못 차리고 주저앉아 있는 수전을 진정시켰습니다. 그리고 곧바로 교수의 침실로 달려갔습니다. 코람 교수 역시 비명 소리를 듣고 매우 불안해하면서 침대에 앉아 있습니다. 그는 스미스의 죽음을 전해 듣고 곧바로 모티머에게 경찰에 연락하라고 지시했습니다."

"그때까지 교수가 침대 밖으로 나오지 않았다는 말인가?"

"그렇습니다. 마커 부인에 의하면 교수는 그때까지도 잠옷 차림이었습니다. 사실 교수는 모티머가 도와주지 않으면 혼자 옷을 갈아입지도 못합니다. 아무튼 그날 모티머는 교수로부터 12시에 오라는 지시를 받았답니다."

"마커 부인은 교수에게 스미스의 마지막 말을 전했나?"

"물론입니다. 저 또한 교수에게 그 말의 의미를 물었습니다. 그러자 교수는 그게 무슨 뜻인지 전혀 모르겠다고 하면서 쇼크에 의한 정신착란으로 헛소리를 한 게 아니겠냐고 말했습니다. 게다가 스미스는 정말 착한 청년이었으므로 원한에 의한 살인 같은 것은 절대 아닐 거라고 했습니다. 아마도 개인적인 고민으로 자살한 것 같다고 하더군요."

홈즈는 담배를 한 모금 깊이 빨아들이고는 골똘히 생각

에 잠겼다. 그 사이 홉킨스는 따뜻한 물 한 잔을 더 청해서 마시고는 이야기를 계속했다.

"얼마 후 정원사에게서 연락을 받은 경찰이 출동했습니다. 그러나 그들은 자살인지 타살인지를 구별하기 힘들어 제게 지원을 요청했습니다. 제가 그곳에 도착할 때까지 현장은 잘 보존되어 있었습니다. 정원의 작은 길에도 접근 금지 명령을 이미 내렸고요. 홈즈 선생이 수사할 때 내세우는 원칙들을 잘 지킨 셈이지요."

홉킨스가 홈즈의 눈치를 슬쩍 보며 말하자 홈즈는 만족한 듯 미소를 지었다.

"거기에 도착해서 어떤 것들을 조사했나?"

"다시 도면을 봐주십시오. 서재로 들어갈 수 있는 통로는 총 세 개가 있습니다. 그런데 한 곳으로는 수전이 뛰어 내려왔고 다른 한 곳은 교수의 침실로 통합니다. 그러니 이 두 곳을 통해 침입하거나 도망쳤다면 누군가의 눈에 띄지 않을 수 없었겠지요. 즉, 범인은 정원의 작은 길과 뒷문을 통해 서재로 침입했던 겁니다."

"뒷문은 잠그지 않았다던가?"

"수전이 그러는데 낮 동안에 뒷문을 잠그는 일은 거의 없답니다. 그러니 다른 사람들의 눈에 띄지 않게 출입하기 쉬운 셈이지요."

"추리를 잘 해나가고 있군. 그럼 정원의 작은 길도 조사했나?"

홈즈가 칭찬하자 홉킨스는 기분이 좋은지 아까보다 조금 큰 목소리로 말을 이었다.

"당연하지요. 그런데 범인은 절대 만만하게 볼 자가 아니었습니다. 현관과 정원의 작은 길 부근을 샅샅이 조사했지만 발자국 하나 찾을 수가 없었습니다. 다만 누군가가 발자국을 남기지 않기 위해 길 옆에 난 좁은 잔디밭을 밟은 자국은 있더군요. 즉, 범인은 발자국이 잘 남는 흙길을 밟지 않기 위해 잔디밭 쪽으로 걸어간 겁니다."

"다른 사람의 발자국일 가능성은?"

"없습니다. 지난밤에는 비가 왔고 그날 오전에는 정원사를 포함해 누구도 그 근처를 지나가지 않았다는 것을 확인했습니다. 결국 그 발자국의 주인공이 범인일 가능성이 높다는 추리를 이끌어 낼수 있겠지요."

"맞는 말이네. 그러면 잔디밭 위에 남은 발자국의 주인공이 남자인지 여자인지 알 수 있었나?"

"아닙니다. 그것까지 알 수 있을 정도로 뚜렷하지는 않았습니다."

"흠, 그렇다면 발자국의 방향은?"

"그것도 알기가 힘들었습니다. 워낙 자국이 뚜렷하지 않아서 집으로 들어가는 건지 나오는 건지 판단하기 어렵더 군요."

홈즈의 질문 공세가 이어지자 홉킨스는 시원스레 대답을 못 하는 것이 미안했던지 얼굴이 붉게 달아올랐다.

"그러면 정원의 길은 어디로 이어지지?"

"그곳에서 약 1백 미터가량 가면 도로로 이어집니다."

"도로에는 흔적이 없던가?"

"아쉽게도 찾을 수 없었습니다. 도로는 마차 바퀴자국과 사람들의 발자국이 뒤섞여서 진창이 되어 있었습니다."

"뒷문 앞에는 발자국이 없었고?"

"네, 문 앞에 깔린 타일 때문인지 발자국이 거의 보이지 않았습니다."

"복도에는?"

"복도에는 야자나무 깔개가 깔려 있어서 발자국을 찾기 란 불가능했습니다."

"아무래도 발자국으로 범인을 찾기는 힘들 것 같군. 게다 가 이렇게 비가 퍼붓고 폭풍우가 몰아쳐서야 내가 그곳에 도착할 때쯤엔 증거가 모두 사라지고 없겠지."

홈즈가 실망스러운 듯 혀를 끌끌 차며 말하자 홉킨스의 얼굴에 난처한 빛이 떠올랐다.

"이제 스미스의 시신이 발견된 서재에 대해 자세히 설명해 주게."

"서재는 별다른 가구가 없이 그냥 덩그렇게 큰 방이었습니다. 있는 것이라고는 서랍이 많은 코람 교수의 책상 정도였습니다. 책상 가운데에는 큰 서랍이 있고 양쪽에는 작은 서랍들이 줄지어 달려 있었습니다. 확인해 보니 큰 서랍은 잠겨 있었고 나머지는 모두 열린 상태였습니다. 잠기지 않은 서랍을 열어보았지만 낙서가 된 종이 조각이나 먼지만 나뒹굴고 있었습니다."

"가운데 서랍에 무엇이 보관되어 있는지 아는가?"

"코람 교수는 그냥 연구 자료라고 말했습니다. 단지 다른 사람들의 손에 닿는 것이 싫어 자물쇠를 채워 두었을 뿐이라더군요."

"도난당한 물품은 없었고?"

"정황으로 볼 때 가운데 서랍에는 중요한 서류가 들어 있는 것 같았지만 사람이 손을 댄 흔적은 없었습니다. 교수 또한 없어진 물건이 없다고 확인해 주었습니다. 그러니 절도 사건은 절대 아닌 셈이지요."

홈즈는 눈알을 이리저리 굴리며 한동안 생각에 잠겨 있었다. 그러더니 수첩을 들고 몇 가지 내용을 메모했다.

"이제 스미스의 시신에 대해 말해 보게."

"아까도 말씀드렸듯이 스미스는 책상과 창 사이에 누워 있었습니다. 얼굴은 천장을 향한 채로 말입니다. 시신을 살펴보니 스미스의 오른쪽 목에 칼에 찔린 자국이 있었습니다."

"상처의 방향은 어땠나?"

"상처는 뒤쪽에서 앞쪽으로 나 있었습니다. 범인이 스미스의 뒤에서 칼로 찌른 거지요. 결국 자살한 게 아니겠냐는 코람 교수의 말은 틀린 셈이지요."

"하지만 칼을 잘 세워두고 그 위로 쓰러지면 그런 상처쯤은 낼 수 있지 않을까?"

홈즈가 홉킨스의 표정을 살피며 말하자 홉킨스는 단호하게 손을 내저었다.

"그건 아닙니다. 저 역시 그 가능성을 생각했습니다. 하지만 칼은 시신에서 2미터가량 떨어진 곳에서 발견되었습니다. 게다가 스미스가 마지막 순간에 남긴 말을 생각해 보면 스미스가 절대 자살하지 않았다는 것을 알 수 있습니다. 그는 분명 자신을 찌른 사람이 바로 그 여자라는 말을 하고 싶었을 것입니다. 그리고 결정적인 증거물이 여기 있습니다."

'결정적인 증거물'이라는 말이 튀어나오자 홈즈의 얼굴에 생기가 돌았다.

3. 금테 코안경

"이것은 스미스가 오른손에 꼭 쥐고 있던 물건입니다."

홉킨스는 주머니에서 작은 종이 꾸러미를 꺼냈다. 홈즈와 나는 숨을 죽이고 꾸러미에 시선을 고정했다. 꾸러미를 헤치자 양쪽에 검정색 비단 끈이 달린 금테 코안경이 모습을 드러냈다. 그것은 안경알과 알 사이에 달린 용수철을 코에 걸어서 사용하게 되어 있었다.

"마커 부인의 말로는 스미스는 시력이 아주 좋아서 안경 끼는 일이 없었다고 합니다. 그러니 이것은 스미스가 죽기 전에 범인에게서 낚아챈 것이 아니겠습니까?"

안경을 받아 든 홈즈는 자리에서 일어나 등불 앞으로 다가가더니 몹시 흥미로운 듯 자세히 살펴보기 시작했다. 코안경을 자기가 걸쳐 보기도 하고 글자를 읽어보는가 하면 창가로 다가가 거리를 내다보기도 했다. 그러더니 만족한 웃음을 지으며 다시 자리에 돌아와 앉았다.

"홉킨스, 이것은 이 사건을 푸는 데 아주 중요한 정보를 많이 담고 있는 단서일세. 이 안경만으로도 범인의 인상착의를 알 수 있군."

홈즈의 말에 홉킨스는 눈이 휘둥그레졌다.

"그 안경만으로 범인의 인상착의를 알 수 있단 말입니까? 어떻게요?"

"내 추리는 단순하기 그지없는 것일세. 안경, 특히 이렇게 특이한 모양의 안경은 아주 정교한 추리를 가능하게 해 주지. 일단 범인은 훌륭한 귀부인처럼 옷을 잘 차려입은 세련된 여성일세."

홉킨스뿐만 아니라 나 역시도 홈즈의 자신만만한 추리에 감탄하면서도 한편으로는 의문이 들었다.

"홈즈, 무엇을 보고 그렇게 판단하는 건가?"

"보다시피 이 안경은 순금으로 화사하게 만들어졌네. 화사하다는 것은 여성용이라는 것을 뜻하지. 게다가 스미스의 마지막 말과도 통하고 말이야. 그리고 이렇게 공 들여 만든 순금 안경테는 값이 매우 비쌀 텐데 이런 안경을 쓰는 사람이 아무렇게나 옷을 입고 다닐 리는 없지 않겠나. 분명 옷차림에도 매우 신경을 쓰는 사람일 거야."

홈즈의 설명에 나와 홉킨스는 고개를 끄덕일 수밖에 없었다.

"나머지 인상착의도 알 수 있나?"

"당연하네. 범인은 코가 유난히 두껍고 넓다네. 미간은 좁고 이마에는 주름이 많으며 등은 구부정하지."

홉킨스와 내가 입을 다물지 못하고 멍하게 서로를 바라보자 홈즈는 그저 씩 웃기만 했다.

"홈즈, 대체 그것을 어떻게 알았나?"

"이 안경을 써보니 코에 닿는 클립 부분이 너무 넓더군. 범인의 콧잔등이 아주 넓다는 증거지."

"그럼 미간이 좁고 이마에 주름이 많다는 것은?"

"나도 얼굴이 길고 좁은 편인데 이 안경을 쓰고 책을 읽어보니 안경알이 가운데로 치우쳐서 글자 읽기가 매우 힘들더군. 다시 말하면 이 안경을 낀 사람은 미간이 아주 좁다는 말이네. 게다가 이 안경은 도수가 아주 높은 오목 렌즈라네. 왓슨 자네도 의사니까 잘 알겠지만 이 정도로 근시가 심했다면 물체를 볼 때 인상을 찌푸리지 않을 수 없었을 거야. 그러니 이마에 주름이 잡혀 있겠지."

이번에는 홉킨스가 나서서 물었다.

"그러면 등이 굽었다는 것도 그 영향 때문이란 말겠군요?"

"맞아. 이렇게 심한 근시는 외모에 영향을 미칠 수밖에 없지. 물체를 볼 때 응시하는 버릇은 이마와 눈꺼풀의 주름을 만들고 어깨를 굽게 해 결국 등까지 구부정하게 만들었을 걸세."

홉킨스는 무릎을 탁 치며 홈즈의 추리에 감탄했다.

"정말 대단하십니다. 안경 하나에서 이렇게 많은 사실들을 알아내시다니. 역시 홈즈 선생답군요."

그러자 홈즈가 손을 저으며 말했다.

"아직 한 가지가 더 남아 있네. 이 사람은 지난 몇 달 사이에 안경점을 두 번 찾은 적이 있어."

홉킨스가 말을 잇지 못하자 홈즈가 안경을 앞으로 내밀며 설명했다.

"여기 코에 거는 부분을 잘 보게. 코가 압박을 받지 않게 하려고 코에 닿는 부분에 얇은 코르크 조각을 붙여놓았어. 그런데 이것을 돋보기로 살펴보니 하나는 색깔이 변색된 데다 상당히 닳아 있고 다른 하나는 갈아 끼운 지 얼마 되지 않은 새것이야. 즉, 하나는 얼마 전에 코르크가 떨어져나가서 새로 붙인 것이고, 변색 된 것 또한 몇 달 지나지 않은 것이지. 게다가 그 둘은 재질과 모양이 같아 바로 두 번 모두 같은 안경점에 가서 바꾼 거지. 그러니 많지 않은 안경점에서 이처럼 값비싸고 도수 높은 안경의 주인을 찾는 일은 그리 어렵지 않을 걸세."

"홈즈, 정말 멋진 추리일세!"

나는 홈즈의 거침없는 추리에 감탄하지 않을 수 없었다. 홉킨스 역시 감탄사를 연달아 내뱉으며 박수를 쳤다.

"저 역시 런던 시내 안경점을 돌아봐야겠다고는 생각했지만 이렇게 자세하게 추리를 할 생각은 하지 못했습니다. 놀라울 따름입니다."

그러나 홈즈는 사뭇 진지한 표정으로 말했다.

"아직 사건이 해결된 것이 아니지 않은가. 내 추리가 맞는지는 범인을 잡은 후에 확인하도록 하세."

"알겠습니다. 이제 제가 드릴 말씀은 더 이상 없습니다. 선생께서는 이미 저보다 더 많은 것을 알고 계시니까요. 아무튼 욕슬러 경찰에서는 기차역과 길거리에 경찰을 배치하여 낯선 사람이 나타났는지 조사하고 수상한 자를 발견하는 즉시 보고하겠다고 약속했습니다만 아직까지 별다른 보고는 없습니다. 그런데 대체 범행 동기가 무엇일까요?"

"지금 내가 그것에 대해 할 말은 전혀 없네. 직접 범행 현장에 가서 조사를 해봐야 알 수 있겠지."

홈즈의 말에 어두웠던 홉킨스의 얼굴이 금세 밝아졌다.

"직접 현장으로 가셔서 조사해 주시겠다는 말씀입니까?"

"이 사건은 흥미로운 요소들이 많으니 나로서도 조사하고 싶은 욕심이 드는군."

"감사합니다. 내일 아침 6시에 채링크로스 역에서 채덤 역으로 떠나는 기차가 있습니다. 그것을 타면 8시에서 9시 사이에 욕슬러 관에 도착할 수 있을 겁니다."

"그럼, 그렇게 하도록 하세. 왓슨, 자네도 같이 갈거지?"

내가 고개를 끄덕이자 홈즈는 벽시계를 쳐다보았다.

"벌써 새벽 1시가 다 되어가는군. 내일을 위해서 빨리 잠자리에 드는 게 좋겠어. 홉킨스 자네는 여기 난로 앞의 소파에서 눈을 붙이게. 아침에 일어나는 대로 따끈한 커피를 직접 끓여주지."

4. 현장조사

다음 날 새벽, 간밤에 심하게 몰아치던 비바람은 잠잠해졌지만 공기는 여전히 싸늘했다. 우리는 옷깃을 단단히 여미고 길을 재촉했다.

피로한 몸을 기차에 싣고 한참을 달린 후 우리는 욕슬러 역에 도착했다. 역 앞의 여인숙에서 서둘러 아침 식사를 마친 뒤 곧바로 마차를 타고 욕슬러 관으로 향했다.

잠시 후 마차는 낡고 오래된 저택 앞에 멈췄다. 문 앞에서 지루한 얼굴로 서 있던 경관이 자세를 가다듬고 우리 쪽으로 다가와 홉킨스에게 경례를 붙였다.

"월슨, 수고하는군. 그동안 별일 없었나?"

"네, 아무것도 없었습니다."

"낯선 사람에 대한 보고는?"

"역과 거리를 샅샅이 뒤졌지만 수상한 사람은 없었습니다."

"여인숙이나 셋방들도 찾아봤나?"

"네, 거기도 마찬가지였습니다."

"흠, 그리 먼 거리가 아니기 때문에 범인은 채텀까지 걸어갔을 수도 있어. 거기서 머무르거나 기차를 타도 되니까 말이야."

홉킨스는 혼잣말처럼 중얼거리더니 곧바로 우리를 집 안으로 안내했다.

우리는 일단 범인이 출입한 것으로 추측되는 뒷문 쪽으로 갔다. 뒷문에서 현관까지의 거리는 대략 50미터쯤 되었다. 좁은 길 양쪽에는 잔디가 깔려 있었는데 잔디밭 역시 폭이 좁았다. 그 너머에는 잘 가꿔진 화단이 있었다.

"홉킨스, 발자국이 남아 있던 곳이 어디지?"

홉킨스는 허리를 구부리고 잔디밭을 살펴보더니 난처한 얼굴로 말했다.

"여기 이 길과 화단 사이의 좁다란 잔디밭에 선명하지는 않아도 분명히 발자국이 찍혀 있었습니다. 그런데 지금은 그 흔적이 거의 남아 있지 않군요. 아무래도 어젯밤 비 때문인 것 같습니다."

홈즈도 허리를 굽히더니 홉킨스가 가리킨 쪽을 자세히

훑어보았다.

"흠, 희미하긴 하지만 누가 지나간 흔적이 있긴 하군. 범인은 아주 조심스럽게 발을 옮겨놓았어. 만약 가운데 길이나 화단 쪽을 밟으면 발자국이 분명히 남는다는 것을 알고 있었던 거야."

"맞습니다. 범인은 아주 침착하고 조심스런 성격인 것 같습니다."

"그런데 범인이 나갈 때도 이 길로 나갔다고 생각한다고 했지?"

"그렇습니다. 다른 길은 없기 때문이지요."

"과연 그럴까? 들어갈 때야 침착함을 유지할 수 있다고 하지만 살인 후에 도망치는 사람이 이렇게 아무런 흔적을 남기지 않고 왔던 길을 되밟아 갈 수 있을런지 의문이군."

홈즈가 의문을 제기하자 홉킨스가 약간 못마땅한 듯 답했다.

"그렇다고 해도 나갈 수 있는 길은 여기밖에 없습니다."

"알겠네. 이제 앞으로 가보세. 뒷문은 열려 있었다고 하니 들어가는 것은 무척 쉬웠을 테고……."

문을 열고 들어서자 복도에는 야자나무 깔개가 길게 깔려 있었다.

"이 깔개는 표면이 고르지 못하고 울퉁불퉁해서 자국이 전혀 남지 않겠군."

홈즈는 이렇게 중얼거리면서 서재로 들어갔다. 서재는 상당히 넓은 편이었는데 가구가 거의 없어서 휑한 느낌마저 주었다.

"범인은 여기서 얼마 동안이나 머물렀을까?"

서재 안을 둘러보며 홈즈가 혼잣말을 하자 홉킨스가 문득 생각이 떠올랐는지 홈즈에게 가까이 다가갔다.

"참, 깜빡 잊고 이야기하지 않았는데 가정부 마커 부인이 사건이 일어나기 15분 전쯤에 서재에서 청소를 했다고 합니다. 그러니 범인이 여기에 있었던 시간은 채 몇 분이 안 될 겁니다."

"아주 중요한 정보로군. 그럼 이제 범인이 무엇을 노리고 서재에 들어왔는지를 알아내야겠어. 분명 무언가를 찾으러 들어왔을 텐데…… 방 안에서 눈에 띄는 가구라고는 책상과 한 짝의 장롱뿐이군."

홈즈는 책상 앞에 쪼그리고 앉아 서랍을 살피기 시작했다.

"양쪽의 작은 서랍에는 자물쇠가 없고 가운데의 큰 서랍에는 자물쇠가 있군. 아무래도 작은 서랍보다는 큰 서랍에 중요한 물건이 들어 있겠지. 괜히 자물쇠를 채우지는 않았을 테니까."

그리고 가운데 서랍의 열쇠 구멍을 열심히 들여다보았다.

"옳거니! 여기 열쇠 구멍 옆이 긁힌 자국이 남아 있군. 왓슨, 성냥불을 좀 켜주게."

나는 곧바로 성냥불을 켜서 열쇠 구멍 옆을 비췄다. 그러자 열쇠 구멍 오른쪽의 놋쇠판에 길이 약 10센티미터 가량 되는 흠집이 나 있는 것이 보였다.

"홉킨스, 자네도 이 자국을 발견했나?"

"네, 보긴 했습니다만 열쇠 구멍 주변에는 그런 자국들이 흔하게 생기지 않습니까?"

얼굴이 상기된 홉킨스가 홈즈 옆에서 흠집을 살펴 보며

말했다.

"하지만 이건 최근에 생긴 자국이야. 여기 돋보기로 한번 들여다보게. 만약 열쇠 구멍 둘레의 놋쇠 판에 긁힌 자국이 오래된 것이라면 이렇게 빛이 나지는 않을 걸세. 오래된 다른 부분처럼 색이 변해 있겠지. 또 나무 표면의 칠이 밭고랑 양쪽에 쌓인 흙처럼 일어나있지 않은가. 이것은 열쇠를 구멍에서 서둘러 빼면서 생긴 자국일세."

그때 우리가 왔다는 소식을 들었는지 긴장한 얼굴의 마커 부인이 서재로 들어섰다.

"마커 부인, 어제 아침에 서재를 청소하면서 이 책상도 닦으셨습니까?"

홈즈가 온화한 표정으로 친절하게 물었다.

"그렇습니다."

"그때 혹시 여기 긁힌 자국을 보셨습니까?"

마커 부인은 홈즈가 가리키는 곳을 들여다보더니 고개를 저었다.

"아니오. 제가 청소했을 때는 없었습니다."

"예상했던 대로군요. 그럼 이 책상의 열쇠는 누가 갖고 있습니까?"

"코람 교수님이 시곗줄에 걸고 다니십니다."

"어떻게 생긴 열쇠지요?"

"특수 제작한 열쇠라서 크고 튼튼하게 생겼습니다."

"고맙습니다. 이제 수전 양을 불러주시겠습니까?"

마커 부인이 서재에서 나가자 홈즈가 팔짱을 끼고 턱을 매만지면서 서재를 다시 둘러보았다.

"이제 사건의 윤곽이 서서히 드러나고 있군. 범인은 서재로 들어서자마자 곧장 책상 앞으로 와서 열쇠로 서랍을 열려고 했어. 그런데 갑자기 스미스가 내려오는 바람에 서둘러 열쇠를 빼다가 이런 자국을 남기게 되었지. 스미스는 책상 옆에 여자가 서 있는 것을 보고 놀라 그녀를 붙잡으려고 했을 거야. 여자는 그에게서 벗어나기 위해 필사적으로 저항했을 테고. 그러다가 책상 위에 놓인 칼을 집어 들고 휘두르다가 돌이킬 수 없는 범죄를 저지르게 된 것이지. 분명 이것은 우발적인 살인이야. 만약 계획적인 살인이라면 흉기를 미리 준비했을 테니까."

나와 홉킨스는 홈즈의 추리에 귀를 기울이며 감탄을 거듭하고 있었다.

"그런데 범인이 자신이 찾던 물건을 손에 넣었는지 여부를 알 수가 없군. 일단 비명 소리를 듣고 달려온 수전을 만나서 물어봐야겠어."

그때 붉게 상기된 얼굴의 수전이 주춤거리며 서재 안으로 들어섰다.

"수전 양, 스미스의 비명을 들은 지 얼마 만에 서재로 내려왔습니까?"

"글쎄요. 정확하게는 모르겠지만 채 30초가 지나지 않았을 겁니다."

"그럼 당신이 비명 소리를 들은 후에 누군가가 서재 문을 통해 도망갈 수 있었을까요?"

"그럴 수 없었을 겁니다. 왜냐하면 제가 계단을 내려가기 전에 밑을 내려다봤는데 복도에는 아무도 없었거든요."

"그러니까 서재에서 누군가가 나가는 것을 보지 못했단 말이지요?"

"네, 저는 책상 옆에 쓰러져 있던 스미스 씨만 봤습니다."

"흠, 범인은 계단을 이용하지 않았으니 남은 것은 두 개의 복도뿐이로군요. 수전 양, 왼쪽 복도가 코람 교수의 방으로 통하지요?"

"그렇습니다."

"교수의 침실에서 다른 곳으로 나갈 수 있는 방법이 있습니까?"

"아닙니다. 주인님 침실은 막다른 곳입니다."

"그래요? 그렇다면 범인은 들어왔을 때처럼 나갈 때도 오른쪽 복도를 통해 뒷문으로 갔다는 걸까?"

홈즈가 복도로 나가면서 혼잣말처럼 중얼거리자 홉킨스

는 자신의 추리가 맞지 않았냐는 듯 씩 웃었다.

"설령 그렇다고 해도 일단 코람 교수를 만나보세."

홈즈는 왼쪽 복도로 방향을 틀어 교수의 방 쪽으로 걷다가 문득 바닥을 내려다보더니 소리쳤다.

"어허! 여기에도 야자나무 깔개가 깔려 있군."

"그게 뭐가 어때서요?"

"이 깔개가 어떤 의미를 갖는지 모르시겠나? 복도마다 같은 깔개가 깔려 있는 것은 중요한 단서일 수 있네. 자세한 것은 나중에 이야기하도록 하지."

5. 담배

복도는 계단으로 이어져 있었고 계단을 오르자 교수의 침실이 있었다. 홉킨스가 문을 두드리자 방 안에서 걸걸한 노인의 목소리가 들려왔다.

"들어오시오."

방문을 열고 들어서자 순간 퀴퀴하고 매캐한 담배 냄새가 확 풍겼다. 나는 호흡을 가다듬으며 방 안을 둘러보았다. 침실은 매우 컸고 벽면마다 놓여 있는 여러 개의 책장에는 수많은 책들이 꽂혀 있었다. 미처 정리되지 못한 책들은 여기저기 아무렇게나 쌓여 있었다. 방 한가운데에 있는 침대에는 백발의 노인이 담배를 입에 문 채 비스듬히 기대 앉아 있었다. 깡마른 얼굴에는 매부리코만 우뚝 솟아 있었고 늘어진 눈썹 밑으로 검은 눈동자가 반짝 빛을 내고 있었다.

"홈즈 선생이지요? 내가 담배를 너무 좋아하다 보니 방 안이 온통 담배 연기로 가득하다오. 혹시 당신도 담배를 피우시오?"

"저 역시 담배를 좋아합니다."

교수는 만족한 듯 미소를 지으며 홈즈에게 담배통을 내밀었다. 홈즈에게 내민 손을 보니 손끝이 니코틴으로 누렇게 물들어 있는 것이 역시 애연가임이 분명했다.

"다른 분들은 담배를 피우지 않습니까? 이건 알렉산드리아 이오니데스에서 특별히 주문해서 가져오는 담배라오. 매우 향기가 좋은 제품이지요. 나 같은 늙은이에게 즐거움이라고는 이 담배와 일뿐이었는데 이제는 담배만 남았구려."

교수는 안타깝다는 듯 한숨을 쉬더니 새로운 담배에 불을 붙였다.

"스미스 씨는 유능한 비서였다지요?"

홈즈가 묻자 교수는 당연하다는 듯 고개를 끄덕였다.

"아주 훌륭한 비서였소. 내 연구를 정말 열심히 도왔는데 이제 그가 죽어버렸으니 나로서는 엄청난 타격을 입은 셈이지요. 홈즈 선생, 나처럼 몸이 불편한데다 책에만 묻혀 사람에게 스미스의 죽음은 너무나 큰 상처라오."

우울한 표정의 교수는 방 한구석에 놓인 원고 더미를 가리키며 말했다.

"저것은 내 평생의 역작이라고 해도 과언이 아닐 만큼 공을 들인 원고요. 시리아와 이집트의 수도원에서 발견된 문서를 분석한 것으로 계시 종교에 대해 연구한 자료지요. 그러나 이제 나는 저것을 마칠 자신이 없어졌소."

교수의 수척한 얼굴에 상심이 가득했다. 그런데 홈즈는 과연 교수의 말을 신경 써서 듣고 있기나 한지 의심스러울 만큼 방 안을 오락가락 돌아다니며 담배를 피우고 있었다. 애연가인 홈즈는 교수처럼 이오니데스 산 담배가 무척이나 마음에 든 모양이었다. 그 모습을 본 교수가 빙긋이 웃으며 말했다.

"선생도 나 못지않은 골초로군요. 담배는 여기 얼마든지 있으니 마음껏 피우시오."

홈즈는 쑥스러운 웃음을 지으며 담배를 또 집어 들었다.

"고맙습니다. 저 역시 담배를 무척 좋아한답니다."

방금 집어 든 담배에 또 불을 붙인 홈즈는 교수에게 질문을 시작했다.

"교수님, 짧게 몇 가지만 묻겠습니다. 괜찮으십니까?"

"얼마든지 물어보시오."

"우선 스미스가 죽어가면서 '교수님께 그 여자였다고'라고 했다는데 그 말이 무슨 뜻입니까."

그러자 교수가 어이없다는 듯 피식 웃으며 말했다.

"수전은 제대로 교육도 받지 못한 열여덟 살밖에 안된 어린 처녀일 뿐이오. 그런 아이가 죽기 직전에 남긴 스미스의 헛소리를 잘못 듣고 전한 말 따위가 무슨 단서가 될 수 있겠소."

"흠, 그러면 스미스의 죽음이 자살이라고 생각하십니까?"

"젊은이들은 원래 남모르는 고민들을 안고 사는 사람들 아닙니까. 나는 몰랐지만 연인이 이별을 통보해서 상심한 나머지 그랬을 수도 있지 않겠소?"

"스미스가 손에 쥐고 있었던 안경은요?"

"글쎄, 내가 그런 것까지 어떻게 알 수 있겠소만 연인의 물건이라서 마지막 순간에 손에 쥐고 있었는지 모르지요. 죽을 만큼 사랑했다면 그 사람의 물건을 갖고 있는 것이 이상한 일은 아닐 테니 말이오."

그런데 홈즈는 이상할 정도로 끊임없이 방 안을 이리저리 돌아다니면서 줄담배를 피우고 있었다. 게다가 담뱃재를 재떨이가 아닌 카펫에 그냥 털기까지 했다. 평상시와 사뭇 다른 홈즈의 태도에 나는 신경이 무척 쓰였다. 그 사이 홈즈는 담배통에서 새 담배를 또 꺼내 들었다.

"교수님, 이 담배는 정말 맛이 뛰어나군요."

"좋아하시니 다행입니다."

두 애연가의 대화에 홉킨스는 고개를 설레설레 저었고 나는 나대로 약간 못마땅한 얼굴로 그들의 모습을 바라보았다.

"교수님, 마지막으로 한 가지만 더 묻겠습니다. 서재에 있는 책상의 가운데 서랍에는 무엇이 들어 있습니까?"

"뭐 별것 없소. 가족 사진하고 내 아내가 내게 보낸 편지,

학위 증서, 연구 자료 따위가 들어 있을 뿐이오. 여기 열쇠가 있으니 직접 가서 봐도 좋소."

교수는 목에 걸고 있던 열쇠를 홈즈에게 건네주었다. 홈즈는 그것을 받아 들고 잠시 살펴보더니 다시 교수에게 돌려주었다.

"뭐, 그런 것이라면 굳이 볼 필요가 있겠습니까. 이제 정원으로 내려가서 나머지 조사를 마무리 짓도록 하겠습니다. 오후 2시쯤에 다시 찾아뵙고 제 생각을 말씀드리겠습니다."

고개를 끄덕이는 교수를 뒤로하고 침실을 나와 정원으로 향했다. 홉킨스는 시간을 확인하더니 홈즈에게 말했다.

"홈즈 선생님, 저는 새롭게 밝혀진 사실이 있는지 알아보고 오겠습니다."

홉킨스가 저택을 빠져나가고 한참 후까지도 홈즈는 아무 말 없이 정원의 작은 길을 터덜터덜 걸어 다니기만 했다.

"그럴듯한 단서를 잡았나?"

내가 묻자 홈즈는 입에 물고 있던 담배를 들어 올리며 말했다.

"이 녀석에게 달려 있네. 내가 교수 방에서 줄곧 피웠던 담배 말이야."

"말이 나와서 하는 말이네만 홈즈, 줄담배를 피우는 거야 그렇다고 하더라도 담뱃재를 그렇게 함부로 털고 다니다니 자네가 그렇게 실례를 마구 범할 줄은 몰랐네."

내가 못마땅한 듯 인상을 찌푸리며 말하자 홈즈는 장난스럽게 킥킥대며 웃었다.

"안 그래도 자네가 불만스럽게 나를 쳐다보는 것을 알고 있었다네. 하지만 사건을 해결하기 위해 미끼를 던져놓은 것이니 기분 풀게. 그건 그렇고 저기 마커 부인이 있으니 그녀와 즐겁게 대화를 나눠볼까."

홈즈는 얼굴 가득 함박웃음을 지으며 마커 부인에게 다가갔다. 홈즈는 마음만 먹었다 하면 자신만의 방식을 이용해 여자들 스스로 속내를 드러내게 하곤 했다. 마커 부인에게도 그의 기술은 유감없이 통했고 그녀는 홈즈가 마치 오래된 친구인 양 이런저런 이야기들을 거침없이 쏟아냈다.

"아까 보니 교수님은 정말 담배를 좋아하시더군요."

"말도 마세요. 온종일 담배를 입에서 떼놓지 않으신답니다. 한 번에 천 개씩 담배를 주문하지만 채 보름도 못 가서 다시 주문을 해야 할 정도지요. 아침에 그 방에 들어가 보면 안개가 낀 것처럼 연기가 자욱해서 기침을 하기 일쑤랍니다."

"저런, 그 정도면 식사를 거의 하지 못하시겠군요. 담배는 건강을 해칠 뿐만 아니라 식욕을 떨어뜨리니 말입니다."

"네, 음식을 잘 드시는 편은 아니지요."

"그럼 제가 한번 맞춰볼까요. 교수님은 오늘 아침에는 식사를 거의 못하셨고 점심식사는 아예 준비하지 말라고 하지 않으셨나요?"

홈즈가 묻자 마커 부인은 키득키득 웃으며 손을 저었다.

"명탐정께서도 틀리실 때가 있군요. 보통 때 교수님은 아침식사를 거의 하지 않으시지만 오늘은 유난히 많이 드셨어요. 게다가 점심식사로 큰 커틀릿을 주문하셨고요. 사실 저는 깜짝 놀랐답니다. 제 경우에는 스미스 씨의 죽음을 접하고 식욕이 완전히 없어져버렸는데 교수님은 오히려 왕성해지셨으니 말이지요."

"어이쿠, 이번에는 제가 완전히 틀려버렸군요."

홈즈와 마커 부인은 서로 마주보며 즐겁게 웃었다.

마커 부인과의 대화가 끝나고 홈즈와 나는 하는 일 없이 그냥 빈둥거리며 정원에서 오전 시간을 보냈다.

평상시 사건을 조사할 때 열정이 넘쳤던 것과는 달리 홈즈가 이 사건을 대하는 태도는 이상하리만치 미적지근했다.

점심 무렵, 조사차 나갔던 홉킨스가 만

족스런 미소를 지으며 돌아왔다.

"정말 괜찮은 정보를 알아냈습니다. 마을 아이들이 어제 오전에 코안경을 끼고 있는 여자를 봤답니다. 그 여자의 인상을 물어보니 놀랍게도 홈즈 씨가 추리했던 것과 똑같이 답하더군요. 범인은 어제 오전 9시에 이 마을에 혼자 나타난 것이 분명합니다."

흥분한 채로 말을 전하는 홉킨스와는 달리 홈즈는 별다른 반응이 없었다.

그때 수전이 우리에게 다가와 점심식사가 준비되었다며 식당으로 안내했다. 점심식사를 하며 이런저런 이야기를 나누던 중 수전이 스미스에 대한 이야기를 꺼냈다.

"참, 어제 스미스 씨가 오전에 산책을 나갔다가 사건이 발생하기 약 30분전쯤에 돌아왔어요."

"그래요? 잘 기억하고 있군요. 좋은 정보 고맙습니다."

홈즈는 홉킨스의 이야기보다 수전의 이야기에 더 관심을 보였다.

잠시 후 홈즈는 시계를 흘낏 보더니 자리에서 일어났다.

"이제 2시가 다 되었으니 교수님께 가볼까."

"그 사이 새롭게 알아낸 사실이 없어서 달리 할 말이 없을 것 같은데요."

홉킨스가 말하자 홈즈가 걱정할 것 없다는 듯 말했다.

"과연 그럴까. 내 생각에 범인의 행방은 누구보다도 코람 교수가 잘 알고 있을 것 같군."

의아한 표정의 홉킨스를 뒤로 하고 홈즈는 교수의 방 쪽으로 성큼성큼 걸어갔다.

6. 사건의 재구성

교수의 방에 들어서니 그는 막 점심식사를 마친 참이었다. 식탁 위에는 깨끗하게 비운 접시 몇 개가 놓여 있었다. 마커 부인의 말대로 교수의 식욕은 매우 왕성한 듯했다. 난로 옆 안락의자에 앉아 있던 교수는 여전히 담배를 피우면서 우리를 맞이했다.

"식사는 맛있게 하셨소? 자, 담배 한 대 피우시오."

교수가 담배통을 내밀자 홈즈는 반갑게 담배통을 향해 손을 뻗었다. 그런데 홈즈가 담배통을 제대로 잡지 못했고 그 때문에 담배통이 뒤집힌 채로 바닥에 떨어지고 말았다. 방바닥은 온통 담배로 뒤덮였고 우리는 모두 쭈그리고 앉아 담배를 주워 담아야만 했다. 그런데 약간은 못마땅한 얼굴의 우리와는 달리 담배를 다 줍고 일어선 홈즈의 표정은 무척 밝았다. 심지어 눈에서 광채가 돌고 볼은 붉게 상기되어 있었다. 이제껏 내 경험으로 미루어 보아 홈즈는 사건을 거의 다 해결한 것이 분명했다.

"홈즈 선생, 사건은 다 해결했소?"

유난히도 담배를 맛있게 피우며 교수가 묻자 홈즈가 자신감 넘치는 태도로 답했다.

"당연하지요. 다 해결했습니다."

나와 홉킨스 그리고 교수는 모두 멍한 얼굴로 홈즈를 쳐다보았다.

"오호, 그래요? 대체 어디서 사건을 해결했단 말이오?"

"바로 여기서 해결했습니다."

"내 방에서? 언제 말이오?"

"바로 지금!"

"허허, 홈즈 선생, 아무리 명탐정으로 이름이 났다고는 하지만 이렇게 중대한 사건에 그렇게 장난스런 태도를 보이는 건 보기가 좀 그렇소."

교수의 얼굴에는 비웃음과 짜증이 뒤섞여 있었다. 그러나 교수에게 시선을 고정시킨 채 자신의 추리를 풀어내는 홈즈의 태도에는 단호함과 냉철함이 강하게 베어 있었다.

"나는 이 사건에서 내가 추리할 수 있는 모든 연결 고리들을 자세히 조사하고 확인했습니다. 그 결과 무엇보다 분명하게 밝힐 수 있는 것은 코람 교수, 당신은 이 사건과 분명 관련이 있다는 것입니다. 당신의 동기가 무엇인지, 이 사건에서 어떤 역할을 했는지는 아직 알지 못하지만 그것에 대해서는 당신 입을 통해 직접 듣게 될 수 있기를 바랍니다. 일단 내가 이 사건이 어떻게 벌어지게 되었는지 설명할 테니 잘 듣고 자신과 관련된 이야기를 스스로 하시기를 바랍니다."

홈즈는 교수를 날카로운 시선으로 응시하며 침착하게 말을 이었다.

"어제 아침 한 부인이 교수님의 서재로 들어왔습니다. 그녀의 목적은 책상 서랍 속에 들어 있는 서류였습니다. 그것이 얼마나 중요한 것인지는 모르겠으나 그 부인은 미리 열쇠까지 만들어 올 정도로 공을 들이고 있었습니다. 아까 살펴보니 가운데 서랍 열쇠 구멍 주변에 열쇠를 다급히 빼다 긁힌 자국이 있더군요. 좀 전에 교수님의 열쇠를 봤는데 거기에는 니스 칠이 묻어 있지 않았습니다. 만약 그 열쇠로 서랍 주변을 긁었다면 열쇠에 니스가 남아 있었을 텐데 말이지요. 그것은 교수님이 이 사건의 공범자가 아니라는 것을 의미합니다."

교수는 실소를 머금으며 줄곧 담배를 피워대고 있었다.

"참으로 재미나는 이야기로군. 그래서 그 다음은 어떻게 되었소?"

"부인이 서류를 꺼내려고 하던 차에 스미스가 2층에서 내려왔지요. 당황한 부인은 도망치려 했지만 금세 스미스에게 붙잡히고 말았습니다. 두 사람 사이에 옥신각신 몸싸움이 일었을 테고 부인은 그 상황을 벗어나기 위해 안간힘을 썼습니다. 그러다 손에 잡히는 대로 책상 위의 물건을 집어 들고 스미스를 찔렀습니다. 물론 고의로 살인하려고 했던 것은 아니고 어디까지나 우발적으로 발생한 일이라는 것은 잘 알고 있습니다. 만약 처음부터 살해하기 위해 왔다면 살해 도구로 사용할 무언가를 가져왔을 테니까요. 어쨌거나 자신이 휘두른 칼에 스미스가 목이 찔린 채 쓰러지는 것을 보고 부인은 무척 당황했습니다. 그리고 공포에 질린 나머지 미친 듯이 서재 밖으로 뛰어나갔습니다. 하지만 불행하게도 그녀는 스미스와 싸우는 동안에 코안경을 잃어 버리고 말았습니다. 지독한 근시였던 부인은 반소경이나 다름없는 상태에서 무작정 복도를 뛰기 시작했습니다. 제대로 보이지는 않았지만 바닥에 깔린 야자나무 깔개의 감촉 때문에 처음에 들어왔던 길인 줄로 알고 정신없이 앞으로 달렸습니다. 그녀는 양쪽 복도에 똑같은 깔개가 깔려 있는 사실을 몰랐던 거죠. 잠시 후, 그녀는 자신이 전혀 다른 방향으로 왔다는 것을 깨달았지만 돌아가는 것은 이미 불가능했습니다. 2층에서 내려온 수전이 스미스를 발견했기 때문이지요. 결국 그녀가 자신을 숨길 수 있었던 곳은 바로 여기, 교수님의 방뿐이었습니다."

단정하듯 소리치는 홈즈의 말에 노인은 입을 딱 벌리고 홈즈를 노려보았다. 그의 얼굴에는 놀라움과 공포가 가득 차올랐고 손에 들고 있는 담배를 피울 생각도 못 하고 있었다. 그러다 가까스로 마음을 진정시켰는지 어깨를 쭉 펴더니 이내 어깨를 들썩이며 웃어댔다.

"하하, 정말 재미있는 이야기로군. 탐정 소설이 따로 없구려. 하지만 당신 이야기에는 가장 중요한 한 가지가 빠져 있소. 나는 그 시각 내 방에, 이 침대 위에 있었소. 그러나 그런 여자가 들어오는 것은 보지 못했지."

"아니, 교수님은 분명 그 부인이 방 안으로 들어오는 모습을 똑똑히 보았습니다. 심지어 그녀가 누군지도 알고 있고 이야기도 나누었으며 숨겨주기까지 했지요."

순간 교수의 얼굴에서 웃음이 사라졌다. 그의 얼굴이 서서히 붉게 달아오르더니 볼이 씰룩거리기까지 했다.

"무슨 헛소리를! 그따위 터무니없는 이야기를 내게 하는 저의가 뭐요? 당신 말대로라면 대체 그 여자가 어디 있소? 어디에 숨었단 말이오?"

교수는 홈즈를 죽일 듯이 노려보며 고래고래 소리를 질렀다. 그러나 홈즈는 너무나 태연하게 방구석에 놓인 커다란 장롱을 가리켰다.

"이 집에 몰래 침입해서 스미스 씨를 죽인 장본인은 바로 저기에 있습니다."

7. 범인의 정체

교수가 짐승이 울부짖는 듯한 신음 소리를 내면서 두 손으로 머리를 감쌌다. 험상궂게 일그러진 얼굴에는 마구 경련이 일었고 양손은 덜덜 떨고 있었다. 그와 동시에 홈즈가 가리킨 장롱의 문이 벌컥 열리더니 한 여인이 바깥으로 뛰쳐나왔다.

"맞습니다. 홈즈 선생. 나는 여기 있습니다."

여자는 외국어 억양이 섞인 말투로 소리쳤다. 그녀는 홈즈의 추리대로 코가 크고 이마에 주름이 잡혀 있었으며 등이 구부정했다. 또 값비싼 옷을 입고 있긴 했지만 장롱 속에서 묻은 먼지와 얼룩, 거미줄 때문에 몹시 더럽혀진 상태였다. 거기에 고집스러워 보일 만큼 길쭉한 턱은 아무리 잘 봐줘도 미인이라고 말하기 힘들 정도였다. 안경을 잃어버린 데다 갑자기 밝은 곳으로 나와서인지 여자는 눈이 부신 듯 눈을 깜빡거리며 방 안을 둘러보았다. 그러나 갑작스럽게 궁지에 몰린 상황에 처한 사람치고는 침착함을 유지하고 있었고 꼿꼿하게 쳐든 머리에서는 굳센 용기마저 느껴졌다.

홉킨스는 재빨리 여자 옆으로 다가가서 그녀의 팔을 움켜잡았다.

"당신을 스미스 씨 살해 혐의로 체포합니다."

그러자 그녀는 위엄 있는 태도로 손을 뿌리치면서 침착하게 말했다.

"힘으로 저를 제압하지 않아도 됩니다. 저는 저 안에서 당신들의 이야기를 들었습니다. 모두 맞는 이야기입니다. 그 불쌍한 청년을 죽인 것은 바로 접니다. 그러나 그것은 홈즈 선생의 이야기처럼 분명히 사고였습니다. 나를 붙잡는 그에게서 도망치려고 아무거나 손에 잡히는 대로 휘둘렀을 뿐인데 그게 칼이었다니 나 역시 무척이나 놀랐고 마음 아프게 생각합니다."

그녀가 또박또박 사실을 이야기하자 홉킨스는 그녀의 팔을 잡았던 손을 슬그머니 놓았다.

"나 역시 그 말이 사실이라고 생각합니다. 그런데 어디가 불편하십니까?"

홈즈가 여자의 안색을 살피며 말했다. 그러고 보니 여자의 얼굴은 파랗게 질려 있었고 금방이라도 쓰러질 것처럼 휘청거리기까지 했다. 그녀는 침대 가장자리에 살짝 걸쳐 앉더니 한 손으로 이마를 짚으며 말했다.

"이제 시간이 얼마 남지 않았습니다. 그러니 여러분께 모든 사실을 다 말씀드리겠습니다. 사실 저는 이 남자의 아내입니다. 이 사람은 영국인으로 신분을 위장하고 있지만 사실은 러시아인입니다."

그러자 코람 교수가 여자를 죽일 듯이 노려보며 떨리는 목소리로 외쳤다.

"안나, 이게 무슨 짓이오! 오, 신의 가호가 있기를! 신의 가호가 있기를!"

여자는 경멸이 담긴 눈빛으로 교수를 쏘아보았다.

"세르게이, 이제 그만해요. 당신은 당신의 삶만 챙기느라 다른 사람들의 삶을 구렁텅이로 몰아넣었어요. 결국 당신 자신에게도 그 피해는 고스란히 돌아가고 있잖아요. 제발 부끄러운 줄 알고 이제는 진실을 말하세요."

교수는 체념한 듯 고개를 푹 떨어뜨린 채 입을 다물었고 여자는 한숨을 내쉬더니 말을 이었다.

"내 나이 스무 살이 때 쉰 살이었던 이 사람과 러시아의 어느 대학에서 결혼했습니다. 우리는 혁명가였습니다. 노동자들을 위해, 가난하고 힘없는 사람들을 위해 싸우는 무정부주의자였지요. 우리뿐만 아니라 숱한 사람들이 러시아의 정치 체제를 바꾸기 위해 목숨을 걸고 투쟁했습니다."

"제발! 안나, 제발 그만둬요."

교수가 가쁜 숨을 몰아쉬며 울부짖었지만 여자는 듣는 체도 하지 않고 이야기를 계속했다.

"어느 날 경관 한 명이 살해당하는 일이 발생했습니다. 수많은 사람들이 용의자로 체포되었고 고초를 겪었습니다. 그런데 여기 이 사람이 막대한 현상금을 노리고 아내와 동지들을 배반했습니다. 그의 밀고 덕에 어떤 사람들은 형장의 이슬로 사라졌고 나를 포함한 일부 사람들은 시베리아로 유형을 당했습니다."

여자는 이글이글 불타는 눈으로 교수를 노려보았다.

"우리의 고통에는 아랑곳하지 않고 이 사람은 영국으로 몰래 건너와 편안한 생활을 했습니다. 동료를 팔아먹은 대가로 받은 돈으로 호화로운 삶을 유지했던 겁니다. 그러나 동료들에게 자신의 소재가 알려지면 일주일도 지나지 않아

정의의 심판을 받게 되리라는 것을 그도 잘 알고 있었으니 항상 조마조마한 마음으로 살았을 테지요."

교수는 떨리는 손으로 담배를 빼 물고는 여자를 향해 애걸했다.

"안나, 내 목숨은 당신 손에 달렸소. 당신은 항상 내게 따뜻하고 친절한 사람이 아니었소?"

그러나 돌아오는 것은 여자의 차가운 외침뿐이었다.

"그 후에 이자가 한 짓은 더 끔찍했습니다. 우리 동지 가운데 알렉시스라는 사람이 있었습니다. 이 사람과는 정반대인 그를 저는 진심으로 사랑하고 존경했습니다. 그는 고결한 정신을 지녔고 진심으로 남을 위할 줄 아는 사람이었지요. 게다가 폭력을 끔찍이 싫어해서 항상 우리에게 폭력 노선을 포기하라는 편지를 쓰곤 했습니다. 평화로운 러시아는 평화적인 대화를 통해서만 만들 수 있다는 내용을 담아서 말입니다. 나는 그 편지를 소중하게 간직하고 있었습니다. 뿐만 아니라 나는 알렉시스에 대한 내 감정과 그의 고귀한 정신을 내 일기에 고스란히 적어두었습니다. 그런데 이자가 나의 일기와 편지를 발견하고는 그것을 감춰버렸습니다. 아무리 돌려달라고 사정했지만 돌려주지 않더군요. 결국 알렉시스는 종신형의 판결을 받고 시베리아로 유형을 갔습니다. 그리고 지금도 끔찍한 소금 광산에서 소금을 캐며 힘겹게 목숨을 이어가고 있습니다. 만약 편지와 일기가 있었다면 그는 무죄 판결을 받았을 겁니다. 자기밖에 생각하지 않는 저런 배신자 때문에 노예 같은 생활을 하고 있는 알렉시스를 생각하면 당장에라도 저자를 죽여버리고 싶습니다. 그러나 평소 알렉시스의 가르침대로 나는 폭력으로 저자를 처벌하지는 않을 겁니다."

계속해서 담배만 피워 대던 교수의 얼굴에는 침통함이 가득했다.

"역시 당신은 마음이 고결한 여자야."

교수의 말에 여자는 가슴을 꽉 움켜쥐며 괴로워했다. 내가 한 발 앞으로 나서서 그녀에게 다가서려 하자 그녀는 손을 들어 나를 막았다.

"괜찮습니다. 시간이 없으니 왜 내가 여기에 숨어 들어왔는지에 대해 설명해 드리겠습니다. 10년의 형기를 마치고 시베리아에서 돌아온 나는 이자가 감춘 편지와 일기를 찾기로 결심했습니다."

"교수님이 그것들을 아직까지 갖고 있을 거라고 믿고 계셨나 보군요."

홈즈가 묻자 여자는 고개를 끄덕이며 답했다.

"물론입니다. 내가 시베리아에 있을 때 이자가 편지를 보낸 적이 있습니다. 그 편지에 내 일기의 구절들이 인용되어 있더군요. 게다가 이 사람은 원래부터 하찮은 쪽지 하나도 쉽게 버리는 법이 없었습니다. 나는 분명히 이 사람이 그것들을 갖고 있을 것이라고 확신했습니다. 나는 뒤늦게라도 러시아 정부에 알렉시스의 무죄를 알려 그를 석방시키고 싶었습니다. 그래서 온갖 방법을 다 동원해 이자가 영국에 숨어 살고 있다는 사실을 알아냈습니다. 그리고 사립 탐정을 고용해 그의 집에 들여보냈지요."

여자의 눈빛이 반짝 빛을 발하더니 경멸하는 시선으로 교수를 바라보았다.

"당신이 고용했던 두 번째 비서 기억하지? 그가 바로 내가 고용한 탐정이었어. 그는 알렉시스의 편지가 책상 서랍에 있다는 것을 알아냈고 서랍 열쇠도 내게 만들어주었지."

놀란 얼굴의 교수는 덜덜 떨리는 손으로 새 담배에 불을 붙였다.

"그는 직접 편지를 훔치는 일은 하지 않겠다고 하면서 이 집의 도면을 건네주었습니다. 오전에는 비서가 2층에서 일하기 때문에 서재가 빈다는 정보를 듣고 나는 직접 편지를 찾기 위해 여기로 숨어들었습니다. 그러나 편지를 찾는 데는 성공했지만 뜻하지 않게 스미스와 마주치는 바람에 일이 꼬이게 된 겁니다."

"그런데 스미스 씨를 전에 본 적이 있습니까?"

"그렇습니다. 공교롭게도 어제 아침에 코람 교수의 집을 물은 적이 있는데 그때 만났던 청년이더군요. 아주 친절하게 집을 가르쳐 주었는데……."

여자가 안타까운 듯 말하자 홈즈가 사이에 끼어들었다.

"그렇군요. 스미스 씨는 산책을 마치고 이 방으로 들어와서 길에서 부인을 만난 이야기를 교수님에게 했을 겁니다. 그래서 죽기 전에 자신을 찌른 사람이 바로 그 여자였다는 말을 한 거고 말입니다."

"이제 내가 이야기를 마무리 짓도록 해주세요."

여자는 최대한 위엄 있는 태도로 말하려 했지만 고통스러운지 얼굴을 찡그리고 있었다.

"그가 죽은 것을 확인하고 나는 정신없이 서재 밖으로 뛰쳐나왔습니다. 하지만 안경을 잃어버린 탓에 복도를 잘못 들어섰고 결국 이 방으로 들어오게 되었습니다. 저 비열한 사내는 나를 알아보고는 경찰에 넘기겠다고 윽박지르더군요. 나는 만약 그렇게 하면 당신 역시 무사하지 못할 거라는 사실을 알려주었지요. 동지들이 어떻게 복수해 줄지에 대해서 말이에요. 하지만 그것은 내 목숨을 구하기 위해서가 아니라 알렉시스를 구하고 싶었기 때문이었습니다. 결국 우리는 같은 배를 탄 셈이 되었고 저 사람은 나를 숨겨주었지요."

힘겨운 듯 숨을 몰아쉬며 여자는 손가락으로 장롱을 가리켰다.

"저 장롱 뒤에는 이 사람만이 알고 있는 작은 은신처가 있습니다. 저는 거기에서 음식을 먹으며 때를 기다리고 있었습니다. 경찰이 조사를 마치고 돌아가면 집 밖으로 나가겠다는 계획을 가지고요. 하지만 홈즈 선생님께서 상황을 알아채시는 바람에 우리의 계획은 물거품이 되어 버렸군요."

여자는 드레스 앞섶에서 작은 꾸러미를 꺼냈다.

"이제 저는 모든 것을 다 말씀드렸습니다. 마지막으로 한 가지만 부탁하겠습니다. 이것은 알렉시스를 구할 수 있는 증거물입니다. 홈즈 선생님, 당신은 정의를 외면하지 않는 분이라 믿고 이것을 맡기니 러시아 대사관에 전달해 주십시오. 그러면 알렉시스는 무죄 석방될 수 있을 겁니다."

여자는 떨리는 목소리로 말을 마치고는 가슴에서 조그마한 약병을 꺼냈다. 그러자 홈즈가 재빨리 그녀에게 달려들어 약병을 빼앗았다.

"이게 무슨 짓입니까!"

하지만 얼굴이 하얗게 질린 여자는 엷은 미소를 지으며 침대 위로 푹 쓰러졌다.

"이미 늦었습니다. 은신처에서 나오기 전에 이미 독약을 먹었거든요…… 이제 나는 갑니다. 제발 그 편지를…… 전해 주세요."

나는 곧바로 그녀에게로 달려가 맥을 짚고 동공도 살펴보았다. 그러나 이미 그녀의 숨은 끊겨 있었다.

우리는 모두 한동안 말을 잇지 못한 채 그대로 서 있었다. 교수 역시 넋 나간 표정으로 죽은 여자의 얼굴만 하염없이 바라보고 있었다.

8. 여자의 발자국

홈즈와 홉킨스 그리고 나는 모든 사건 경위를 그 지역 경찰에 알려준 뒤 밤차를 타고 런던으로 향했다.

"홈즈, 이제 코람 교수는 어떻게 될까?"

"러시아에서 일어난 일이기 때문에 법적으로 책임을 지지는 않겠지만 평생 동안 언제 있을지 모를 동료들의 복수를 두려워하며 살아야겠지."

"그것만으로도 그는 충분히 벌을 받고 있는 셈이로군. 그나저나 자네는 안나 부인이 교수의 침실에 숨어 있다는 것을 어떻게 알았나?"

"사건의 단서는 코안경에 있었네. 스미스가 마지막 순간에 안경을 손에 쥐지 않았다면 이 사건이 과연 해결되었을까 의문이 들 정도로 말이야. 안경의 주인은 심한 근시였기 때문에 안경이 없으면 앞을 제대로 보기 힘들었네. 홉킨스 씨는 범인이 저택에 침입했을 때처럼 도망갈 때도 같은 잔디를 밟고 갔을 거라고 했지만 그것은 불가능한 일이었어. 장님이나 마찬가지인 사람이 그렇게 폭이 좁은 잔디 위를 똑바로 뛰어서 달아나기는 힘들거든. 그래서 나는 범인이 아직 집 안에 숨어 있을지도 모른다는 가설을 세우고 추리하기 시작했네. 그리고 복도 양쪽에 깔린 야자나무 깔개가 똑같기 때문에 범인이 착각을 일으켜 교수의 방으로 들어갔을 수도 있다고 생각했지."

그러자 홉킨스가 문득 생각났다는 듯 무릎을 치며 말했다.

"그래서 복도에서 야자나무 깔개가 중요한 단서라고 말씀하신 거로군요."

"맞네. 그런데 그때까지만 해도 그것은 가설이었기 때문에 뒷받침할 만한 증거가 필요했지. 그래서 나는 코람 교수의 침실에서 사람이 숨을 만한 장소를 찾아보았네. 카펫이 빈틈없이 단단하게 고정된 것으로 보아 바닥에 은신처가 있을 것 같지는 않았지. 그래서 나는 방 안에 놓인 책장을 주목했지. 그러고 보니 책이 무수히 쌓여 있는 다른 책장들에 비해 유독 한 곳에만 책이 없더군. 그래서 그 책장 뒤에 비밀의 공간이 있을지도 모른다고 생각했네. 그 추리가 맞는지 알아보기 위해 담배를 마구 피우면서 카펫 위에 재를 뿌렸지."

"사건을 해결하기 위해 미끼를 던졌다고 하더니 역시 그런 거였군."

홈즈는 빙그레 웃으며 말을 이었다.

"지저분하고 예의 없는 사람처럼 보였겠지만 어쨌거나 그 미끼가 가져온 효과는 대단히 컸네. 책장 속에서 사람이 나와 돌아다니다 재를 밟게 되면 발자국이 남을 테니까 범인을 잡기가 쉬워지지. 게다가 마커 부인이 교수의 식욕이 갑자기 왕성해졌다는 말을 듣고 나는 범인이 그 방에 있다는 사실을 확신했네. 누군가가 교수의 식사를 대신 먹고 있구나 하고 생각했지."

나와 홉킨스는 연신 고개를 끄덕이며 홈즈의 이야기에 빠져들었다.

"홈즈, 자네가 담배통을 떨어뜨린 것도 일부러 그런 것이지?"

"물론이지. 나는 담배를 주우면서 카펫에 떨어진 재에 발자국이 남아 있는지를 살펴보았네. 역시 우리가 없는 사이 누군가가 나와서 방 안을 돌아다녔더군. 여자의 구두 자국이 남아 있었거든. 그래서 나는 당당하게 범인이 숨어 있는 장소를 지목할 수 있었다네."

홈즈가 말을 마치는 사이 기차는 런던 역에 도착했다.

"홉킨스, 이제 런던 경시청에 사건을 보고하러 가야겠군."

"그렇습니다. 이번에도 홈즈 선생님의 훌륭한 추리 덕택에 사건을 잘 해결할 수 있었습니다. 정말 고맙습니다."

홉킨스는 진심으로 감사하며 홈즈의 손을 꼭 잡았다. 홈즈도 얼굴 가득 웃음을 지으며 홉킨스의 어깨를 두드렸다.

"홉킨스 씨가 중요한 단서를 잘 가져왔기 때문이기도 합니다. 덕분에 사건을 쉽게 해결할 수 있었지요. 앞으로도 아무리 사소한 것도 단서가 될 수 있다는 사실을 잊지 말고 주의를 기울이십시오. 자, 이제 왓슨과 나는 러시아 대사관에 이 편지를 전하러 가겠습니다. 나를 믿고 안나 부인이 부탁한 것이니 꼭 들어줘야지 않겠습니까."

기차에서 내린 우리는 간단한 인사를 나눈 뒤 각자의 목적지를 향해 출발했다.

🐾 셜록 홈즈 프로필

이름 : 셜록 홈즈(Sherlock Holmes)

국적 : 영국

직업 : 사립탐정

데뷔 : 주홍색 연구

작가 : 아서 코난 도일(Arthur Conan Doyle : 1859~1930)

나이 : 데뷔 때 32세

외모 : 키는 183~185정도. 마른 체형, 메부리코, 각진 턱.

주소 : 런던 베이커가 221번지 B호

가족 : 평생 독신으로 삶

취미 : 바이올린 연주, 화학실험

기호 : 파이프담배, 위스키, 코카인, 포도주, 몰핀(후에 코카인은 끊습니다.)

은퇴 후 : 런던의 방을 폐쇄하고 왓슨과 헤어져 남부에 있는 서섹스 해안으로 옮겨 여러 가지 연구를 하고 양봉을 하기도 했으며, '양봉 실용 핸드북'이라는 책을 썼습니다.

> 🖋 "내가 사는 보람은 늘 생존의 지루함에서 벗어나려고
> 몸부림치는 데 있다네."
>
> ### 홈즈 어록

일관된 추리의 실마리에 모순되는 사실이 나타났을 때는 반드시 그로 인해 바뀌는 해석이 있다.

《주홍색 연구》 중에서

본다는 것과 관찰한다는 것은 크게 다르다.

〈보헤미아의 스캔들〉 중에서

감정상의 좋고 나쁨은 명쾌한 추리와는 양립하지 않는다.

《네 개의 서명》 중에서

사건 조사에 필요한 것은 사실뿐이다. 전설이나 소문은 아무 도움이 되지 않는다.

《바스커빌가의 개》 중에서

슬픔에는 일이 가장 좋은 약이다.

〈빈집의 모험〉 중에서

다른 모든 가능성이 없어지면 아무리 아닌 것 같아도 남은 게 진실이다.

〈녹주석 보관〉 중에서

나에게는 일 자체가 보수다.

〈얼룩무늬 끈〉 중에서

사람이 발명한 것이라면 사람이 풀 수 있다.

〈춤추는 사람들〉 중에서

지금 알고 있는 것들이 무엇인지 일단 정리해보자. 그러면 자료를 충분히 이용할 수 있게 되고, 본질적인 것과 부수적인 것의 구별도 명확해진다.

〈프라이어리 학교〉 중에서

나는 돈뿐만 아니라 명예에도 관심이 없다. 내게 중요한 것은 사건이 내 관심을 끄는가이다.

〈소어다리〉 중에서

실패는 누구나 하는 것이다. 따라서 실패를 깨닫고 바로잡는 사람이야말로 현명한 사람이다.

〈프랜시스 카팍스의 실종〉 중에서